故事来帮忙

不打不骂不讲大道理的育儿魔法

王阳◎著

U0360992

机械工业出版社
CHINA MACHINE PRESS

和一个愿意讲故事的人生活在一起，是孩子的福气。讲故事，什么时候开始都不晚。本书围绕"为什么""讲什么""怎样讲"等和故事高度相关的问题，结合不同阶段孩子的心理发展特点和父母关心的典型问题展开，提供了大量的故事案例，并且将故事的背景和使用效果也用"故事化"的方式讲述出来。

本书既是育儿工具书，更是作者的育儿故事集。如果你可以从中获得一点点借鉴，唤醒自己的想象力，放下打骂和说教，有可能被疗愈的不仅是孩子，还有你自己。

图书在版编目（CIP）数据

故事来帮忙：不打不骂不讲大道理的育儿魔法 / 王阳著. —北京：机械工业出版社，2018.6
ISBN 978 - 7 - 111 - 60208 - 8

Ⅰ.①故… Ⅱ.①王… Ⅲ.①儿童故事-作品集-中国-当代 Ⅳ.①I287.5

中国版本图书馆 CIP 数据核字（2018）第 128526 号

机械工业出版社（北京市百万庄大街 22 号 邮政编码 100037）
策划编辑：刘文蕾 责任编辑：陈 伟
插画设计：张恒君 责任校对：王 欣
责任印制：孙 炜
北京汇林印务有限公司印刷

2018 年 7 月第 1 版·第 1 次印刷
169mm×239mm·15.25 印张·210 千字
标准书号：ISBN 978 - 7 - 111 - 60208 - 8
定价：49.80 元

凡购本书，如有缺页、倒页、脱页，由本社发行部调换
电话服务 网络服务
服务咨询热线：010 - 88361066 机工官网：www.cmpbook.com
读者购书热线：010 - 68326294 机工官博：weibo.com/cmp1952
010 - 88379203 金 书 网：www.golden-book.com
封面无防伪标均为盗版 教育服务网：www.cmpedu.com

推荐序一 "故事药" 的魔法

这是一本综合性的书，它提供了许多给儿童讲故事的简单且实用的方法。王阳很优美地提出，故事的价值和营养在家庭中可以比作"家常饭菜"——"从那些家常饭菜中散发出的妈妈的味道，会弥漫于孩子的整个童年和长长的一生"。

故事中智慧的隐喻可以使孩子平静，变得有动力、强大，能帮助到孩子（有时甚至能治愈孩子）。故事是一个智慧且安全的媒介，让孩子置身于一个充满想象力的旅程，而不是被说教或直接提问。当孩子和故事中的角色产生共鸣的时候，他就会受到鼓励，跨越障碍，找到解决问题的方案。

虽然我们不能保证故事一定有效，但是如果一个富有想象力的故事能有一点点帮助（有时是很大的帮助），那么对于孩子和家庭来说，它将会是一个美妙的礼物。如同药物被用来帮助失去平衡的身体状况恢复健康一样，"故事药"（story medicine）提供了一个富有想象力和成效的策略，来帮助我们改变失去平衡的行为，让出现问题的局面恢复整体性和平衡性。王阳在这本书中提供了许多好的例子——最重要的是，这些例子都源于她作为一位家长的经验。

虽然故事不是一种可以解决或治愈所有困难和挑战的魔法药丸，但是"故事药"是一个比啰唆和讲大道理更令人愉快的方式。有时候，"魔法"确实会出现，而故事也确实能带来改变！

我希望你能享受王阳这本内容丰富有趣的书。

苏珊·佩罗

曹译丹 译

推荐序二　王阳：用故事编制孩子梦想的妈妈

认识王阳是在学习心理学的课上，了解王阳则是在她给我讲如何用生动的故事陪伴两个孩子成长的时候。

好几年前，我就建议王阳把自己原创的故事集结出版，帮助更多的人，今日终于变成了现实。很多家长可以直接用王阳的故事或者用王阳教给的方法，通过讲故事来陪伴孩子成长，这真是让人十分开心的事情。

王阳能够有那么多的故事从心底流出来，我觉得这源于她总是用"感情"活着。

我说的"感"，是她总是在用生命感知世界。我记得她曾经说过，每天她都会给自己哪怕是一个小时的时间，就是和自己待着，去体验正在发生的一切。正是因为有自己切身的感觉，她讲出来的故事才能打动人心。王阳在书里提到，两个孩子总是让她一遍又一遍地讲那些看上去是她随口编出来的故事，其实那都是她自己对人、对事、对世界的真实体悟。书里的一些故事，王阳和我聊天的时候讲过，我总是能被打动，更何况孩子呢。

我说的"情"，是她遇到喜欢的事情，总是不顾一切地扎进去，用心地投入自己的深情。我们都知道，偶尔做一件事情容易，很多年一直坚持做就有些难度了。王阳的大女儿已经是青春期的大姑娘了，她给女儿讲的故事内容，从适合幼儿心理发展到适合儿童心理特点，如今已经是在启迪青春期少年的心智了。这是多么让人佩服的一件事情啊！我知道，她因为深爱自己的两个孩子，才不遗余力地多年如一日地坚持着，且收到了可喜的效果。

她的两个孩子何其幸运，拥有这么一位智慧的妈妈。

我知道王阳师从很多国内外心理学专家，学习了多年的心理学，深深了解各个年龄段孩子的心理特点，她还跟随著名的"故事医生"苏珊·佩罗学习过讲故事的技巧。她的过人之处是能把这两个部分结合起来，再加上她深厚的语言功底,因此她的故事讲出来不仅有趣,还有明显的功效。她的很多故事可以直接用来解决亲子关系中的问题,有的在孩子遇到困难的时候,还有疗愈的作用。

如今,王阳的角色已经不单单是一位故事妈妈了,她把多年的实践积累进行了提炼和总结,形成了一套完整的课程体系,开始在各种场合给很多妈妈讲课了。

细细地品读这本书中的文字,我对王阳的了解更加全面和深入了,同时内心涌动着很多的感动和欣赏!

刘称莲

推荐序三　用故事让爱悄然绽放

试想一下，一个没有故事的童年是怎样的黑暗？在影片《美丽人生》中，深爱儿子的父亲为了不让儿子的童年被那场残酷的战争吞噬，将他们的经历说成故事，让儿子感到这一切的发生不过就是一场戏。当戏结束了，人生依然美丽。

有故事的童年是完整的。儿童的天性是梦幻的，所以每个孩子出生后的头六年都在梦幻中度过，相比充满竞争的成人世界，儿童的梦幻世界里充满着真善美。孩子们心中的灰姑娘、白雪公主、聪明的一休、猫和老鼠……在这些经典故事的陪伴和滋养下，生命中一些闪耀着光芒的美德和品质就会在孩子们的心中扎根。

一次，在我面对员工的问题感到困惑的时候，我有意识地向一个六岁的男孩表达烦恼。男孩听后认真地说："让我想想！"一会儿，他清晰明了地给了我四个字："保持善良！"那一刻，我被叫醒。很久之后，我才明白，这一切都来自灰姑娘母亲临终的嘱托：勇敢而坚强，智慧而善良。

儿童的生命正如一条开放的绿色通道，而美丽的故事被这条通道全然地吸收，它承载了一代又一代童年的美妙时光。

然而，信息科技时代的到来，让故事被很多的电子产品所替代。这让太多孩子的心灵失去了养分。而本书作者王阳作为两个孩子的妈妈，将故事的魅力延续了下去。

在这本书中，你不难发现，她用故事帮助孩子处理和转化情绪，认识和发展情绪。相比讲道理，这样的方式更加生动有趣，让孩子有机会触摸到事物背后的真相，而故事本身也成了这位妈妈手中的"魔法棒"！

几年前，受到作者的影响，我也关注了故事教学法。在一次7~9岁孩子的艺术工作坊中，我采用了《生而为王》的故事来帮助孩子们进行自我认识。

原本抽象的内容，通过一个故事和一面镜子，让孩子们真实体验到了什么是爱上自己，什么是自我评价。活动效果意想不到的好，这让我越发感受到故事的魅力！

当然，对于大多数家长来说，他们无法做到王阳所能做到的事情，毕竟自创故事绝非易事，更别提还要结合不同年龄段孩子的心理发展规律，来编出适合不同情境的故事了。但从本书中你可以寻找到打开自己创意空间的案例，在作者信手拈来的故事中，你能够寻找到太多的共性，可以借此来完善自己的育儿方法。当然，更重要的是，作者之所以能够让故事成为她育儿路上的"魔法棒"，并能够传授给其他父母，成为一个"故事高手"，源于她生命内在的热情、真诚和意志力。

从某种意义上来说，本书解决了很多家长"不会玩"的问题。其实很多时候，亲子关系的质量不是取决于共处时间的长短，或者父母为孩子的未来计划了多少，而是取决于父母"是否会玩"，即是否能把每一件平常的事变得好玩。

中国的父母都太严肃、太枯燥，本身也缺乏广泛的兴趣和生活情趣，再加上生存压力大，要一下子变得"好玩"，绝非易事。但我想"故事"是一个很好的突破口。这本书通过简单易行的方法、循循善诱的语言，帮助家长通过故事，恢复重建亲子关系的信心。

如果你想听到好故事，如果你想通过故事化的语言与孩子做心灵层面的沟通，如果你想通过故事来帮助孩子抒解情绪，如果你想通过故事为孩子建立规则、规范行为，那么不妨试试用故事的方式让你内心的爱悄然绽放！

王　树

前言 每个人都是故事大王

人们因故事而联结。

和一个愿意讲故事的人生活在一起，是孩子的福气。每个人身上都深藏着远古的故事细胞，是天生的故事大王。给孩子讲故事，什么时候开始都不晚。有人说，故事是疗愈的药，是滋润的水，是照耀的光。还有人说，故事是一条小溪，是一颗星星，是一个温暖的怀抱。在养育孩子的烦恼琐事中，故事也像一位魔法师，瞬间现神奇，常常送惊喜。

狄更斯说："小红帽是我的初恋。我想要是我娶了小红帽为妻，我就会知道什么是完美的幸福。"狄更斯和历代成千上万的儿童一样，被童话故事迷住了。因为狄更斯懂得，与任何其他事物相比，童话故事的形象化描述能够更好地帮助儿童完成最艰巨，但又是最重要和最令人满意的任务。[1]

我是两个孩子的母亲，我给他们讲故事、编故事超过了 10 年的时间。这些经历让我体会到，无论我们信奉和选择什么样的教养方式和教育理念，故事，对孩子、对我们大人，都是非常好的食物。

讲一个小小的故事，养育孩子的烦恼琐事就会变得意兴盎然。编一个小小的故事，硬邦邦、冷冰冰的大道理就会摇身变成柔软、温暖的仙子。

我的孩子起床困难，讲个故事，他就"噌"一下起来了，脸上挂着美滋滋的笑。

我的孩子不想上幼儿园，讲个故事，他就愿意去了，轻松跟我告别。

我的孩子调皮捣乱，讲个故事，他就规正了行为，而不带半点愧疚。

我的孩子害怕、烦躁，讲个故事，情绪之流就在故事之河中来了又走。

我还用讲故事的方法帮助他们自信、自立、关爱他人，让他们能够以确信自己的方式生活在人群中。

如果你来尝试，你将体会到让孩子独自阅读，让孩子听音频故事，和你亲自给孩子讲故事，有多么大的不同。如果你来尝试，给孩子讲一个现成的故事，和你专门给孩子创编一个故事，又会有多么大的不同！

这种不同在我看来，就像是下馆子吃饭与吃自家做的饭菜之间的区别。家常饭菜不是那么讲究，没有丰富考究的调料。可是，从那些家常饭菜中散发出的妈妈的味道，会弥漫于孩子的整个童年和长长的一生。

人生不易，育儿充满挑战。我和你一样，经历过挫败、无助、抓狂的时刻。好在有故事常常光临。这些故事都是我真实的人生经历，我想借此与你分享：

养孩子，可以轻松一点；

过日子，能够温暖一点。

让我们带着轻松愉悦的心情来认识这本书：它主要围绕"为什么""讲什么""怎么讲"等和故事高度相关，以及大家又都非常关心的问题展开，附有大量的参考案例。每一个章节都可以独立来看，你在使用的时候可以从任何一个你需要或者感兴趣的地方入手。

为了查阅和运用的方便，本书的案例特意将"问题"和"疗愈故事"进行了对应，并且将故事的背景和使用效果也用"故事化"的方式讲述出来。背景和效果均是真实的。因为都是未成年的孩子，书中的人物，包括我家的孩子在内，均使用化名。

这本书中的故事案例，也是我养育孩子的真实经历。我希望你不仅把这些案例当作工具来使用，更是把它们当作故事来看待，从中获得一点点借鉴，消化成属于你的经验，讲出属于你的版本的故事。本书第一稿比现在长很多，甚至考虑过按照上、下册来出版。还有不少人希望我整理出一个"宝典"，什么问题对应什么故事。我却坚决不这样做。我的初衷是给大家一些提示，请你来亲自给孩子讲故事、创编故事。因为没有人比你更加了解你身边的孩子。相对于你这个"人"来说，故事只是扮演"帮忙"的角色，你才是引领和照耀孩子的那颗星星。

故事是保健医生，不是急诊大夫。如果平时几乎不给孩子讲故事，有了"问题"才想到故事，故事的作用会大打折扣，最重要的是讲的人难以摸到头绪。

尽管故事的疗效显著，我更鼓励大家不带特定目的地给孩子讲故事。故事并不是万能的。同一个故事对于不同孩子的疗效也不尽相同。还有一点很重要，生活是故事，但故事不是生活，不能用故事代替规则。

我们不需要整天给孩子讲故事，"过犹不及"。带有特别治疗作用的故事和其他所有治疗手段是一样的，都是一种干预。既然是干预，就意味着不是越多越好，需要适时适度。

我特别赞同中医师李辛的观点："'病'是生活总体质量的呈现。立足内心，好好生活。要治疗身体的疾病，最大的调节阀门还是在生活中。"给孩子讲故事在这个层面上跟中医非常雷同。我给孩子创编故事的很多灵感都来源于琐碎的生活。

给孩子讲故事吧。一旦你开口，很快你就会得到孩子满足而又诚心诚意的赞叹：

"你就是故事大王。"

目　录

推荐序一　"故事药"的魔法

推荐序二　王阳：用故事编制孩子梦想的妈妈

推荐序三　用故事让爱悄然绽放

前言　每个人都是故事大王

第一章
为什么要给孩子讲故事

这个世界是由故事构成的 / 002

故事疗愈了我们 / 005

故事传递生活的智慧 / 012

故事是"喂养"想象力的上佳"食物" / 014

故事让人与人相联 / 018

第二章
给孩子讲什么故事

创编的疗愈性故事 / 025

白天的经历 / 035

孩子小时候的故事 / 037

成人自己的故事 / 041

家族故事 / 049

第三章
怎样给孩子讲故事

讲故事前的准备工作 / 054

口述故事 / 058

模拟一个角色 / 060

使用平和的语调 / 061

"演"故事和游戏 / 063

讲故事的氛围 / 065

为孩子改编故事 / 065

怎样讲睡前故事 / 067

如何讲可怕的故事 / 069

讲故事之后：不要说破 / 071

故事的真假 / 075

第四章
给 0~3 岁的孩子讲故事

此阶段孩子的特点和需要的支持 / 080
此阶段的养育难题和故事应对 / 083

歌谣陪伴你——各种场合的童谣 / 083
拒绝换尿布——每天都拉尼尼的动物们 / 086
洗澡洗个没完——再见的时间到了 / 088
说"不"——今天是"可以"日 / 090
倔强不穿衣——寻找脑袋瓜的睡衣 / 092
随地扔垃圾——每个人都有自己的家 / 093
大喊大叫——会唱歌的小狗 / 094
断母乳——给小考拉准备的美味 / 096
怕打雷——雷公公的鼓和手电筒 / 097
旅途中的烦躁——热情周到的肚子先生 / 098
流鼻血后紧张——鼻子先生来帮忙 / 100
接受被拒绝——寒号鸟拒绝了猫头鹰 / 102
规则、弹性和包容——上厕所的故事 / 104

第五章
给 3~6 岁的孩子讲故事

此阶段孩子的特点和需要的支持 / 108
此阶段的养育难题和故事应对 / 110

上幼儿园的分离之苦——小考拉上幼儿园 / 110
叫醒孩子的妙招——大树家来了客人 / 116
快乐刷牙——小飞鱼的水坝 / 118
睡前身体不适——夜莺的歌敷脖子 / 119
学习等待——小老鼠发豆芽 / 121
和父母分床——云宝宝的星空之家 / 122
在车内捣乱——小兔子当警察 / 124
在家里干"坏事"——调皮的小公鸡 / 126
把幼儿园的东西拿回家——小石头的家 / 127
说脏话——脱裤子放屁的兔子 / 128
说谎话——森林国王吃葡萄记 / 130
失败的烦恼——小兔子推独轮车 / 132

被火吓到——打火机、山洞和海岛 / 134

怕黑——月亮来到我窗前 / 137

委屈地哭闹——小狐狸的金豆 / 139

没完没了看绘本——《蒂莉和高墙》"续集" / 140

渴望有力量——小狐狸的呼噜让山发抖 / 142

"取笑"别人的家庭——给最好的家送上王冠 / 145

第六章
给小学生讲故事

此阶段孩子的特点和需要的支持 / 150

此阶段的养育难题和故事应对 / 152

爱惜身体与时间管理——精灵的房屋 / 152

自我认同——海鸥扁豆 / 154

与同学相处——上衣和裤子 / 156

在学校"闯祸"——两个徒弟 / 158

和别人比较——自行车和城铁 / 162

坚持学习乐器——一把小提琴的奇遇 / 163

恐惧死亡——角斗 / 165

第七章
给青春（前）期的孩子
讲故事

此阶段孩子的特点和需要的支持 / 168

此阶段的养育难题和故事应对 / 172

告别童年——新年欢歌 / 172

考试退步——螺旋的世界 / 175

带牙箍的烦恼——会飞的小猪 / 177

情窦初开——森林王国的秘密花园 / 178

追星——想"开挂"的鸭子 / 180

管理手机——3 周后植物长正了 / 183

什么是根——神奇的博物馆 / 185

东西在学校被偷——林子大了，什么样的鸟都有 / 188

自我激励——因为你是狮子 / 190

第八章
多子女家庭如何讲故事

多生一个孩子对我意味着什么 / 194

多子女的挑战和故事应对 / 196

故事背后的养育信念和建议 / 201

第九章
特别时刻的故事

生病 / 身体不适 / 206

意外 / 突发 / 210

搬家 / 住校 / 213

告别 / 分离 / 216

父母离异 / 217

亲人离世 / 219

重大灾难和挑战 / 224

被故事吓到 / 225

后记　学习大地的品质，给孩子讲故事 / 227

参考文献 / 229

这个世界是由故事构成的

几年前，我上班途中要经过一个地铁站的天桥，有一段时间，每天早上我都会在天桥上看到一个卖无花果的摊子。满筐子的无花果，堆得高高的，上面立一废弃包装盒做的牌子，牌子上写着四个大字：不买，别摸！摊主是一位50岁左右的女士，脸上看不出任何表情，不招呼，不看人，和她的无花果一起安静地待在天桥上。我上班途中看见的是这番景象，下班途中看见的还是这番景象。我就琢磨，这堆得高高的无花果是卖了一些又补上去的呢，还是压根儿就一个没卖掉？

我回家跟12岁的女儿说起这事，我说要是你，买吗？女儿毫不犹豫地说"不买！"为啥不买呢？"都叫我别摸了呀，那就不摸呗。"看看，这四个冷冰冰、硬邦邦，没有任何故事色彩的字伤了孩子的心。

我又跟女儿嘀咕，你说怎么样才会有人买呢？既然问题出在牌子上，咱看能不能改了这牌子。我们就一起胡思乱想，你一言，我一语。结论是，在牌子上写上："我是骄傲的小公主，领我回家吧；实在忍不住，就轻轻摸一下。"女儿还纠正我说："妈，你应该说'小公举'。"

如果我也去天桥上支个摊，也卖无花果，你说谁的生意会更好？答案是显而易见的，对不对？因为我的牌子上有故事呀。

　　还有一次，我从街边一个餐厅门口路过，领班正在给站成两排的服务员上晨课。我留意到那些服务员很投入，听得津津有味，不是那种挺直了腰板接受企业文化熏陶的模样。我就很好奇，凑上去听他们在讲什么。原来那个领班在讲他们餐厅一道菜的故事，宋朝某某年，如何如何。嘿，这家餐厅有点意思。

　　言归正传。讲故事是古老又崭新的智慧，伴随着人类发展的进程，在当今时代显现出新鲜而又旺盛的生命力。

人类需要故事

　　华夏文明源远流长。远古的中国神话故事为传承文明起到了重要作用，它们本身也是文明的一部分。神明是天地精神的代表。"从宇宙混沌开始，到天地演化，乃至万物创生，神明——这种天地精神的代表，就始终伴随人类左右：看着我们出生，伴随我们成长，赐予我们食物，教会我们生活，引导我们彼此相爱，鼓励我们战胜困厄，帮助我们重建家园。祂们创造了人类的生命形态，确定了人类的生存方法，建立了人类的生活模式。"[2]

　　这种孕育、伴随和传承的方式在全世界范围内都是一致的。"印第安部落的神话故事最令人印象深刻的一点在于，在 19 世纪中期这些故事开始被收集整理之前，它们完全是凭口口相传保留下来的，没有任何文字记载，是一种鲜活的（且不断进化的）讲故事的传统。巫师、老者等一代代地讲述（和改写）老故事，不断推陈出新编出新故事，才使得这一传统得以流传至今，也保证了美洲土著文化得以持续散发不竭的生命力。"[3]

故事既古老又年轻

　　知道婉达·盖格（Wanda Gag）的人可能不多，但如果我告诉你，她是绘本《100 万只猫》的作者，而这本绘本被誉为美国"第一本真正的绘本"，你恐怕就有印象或者"哦"一声地恍然大悟了。她在其著作《过去的已经过去》（*Gone Is Gone*）的导言中说：

　　"这是一个非常非常古老的故事。我小的时候，我的祖母把它讲给我听。她小的时候，她的祖父讲给她听。而当她的祖父还是个波西米亚小男孩的时候，他的妈妈把故事讲给他听。我不知道他的母亲是从哪里听来这个故事的，不过你们可以看得出，它的确十分古老。"[4]

　　灰姑娘、小红帽、睡美人，熟悉吧？可是你知道吗？夏尔·佩罗（Charles Perrault）先生，这个第一个真正为儿童写故事的法国人，早在1697年就把这些故事送到了印刷商的手里。而女娲补天、愚公移山、牛郎织女的故事就更是早得无法找到确凿的产生时间。狼来了、龟兔赛跑、狐狸吃不着葡萄就说葡萄酸……这些故事是不是又老又年轻呢？

　　有大量的史料证明，在没有文字的年代，人们就靠口口相传保存、积累和传递经验。这些口口相传的东西逐渐形成民间故事、童话故事、传说和叙事诗歌。随着文字和各种艺术形式的诞生，这其中优秀的部分经过世世代代的洗礼，一直流传下来，并且会一直流传下去，因为我们的孩子依旧需要这些故事。"讲"故事，既是传统的、现代的，也是未来的。一代代人用嘴巴接力，一直讲述下去。每一代人又将他们自己特有的标记和理解揉进故事当中，故事会愈加丰富、精彩、鲜活。换句话说，只要有人还活着，故事就会活着。没错，就像美洲印第安人故事家弗拉丁·艾格勒·费泽所说的，这个世界是由故事构成的。

　　现在越来越多的父母和老师认识到，教育的目的在于帮助孩子"成长为自己"。人文精神、家国情怀的回归，引发广泛的讨论和共鸣。苏格拉底的箴言已经得到验证，"教育是点燃一支火把，而非灌输一个容器"。想象力和创造力正在打破容器，打破边界，让点点火种升腾。在这个过程中，故事所发挥的作用，所呈现出的鲜活生命力，才刚刚开始。

故事无处不在

无论是西方精灵传奇故事，还是东方神仙鬼怪故事，都向人类揭示出一条真理：故事让人活了下来。

师父，我遇到了麻烦，要怎么办呢？徒弟怅然而来。

师父头也不抬，讲了个故事。

谢了，我懂了，师父。徒弟满意而去。

真的就像水一样，如今讲故事无孔不入，渗透在各个领域，各行各业。

大家有体会，"学好数理化，走遍天下都不怕"的时代已经过去了。

在医疗领域，故事疗法在身心治疗方面的应用和作用也越来越受到关注。

很多企业家也都是故事高手；卖产品就是卖故事；不会讲故事，怎么带团队；要想获得投资者支持，必须会讲故事；要想找到一份好工作，要会讲故事。故事已经无处不在。银行的人说"你不理财，财不理你"。故事要比钱够义气。我说："你不理故事，故事也会找上你。"

故事疗愈了我们

故事与治疗之间的 "故事"

关于看病，很多人一定和我一样，有过类似的经历。花 200 块钱，挂一个专家号。然后各种焦躁、起起伏伏，等啊等啊，终于轮到自己了。

孩子哪里不舒服？

你就迫不及待地开始讲。刚讲几句话，专家医生就用吩咐助手的方式提示你不用再讲了。如果看的是西医，就吩咐开化验单、B 超单；如果看的是中医，就报药名，让助手写方子。你只好忍住不说了。等这些做完了，你立即将身体朝前倾一倾："医生，您看这严重吗？可能是什么原因呢？我还需要注意哪些？吃东西呢？哪些不能吃……"

你是多么希望医生能够和你再聊聊，嘱咐嘱咐，安慰安慰。可是呢——

"下一位！"

你等到的常常是这样的结果。

纽约石溪大学医院医生杰克·库里汉（Jack Coulehan）就说过，医疗体系"完全无视患者的故事"，医学将逸闻趣事视为低等科学。有研究人员录下医生和患者的对话后发现，医生一般在 21 秒后打断患者的讲话。

一个叫丽塔·卡伦（Rita Caron）的人让这种医疗状况发生了改变。卡伦是哥伦比亚大学医学院教授。卡伦年轻的时候在医院工作，是一名内科医生，当时她有一个惊人的发现：作为医生，她的大部分工作是围绕故事展开的。经过不懈努力，卡伦号召发起一场叙事医学运动，呼吁医疗界要采用全新的思维方式。卡伦致力于在诊断和治疗过程中加入故事的部分。后来，在哥伦比亚大学医学院，所有二年级学生除了学习核心医学课程外，还需学习叙事医学。年轻的医生们不再问些像机器人问的问题，他们的问题更加广泛，从以前的"你哪里疼"转变为"给我讲讲你的生活情况吧"。卡伦说，要想成为一名优秀的医生，需要掌握叙事能力。再后来，美国医学院开设人文课程的比例从 1/3 提高到了 3/4[5]。

我最近惊喜地发现上文中提到这位擅长讲故事和听故事的卡伦医生出版了系列著作，比如《叙事医学：尊重疾病的故事》《叙事医学的原则及实践》。我还顺藤摸瓜地看到，也有不少中国专家就叙事医学开展研究和出版专著。

我自己就有过接受叙事医学治疗的经历。我带女儿去看病，医生的规则里明确要求要和患者聊天满 30 分钟。而我自己治疗乳腺炎的过程，整个就是一个讲故事的过程。

就故事和医学来说，我很兴奋，中医简直和故事珠联璧合。这是由中医对疾病、对人的理解与西医角度不同决定的。尽管我不懂医学，也没有能力把这个宏大的话题说清楚，但是故事在医学上的运用和贡献，让我们一起期待吧。

由于本书关系到治疗，关系到孩子，请允许我再分享一个故事。这是"故事医生"苏珊·佩罗讲的。

曾经有一位年轻的医生参加苏珊的故事课程，说他在大学医学院读了 6 年医学，结果呢，他觉得他的思维像"干瘪的梅干"。他希望通过学习讲故事，能够让思维重新变成"水灵灵的鲜梅"，像记忆中的童年时代那样。后来经过不断练习，这位医生不仅能讲丰富多彩的故事，还能编故事。借着讲故事的本事，这位医生能和小朋友相处融洽，医生做得小有名气。他的诊所里总是放着一个"故事袋"，每次有小患者来，他都会从故事袋里变出花样，讲一个相关的故事。孩子们慢慢地就放松下来，接受检查或者注射。他后来不当医生了，而是去教别的医生如何给孩子讲故事。他发现这比做医生更有趣，对他人的帮助也更大。

我给孩子讲故事，从"胡说八道"开始

我怀女儿的时候，老公被公司派驻国外工作。女儿 1 岁 9 个月，我停薪留职，带她前往莫斯科，和爸爸生活在一起。我们遇到的最大挑战是语言。十多年前的莫斯科，街头、市场没有任何英文字母，能说英语的人寥寥无几，电视也完全看不懂。那时候我也不懂绘本。

我记得我们住处附近有一个幼儿园，女儿很喜欢去那里玩，那里有一块草地。上课的时候，园里老师不让我们进去，说会打扰他们，放学后可以去。有一天放学后，我带女儿过去玩。我记得很清楚，我和女儿坐在一棵躺在地上的很粗的枯树上，远远看着那些孩子游戏。女儿缠着我，让我说点什么。我看见头顶上有一朵云，地上有一条狗。我灵机一动，说："天上的云对狗说什么，地上的狗对云说了什么。"没想到女儿特别喜欢听。

从此以后，我开始随口讲故事。在莫斯科璀璨的秋天和寒冷的冬天里，故事成了我们的亲密伙伴。

我总是跟那些不敢开口给孩子讲故事的妈妈说，我给孩子讲故事是从"胡说八道"开始的，后来我学习到很多。我总是窃喜，很早的时候，我无意中踏上了那条"幽径"，闯进了那座"故事的花园"。

女儿从小到大，听过我讲很多故事，她最喜欢我给她编的故事，尤其在她身体不舒服或者精神需要支持的时候，指定必须编故事，不许照书讲，也不许讲书上的。故事，成了我们之间甜蜜温馨的沟通桥梁。

故事的疗愈力量让人惊喜又惊讶

2011 年夏天，我们一家从北京去香港游玩。到深圳后，8 岁的女儿突然发高烧，只好在酒店休息，服用退烧药后退烧。第二天到香港后又发烧，女儿蔫蔫地躺在床上，要求我讲一个故事。

我脑子一闪念，编了下面这个故事。

森林里住着一只绿眼青蛙，他有一个宝贝，这个宝贝晚上会发亮，吸引来好多小虫子，这样所有的青蛙就能饱餐一顿了。有一天宝贝不亮了，大家都很饿。绿眼青蛙决定带着宝贝去找传说中的仙女，请她修好这个宝贝。绿眼青蛙出发了，路上吃了很多苦，又累又饿，还遇见了强盗。强盗抢走了他的宝贝，绿眼青蛙很着急，想出一个办法，他想用他家祖传的另一个宝贝去交换，尽管他有些舍不得，可是为了修好这个发光的宝贝，绿眼青蛙就这样决定了。他跟强盗说，这是我家最宝贵的东西，如果你愿意，我愿意交换，反正那个宝贝也不能发光了。强盗一听，觉得有道理，就交换了。

绿眼青蛙带着他的宝贝再次上路了。找到仙女后，他说明来意。仙女很愿意帮助他，给了他一张纸，上面画了一些点点。绿眼青蛙说，这是什么办法，我看不懂。仙女说，她也不知道是什么意思，但师父交代过，如果有需要帮助的人，他自己会看明白。

　　绿眼青蛙谢过仙女，立即往回赶。回家的路上，绿眼青蛙一直想着那张纸上的点点，发现其实纸上有两种点点。他终于明白是怎么回事了。回到家后，绿眼青蛙把所有的青蛙召集起来，说："我们每个人身上都有力量，只要发挥每个人的力量，发挥爱和善良，就能打败'坏点点'，修好这个宝贝。"大家安静地听着，慢慢地，每只青蛙身上都发出了点点光芒，就像萤火虫，光越来越多，越聚越亮，最后所有的光聚拢到一起，点亮了宝贝。大家一阵欢呼，从此以后，青蛙们每天都可以吃上美味的虫子了。

　　女儿认真地听，终于沉沉睡去。第二天早上一觉醒来，女儿精神百倍，伸了个懒腰，对我说："妈妈，我身上的好点点打败了那些坏点点。"我很惊讶，这孩子从这个故事中似乎学到了什么。接下来两天，正遇香港瓢泼大雨，女儿被雨淋湿几次，但也没有影响游玩，没有吃一粒药，身体完全康复。

　　2012年夏天，我从夏令营接女儿回家，路上和一位妈妈谈到孩子们在很冷的泉水池塘里游泳，竟然没有感冒的事情。身旁的女儿插话道："你知道我们为什么不会感冒吗？"我说不知道。女儿接着说："我们在池塘里玩得特别投入，特别开心，人在非常开心的时候身上的好点点就会特别多，就不容易感冒。"我怎么都没有想到，1年前不经意间讲的一个故事，女儿却用这样的方式一直记得。后来，每当她生病的时候，就会在睡前想象自己身上的好点点越来越多。这让我理解了"内在胜利"和疾病的关系。

　　女儿对这个故事的两次反应，让我确定了故事的治疗作用，但我当时并不知道用故事来疗愈的方法是一门专门的学问，并且被广泛运用于心理学领域。

　　等我儿子出生后，每当他生病我也会讲这个青蛙的故事，因为他年龄小，我就把仙女的方子改成了"休息几天"：宝贝天天工作，累了，休息几天后就重新发亮了。用这个方法帮助儿子康复同样很有效。

　　这个故事也被很多妈妈运用和改编。其中一位妈妈改编了其中的情节：青蛙的宝贝是爸爸给他的，爸爸的宝贝是爷爷给的，爷爷的宝贝又是从爷爷的爸爸那里得来的。总之这个宝贝是父亲家族的传家宝。没想到就是这样一个简单的改动，改善了她 5 岁的儿子和爸爸的关系。故事连着讲了好多天，孩子都听不够。儿子开始和爸爸温馨地聊天，还因为妈妈打扰了他和爸爸聊天而不高兴。这位妈妈说："我当时的心情是 10% 的失落加 90% 的开心。今晚再讲这个故事时，我突然问儿子，你最喜欢哪部分，他说宝贝是谁给的那部分。我心里五味杂陈。等儿子睡着之后，我再细细品味我的五味杂陈，突然读懂了自己也希望和父亲心心相连。"

2011 年秋天，"故事医生"苏珊·佩罗老师第一次来到中国，我正式系统地学习了"故事治疗"。同时我还学习了心理学知识，我发现在心理学领域广泛使用"故事治疗"的方法，比如萨提亚女士、埃里克森先生，他们都是故事高手，面对来访者，常常讲一个故事就帮助其化解问题。

故事不仅疗愈听者，也疗愈讲故事的人

我记得女儿 9 岁那年，有一段时间，她为班级中一些"帮派"的事情苦恼，比如 A 帮派说 B 帮派的坏话，某某同学要控制帮派。女儿不知道如何是好。有一天，在接女儿回家的路上我给她讲了这样一个故事：

有一个叫"宝石村"的村庄，每个人都是一颗宝石，但每颗宝石都不同。有一天，一颗蓝宝石诞生了，大家举办盛大聚会，庆祝他的诞生。宝石村的宝石们无忧无虑地生活着。蓝宝石渐渐长大，每天都很快乐，经常在镜子前面欣赏自己蓝色的光芒。

有一天，村里来了一个人，自称是"宝石鉴定师"，说只有经过他鉴定后才能确定到底是不是宝石。大家纷纷前往。因为好奇，蓝宝石也去了，心想：反正自己是真正的宝石，没什么可担心的。没想到鉴定师竟然说蓝宝石不是宝石，只是块普通的石头。蓝宝石没有理会，回家了。第二天，蓝宝石发觉大家见了他都躲躲闪闪，窃窃私语。蓝宝石一问，才知道大家都在议论他不是宝石这件事。原来鉴定师跟大家说，谁要是说蓝宝石是宝石，就是死罪。蓝宝石很气愤，也有些伤心。他去找他最好的朋友米瑞，问他："你说，我是

不是宝石?"米瑞看着他,支支吾吾。蓝宝石失望至极。

渐渐地,蓝宝石忘记了自己是谁。他不再梳洗打扮,身上蒙上了厚厚的灰尘。看着镜子中没有一点光芒的自己,蓝宝石相信了自己的确不是宝石,只是块普通的石头而已。蓝宝石每天就这样生活着,不再照镜子,但似乎又有些什么东西老想打扰他,让他生活不安宁。有一天,蓝宝石收到一封没有署名的信,信上说:我知道的,你是一颗真正的宝石!蓝宝石捧着那封信,号啕大哭。他哭啊,哭啊,一直哭到自己睡着了。

第二天,蓝宝石到森林中去干活,经过湖边的时候,蓝宝石瞥见湖水里有一颗漂亮的蓝宝石,闪着蓝色的光芒。蓝宝石心想:这是谁呀,这么漂亮?他回头看看,身边没有其他人呀,难道这是我吗?蓝宝石摸摸自己,湖水中的宝石也摸摸自己。蓝宝石发现那颗真正的宝石就是自己。原来眼泪将他身上的尘土冲洗干净了。

后来,村里走了又来了很多宝石鉴定师,蓝宝石从来不去凑热闹。因为他知道,他是一颗真正的宝石。

我一口气讲完这个故事,和女儿陷入沉默。我好像触碰到了这个孩子内心的什么东西,也好像触碰到了自己。第二天女儿跟我说:"妈妈,我知道要怎么做了,我就是那颗蓝宝石。"

这个"宝石村"的故事很长一段时间成了女儿的护身符,每当遇到需要处理一些关系的时候,她总是从容地对我说,她就是宝石村里的那颗蓝宝石。

这个故事也让我明白,什么是一个人"本来的样子"。之前我经常对女儿说"我爱你",讲完这个故事后,我经常说"我爱你本来的样子"。即便她什么都不做,仅仅因为她是我的孩子,我就爱她。

我对我自己"本来的样子"也有了转折式的体察。我为人处事不再那么在乎别人对我的看法,我让自己和别人都轻松起来。

这个故事也帮助了很多人,帮助了他们的孩子。比如上海的维维就说:"听了一次蓝宝石的故事,我自己讲了多次,我慢慢从宝石鉴定师的角色转变为蓝宝石的角色。我现在确信,我就是蓝宝石。这个故事疗愈了我。"

故事传递生活的智慧

故事对孩子的成长有哪些作用？故事在专注力、记忆力、逻辑思维与理解能力、语言表达能力等方面都有帮助。

拥有了上述能力就行了吗？还不够。还有一样最重要的事情，那就是我们需要向孩子传授生活智慧。除了我们身体力行，躬身垂范外，故事，巧妙地承担了这一重任。或者说，如果利用故事向孩子传授智慧，孩子也会因此而具备自己锻炼其他能力的本领。

那么，智慧是什么？我觉得没有人比心理学家埃里克森说得更好。他说："消化了的人生经历，是唯一的智慧来源。"说白了，就是要通过实践去积累生活经验，正所谓"实践出真知"。从这个角度说，故事就是经过消化的人生经历，这是我最喜欢的对故事的定义。

我记得好早之前看过系列喜剧片《上帝也疯狂》，讲的是非洲卡拉哈里沙漠土著部落的故事。故事中布希族人完全没有听说和接触过所谓现代文明，他们以为打雷是上帝吃得太饱打嗝；如果有飞机经过，他们会以为是上帝吃坏了肠胃。其中有一个情节是主角西索的两个孩子误上了车，西索为了找回孩子，在沙漠里奔波。他以为汽车的胎痕是两条并行的巨蛇留下的痕迹，日夜兼程去追寻巨蛇。当他迎面碰见汽车的时候，他会避让吗？不会，因为他没有经历过，他没有经验。而我们呢？我们稍大一点的孩子呢？当汽车到身边时，还需要专注力、理解力去分析思考吗？不用。经验被消化了，已经转化为本能。所以，获得经验要比掌握知识更加重要。

获得经验的途径是什么？我觉得有两条路，一条是亲身经历，第二条就是听故事。自己亲身经历的是自己的故事，而听到的故事则是别人的亲身经历。

人的大脑每时每刻都在做一件事情，就是让主人活下来，而且是更好地活下来。为了实现这个目标，大脑开拓出一种探索和处理信息的方法，这个方法就是故事。大脑喜欢故事，什么人、在哪里、什么时间、发生了什么、为何发生、结果怎么样……它会把这些信息进行消化处理。大脑不喜欢道理，如果你跟一个大脑说"骄傲使人落后"，嗯？什么意思？如果你跟它说，从前有一只兔子和一只乌龟决定比赛跑步，结果骄傲的兔子输给了乌龟。大脑就会说，哦，原来是这么回事。这样的故事听得多了，等到类似的场景发生，它就会提醒你：嘿，伙计，还记得那只兔子吗？你是不是应该立即撒腿就跑？道理在这样的过程中逐渐演化成一种常识。智慧常常隐藏在常识之中。在育儿过程中，我们也需要不断检讨，我们是不是只顾一味追求高大上的所谓好办法，却反而把常识丢了呢？

"故事是经验的代言人，无论这些经验是来自我们自己、他人还是虚构的人物。别人的故事和我们自己的故事同样重要。如果我们只对自己的经验加以累积，光靠一家之言难以取得成功。"[6]

故事和现实生活的确是交相辉映的。日本心理学家河合隼雄就谈道：

"作为从事心理治疗的专业人员，经常见到患了上学恐惧症的孩子和他们的家长。每当这种时候，我都感觉《亨塞尔与格莱特》（《格林童话》中的故事——作者注）的故事并不仅仅发生在遥远的童话世界里。"[7]

如果了解了大脑工作的原理，了解了故事和现实的关系，养育孩子是不是就可以简单轻松很多：

给他经验！

让他自己去做！

给他讲故事！

人生短暂，亲身经历也有限。有些痛苦最好不要去经历，听故事就能解决。女儿问我发生火灾后应该怎么做，获得这种经验不需要真的经历火灾，也祝福我们都不要经历火灾。我们只需要听听台湾消防员蔡宗翰先生讲的几个真实的故事，就会明白"小火快逃，浓烟关门"是什么意思。

我的孩子失败了，我要怎么做？讲故事啊。讲年仅19岁的棋手柯洁鏖战阿尔法狗三个回合，一局未赢的故事。阿尔法狗是人发明出来的，这难道是真的失败吗？孩子，失败可能还有哪些含义？

孩子一旦有了这些经验，将终生不会忘记。这些经验和孩子日后的真实生活相互切磋、低语，形成一条深邃的小溪，从孩子的心底一直流向生命的远方。太多的案例佐证了一个人早期的境遇和经历对其一生的影响。看着那些年长者舒展抑或紧锁的眉头，透过岁月刻下的痕迹，会让人禁不住想了解，在他年少的时候曾发生过怎样的故事？而他今天的眼眸中又映射着我怎样的未来？

故事是 "喂养" 想象力的上佳 "食物"

我们全家除我母亲外都喜欢喝粥。我母亲生我的年代缺衣少食，月子里都吃不饱饭，喝了很多粥。用我母亲的话说，把一辈子的粥都喝完了，再也不想喝了。

我上高中的时候住校。有段时间头晕浮肿，母亲带我去医院，医生说是营养不良。我回家休息了一周，父母给我做了些好吃的，还让我喝"补脑汁"。回过头看，补脑汁的最大作用是心理安慰。我带着几盒补脑汁愉快返校，心想着再也不用担心浮肿了。

到了我的孩子这代，再也不给他们喂补脑汁了，开始关注有机、无公害食品。

每一代人对食物、营养的需求和感受不同。但有一点是相同的，就是除了喂养孩子的身体，我们还要喂养他们的精神和心灵。之前的人们就不关心孩子的精神和心灵吗？不是的，每一代都在物质和精神两个方面对孩子尽心尽力，做到了他们所能做到的最大值。区别在于是出于本能，还是出于有意识的行为。就像马云说的，动物有本能，机器有智能，人有智慧。我们都希望成为智慧父母，不是吗？

当今的时代、未来的时代与以往的时代有什么不同呢？有一个人把这件事说得特别清楚。这个人就是著名未来学家丹尼尔·平克（Daniel H. Pink），他写了一本书《全新思维》。

平克指出，当前，我们正从信息时代走向概念时代。未来，属于那些拥有全新思维的人。

平克以科学家的态度，严谨地对比了人们的左右脑。从农业时代、工业时代到信息时代，人的左脑作用凸显。但时代发生了改变。"左脑思维让生活更加美好，但未必让我们更加快乐。'软件已成为头脑的铲车'，只有具备电脑无法企及的能力，才能在未来占据领先地位。"

全新思维和故事有关系吗？当然有。平克认为六大能力决胜未来，分别是设计感、娱乐感、意义感、共情力、交响力，还有最后一个，故事力！这六大能力全部来自右脑。平克说这些是每个人都可以掌握的人类基本技能。注意，是基本技能。其他五个我说不好，单就故事力来说，我可以证明，讲故事的能力，的确很容易掌握。

什么是故事力？平克说：

"当今时代，信息时时处处可得，因而价值也就相对减小。因此，现在越来越重要的是这样一种能力：把这些信息置于某一情境之中，使之具有某种情感冲击力。这就是故事力的本质，即情感化的情境。"[8]

我第一次看到这段话时，感觉犹如醍醐灌顶。平克用几个字把故事的作用以及如何发挥作用都说出来了——"情感化的情境"！情境实际上就是画面，不断变化的画面。想象力就是构想画面的能力。画面为何对孩子重要？我讲个故事。

每年秋天，北京都有国际马拉松赛事。有一年，我带着 12 岁的女儿在离终点 3 公里的地方观战。那里有个很大的牌子，写着"最后 3 公里"。

我们之间的交流不多，安静地看。一幅幅画面映入眼帘，心里有各种说不出的情感在流动。

参加比赛的选手，有家庭，有情侣；有老人，有孩子；有少数民族，有各种肤色的外国人；还有一些装扮成小说人物的人。

有哼着小曲的，有唱着京剧的。有一位老者在讲着什么旧事，前后左右围着人，一起缓慢跑着。

有一个人可能实在太累了，往地上一躺，立即有人过来："不能躺，站起来，加油，只剩 3 公里。最后 3 公里！"好几个人都过来加油打气，躺地的队员站起来，留给我们背影。

我催促了几次，女儿还舍不得走。后来在回家的路上，女儿跟我说："妈妈，我们中国人真团结。"

何以发此感慨？

"你看那些人来自全国各地，他们都不认识，可是互相鼓励，像亲人一样。还有那个小孩，真厉害，跑到最后还能跑那么快。"

我想"我们中国人真团结"的信念，会一直伴随着女儿成长。

一幅画面胜过千言万语，因为那些画面里流淌着情感，产生了冲击力。好的故事真的就是一幅幅画面。我在故事课程上给大家讲故事，让大家闭着眼睛听。完了我问，"听到"什么了？很多同学说"看见"了一幅幅画面。多有趣，闭着眼睛听，却看见了画面。感觉器官都相通了。有科学依据证明，当我们在"听"的时候，大脑里有 20 多个区域在同时工作。

歌德曾经说过：

"我作为一个诗人的特点，不是力求去体现什么抽象的东西。我只是在内心中吸取印象，而且是感性的、鲜活的、可喜的、形形色色的、多姿多彩的印象，一如我活跃的想象力所能提供的一切一切；我作为诗人要做的仅仅是，在心里对这些观感和印象进行艺术的整理加工，然后再生动地将其表现出来，以使其他人在听到或读到时也获得完全一样的观感和印象。"[9]

歌德言辞里透出的天赋，即通常人无法企及的东西，被他说得轻描淡写，轻而易举。

孩子天生具有创建图像的能力。可能都不是创建，而是当词汇形成概念后，以图像的方式存储。我记得我儿子两岁的时候，有一天傍晚，我们一起去接他的姐姐，因为红灯我们在路口停下。儿子看着不远处灌木丛上的路灯，问我：

"妈妈，那是什么？"

"那是路灯。"我完全没有过脑子，脱口就说。

"不是，那不是路灯。"我儿子有些急了。

"那你说是什么？"

"是天上掉下来的星星。"

哦，我的天！从那以后我儿子问我什么东西，我都会很谨慎地回答，通常就反问他："你觉得是什么？你觉得呢？"

孩子越年幼越和天地浑然一体，他就是山川河流，他就是日月星辰，想象力不丰富才怪。孩子的这种图像能力也正因为过于丰富活跃而容易丧失和遭到扼杀。如果我说，别胡说了，那怎么会是星星，明明是路灯，我可能就成了想象力的刽子手。

人的想象力可以"喂养"，我们可以让它更持久、更丰富地保持下来。故事就是很好的喂养想象力的"食物"。上面提到歌德的天赋，天赋如果没有机会发挥，就像被锁住了光辉的星辰。再说哪个人没有天赋呢？重点在于有怎样的机缘，有哪些人帮助我们打开那把锁，把天赋从囚笼里释放出来，让它熠熠生辉。

歌德的母亲就是开锁的那个人。她以擅长讲故事而闻名，从歌德两岁起，就给他讲故事。歌德说："从母亲那里，我学会了享受生活和喜爱编造故事。"歌德知道，要有能力享受生活，要化解生活的艰难困苦，使之有情有趣，我们需要丰富的想象力。

故事让人与人相联

在我的故事课程里，大家经常需要练习讲故事。有一次的题目是：讲一个故事，跟你的搭档说说你的优点。我做了个示范：

我觉得我这个人抗挫折能力还行。我在高中的时候也算是学校的风云人物，各年级有很多同学、很多老师都认识我。不过，我参加了4次高考！

最后一年，我在原来的学校实在混不下去了。我转学到一所专门的复读学校。悲催的是，从我住的地方到学校，必须经过我初中语文老师侯老师的家门口，除非我绕过一个大池塘。在我的老师中，侯老师在我心中的分量，至今没有人超越。

为了躲避老师，每天早晨我都绕过池塘去上学。下晚自习的时候，经过老师家门口，会朝里面瞟一眼，飞奔而去。

就这样过了一年。我以县城文科状元的成绩考上了南开大学。终于有脸去见老师。他说："早晨我经常站在门槛里面，望着你绕池塘而过。"

等我说完，有个同学看着我，泪光闪烁，哽咽着说：

"谢谢你分享你的故事，我参加了3次高考，最后还是没有考上。我从来不敢跟别人说，这是头一回说。"

我听懂了她说的。我何尝不是这样，我上大学时最痛恨的事情之一就是填写履历表，哪一年到哪一年在哪里上学，证明人是谁。我想方设法地把我复读的时间藏起来，又怕对不上露了马脚。盼着赶快工作，就不用填这些该死的东西了。

很多年以后，我才鼓起勇气说出自己的故事。

扯远了，说回来。大家开始找自己的优点，有的人竟然很久都找不到自己的优点，更想不起来有什么和优点关联的故事。可是等周围的人开始说，大家就都说开了。两小时前才聚到一起、互不相识的一些人说起故事来热火朝天，哈哈大笑的有，掩面擦泪的也有。不强行打断根本就停不下来。

我跟大家说，记得课程开始时大家做了自我介绍。这一轮下来，有什么不同呢？大家说：

"我觉得一下就跟她熟悉了，对她了解更多了。"

"我觉得这个人不再是个名字，更加立体鲜活。"

"我觉得我跟她真像，我还希望更多地了解她。"

"我没想到她是这样的一个人。"

"我觉得她很亲切，好像我们认识了好久一样。"

……

好玩吧，就几分钟的时间，画面发生了很多变化。一个故事从嘴里说出来，听的人和故事之间发生了关系，讲的人也和故事发生了关系。更重要的是听故事的人和讲故事的人之间发生了关系。这是我们要给孩子讲故事的根本原因所在。

如果要论收获，很多时候很难去区分是听的人收获大，还是讲的人收获大。不少人跟我反馈说，我的故事疗愈了他。而我呢，也常常通过给别人讲故事疗愈了我自己。在我身心不适的时候，我也会自己给自己讲故事。

给孩子讲故事，很多时候分不清谁的收获更大。一个孩子出现一些偏差行为，挑战大人，或者是情绪失控，背后都是"爱"的呼唤，呼唤大人来帮帮他，因为他的生活经验还非常有限，他正在越过那些限制寻找解决之道。恰好在那时，成人通过一个故事，让孩子找到了那个通道。孩子瞬间转变过来。讲故事的成人会和孩子一起欢欣不已。

弗洛姆说："一个医生，往往被他的病人所治愈；一个老师，往往被他的学生所教导；一个演讲者，往往被他的观众所鼓舞。"

真是高见。可以增加一句："一个讲故事的人，往往被听故事的人所治愈，所教导，所鼓舞。"

故事在听和讲的人之间的发酵关系，与付出真爱时的感觉很一致。

我从小在奶奶身边长大，7岁才离开。我念高一的时候，奶奶生病去世。此后20多年我都不能释怀。那种悲伤、不舍和遗憾常常让人无处躲藏。我一直觉得奶奶给了我太多太多，我什么也没给她。等我有能力让她享福的时候，已经无处可寻。我生了老二之后还做梦带奶奶去香港游玩。有一次，我和一位心理学老师一起吃饭，席间谈起了我的遗憾，眼泪不争气地掉下来。老师默默听着，问我：

"你记得你跟奶奶生活在一起的时候，奶奶快乐吗？"

"快乐，很快乐！我常常把奶奶逗得都笑出眼泪来了。"我说。我分明看见了奶奶呵呵呵地笑着，扯起衣袖擦眼睛。

"那些快乐是谁给的呢？"老师问。

我心里"咚"一声响，没有回答。我又开始掉眼泪。这一回的眼泪和前面的很不同。

"你觉得这些快乐够吗？"等我平复一些，老师又问。

"够！"

这几分钟的对话，不仅很大程度解救了我，也引领我对死亡、对生命、对爱去重新认识。

只要是真爱，爱和被爱就会是同时发生的，甚至都没有量的区别。这也回答了人们为什么爱故事。

"当我们从童话中走出来的时候，我们和走进去时的那个自己相比，已经不完全是同一个人了。"[10]

我在你说的故事里看见了你，我还在你说的故事里看见了我。我在付出的同时获得。托尔斯泰说"幸福的家庭都是相同的，不幸的家庭各有各的不幸"，但有时候不幸的家庭也会很相似，你看那些聚在一起吐槽老公和诉苦熊孩子多难对付的妈妈们就知道了。

人们之所以爱讲故事，爱听故事，是因为渴望与他人相联，渴望通过他人了解自己。从古到今，到往后，每个人，无论肤色，无论性别，无论老幼，都是这样。

故事让世界相联，故事让人与人相联。

"未来，让人活下去的不是食物，而是故事。"

森林餐厅

故事仿佛是浩瀚的海洋，但若想将其分类却不是一件容易的事情，不能像海洋那样按照地域来进行划分。

如果按照年龄来划分，给3岁前的孩子讲或者唱一些儿歌、童谣就非常好。简单重复的故事孩子也会很喜欢。孩子上幼儿园后，可以选择性地给他们讲一些童话故事，或者是温暖、轻松的自然故事，情节仍然比较简单。小学生呢，除了可以继续前面的故事外，可以增加民间传说、寓言故事、神话故事，情节可以复杂一些。故事当中的英雄人物会深得孩子青睐，他们很希望成为那样的人。等到孩子上了初中，历史故事和人物传记中的真实英雄会逐渐替代那些虚构的英雄。当然，这是一个非常粗略的划分，经典的童话故事对成年人来说也很适合和需要。而疗愈性的故事，更加不受年龄的限制。

除了讲现成的故事，你还可以改编这些故事，甚至创编故事。本书的重点即是"创编的疗愈性故事"。

如果你觉得创编故事还没有头绪，现成的故事背不下来，甚至懒得给孩子念故事，你还可以讲真实的经历。孩子的经历、成人的经历；一天的经历、一段时间的经历；你甚至可以"添油加醋"。从疗愈角度来说，其效果惊人。在后面的章节中你会见证这一点。

创编的疗愈性故事

什么是疗愈性故事？

"故事医生"苏珊·佩罗在《故事知道怎么办：如何让孩子有令人惊喜的改变》一书中指出："'疗愈'（Healing）的词典释义是'使达到平衡，变得健全或完整'。"这让我想到中国人讲究"养"，养孩子，养生。"养"的意思是"使身心得到滋补或休息，以增进精力或恢复健康"。疗愈性的故事可以理解为"让失去平衡的行为或者状况重新恢复平衡和完整"的故事。也可以理解为帮助人们"滋补身心、增进精力或恢复健康"的故事。

我很认同苏珊下面的观点：

"所有的故事都可能具有治疗作用。如果一个故事让人发笑，笑的人就得到了治疗。如果一个故事让人流泪，泪水也同样具有治疗作用。民间传说和童话故事可以达到治疗的效果，因为这些故事中的主题和解决方案非常具有普遍性，可以给听故事的人带来希望和勇气，让他们去面对生活中的艰难困苦，并帮助他们找到继续前进的道路。"

既然几乎所有的故事都有治疗作用，为何费劲去亲自创编呢？因为"100个人心中就有100个哈姆雷特"，这句话也可以理解为"一个人一个故事"。近来一些关于恢复健康的观念深得人心，"求医不如求己"，"自己是最好的医生"。没有人比你更加了解你自己，也没有人比你更加了解你的孩子。你可以创造出100个哈姆雷特来，分别用在你孩子100个不同的需求时刻。如何让这 100 个哈姆雷特分别发挥作用呢？故事中的一个关键因素会帮助到你，那就是"隐喻"。

隐喻

隐喻是指：

"一种语言的表现形式，通过词汇或短语，用某个种类的物体或想法来表现另一个不同种类的物体和想法，以此来暗示两者之间的相似性或类比性。"

为什么要使用隐喻？

"隐喻可以帮助人们将两个事件、想法、人物或是含义进行联结，同时也将从一种模式中获得的体验转换为另一种模式中的体验，从而发展出新的觉察能力。"[11]

心理学家埃里克森是讲故事的高手，喜欢用隐喻的方式进行辅导或治疗，而且效果堪称一流。他曾经说过："所有的心理问题，都可以用说故事的形式解决。"

有人问他为何相信这种方法有效，他的回答还是一个故事：

"小时候，一匹马游荡到我家农场，没人知道它从哪儿来。父亲骑上马，把它领到路上，只有在马离开大路或走到田里时，才赶它回到大路。于是马很快回到主人家，主人很惊讶，问父亲，你怎么知道它是我的？父亲说，我不知道，但马知道，我所做的只不过是让它一直在路上。"

还有一位故事高手是被誉为"每个人的家庭治疗大师"的维吉尼亚·萨提亚。她创造了萨提亚治疗模式。萨提亚擅长用故事治疗，将隐喻看作是促成改变的有效工具。她曾经就隐喻接受过访谈。她说：

"对于人类个体，涉及意义的时候，有如此多的事情要做，通常语言的表述是一个非常具有局限的因素。当我想要获得一些特别的意义时，我就会引入隐喻。通过使用隐喻，我可以在任何事物和我打算了解的事物之间创造出一个空间。从这个角度来讲，隐喻就像是一位助理治疗师……它在个体头脑中创造出了一幅图画，言语没有这样的传达能力。它开启了一个完全不同的改变过程。"[12]

访谈中萨提亚女士举了好几个治疗案例，来说明她是如何让故事发挥作用的。比如她谈到一个 15 岁的男孩宅在家里，不愿意上学的事情，她给他讲蘑菇的故事，让其体会蘑菇伞下和伞外的不同。男孩令人惊喜地回应：

"也许我看得不够远。我看到的还不够开阔，还没有看到未来发生的事情。也许我应该走出去，寻找更多的想法和更多可以做的事情。"

萨提亚女士还说：

"当人们可以做一些隐喻式的思考的时候，他们就已经做好了解决任何问题的准备。在给予力量和带来变化方面，线性方法完全无法与隐喻技术相比。隐喻也许是人类所拥有的最为丰富的力量资源。"[12]

在给孩子讲故事的经历中，我深深体会到隐喻的魔力。比如一个小孩子因为生殖器有些红肿疼痛而浑身不适。如果给他讲身体怎么会不舒服，然后处理一下、休息一下就好了，这几乎起不到任何作用。但是，如果讲一个"毛刺球"的故事，毛刺球如何跑到鞋里、衣服里、被子里，让人如何不舒服，精灵们如何来帮助清理干净毛刺球，那个担心又不安的小孩子会立即安静下来，很快入睡。第二天一早，他醒来的第一句话就是向你汇报身体不疼了。

再举个成人的例子，体会隐喻如何推动"改变"。

有一个年轻的姑娘，她是一名幼儿园的老师。在故事课小组分享时，我站在她身后，听到她的故事，体会到她的紧张和不安。我希望在大组分享时她能够再次表达出来。果然，在片刻的静默后，她开始说话。她小学 2 年级的时候，有一次不小心将一块吸铁石塞到鼻子里面去了，妈妈带她去医院。在去医院的路上，她想了很多，她想会不会活不了，会不会割掉鼻子。到了医院后，医生笑着说，怎么把这个塞进鼻子里去的。她一听医生说话就放心了，心想如果很严重医生肯定不会这样笑着说的。然后医生把吸铁石夹了出来。不过她说现在看到吸铁石还是害怕。说完眼圈又红了。

我让大家欣赏姑娘挺拔美丽的鼻子，姑娘不好意思地低下头，挤出一丝笑意。

"你说医生一张口你就放心了，你很能察觉他人的想法，并且将那个想法联系到你？"

"是的，我很能理解对方的想法，现在也是这样。"

"那是什么意思？"

"我会站在对方角度想问题，如果有不同意见，我会去想他是什么意思。"

"你的意思是你善于和人打交道？"

"对。很多人愿意跟我说话，我和他们一下子就熟悉了。"

"听起来要么你是吸铁石，要么对方是，要么你们之间有块吸铁石。你觉得是哪个呢？"

"我觉得我是吸铁石。我很容易吸引到别人走近我。"姑娘突然提高了嗓门，没有丝毫犹豫地几乎是抢着说她就是吸铁石。

"你现在觉得'吸铁石'怎么样？"

"我觉得没什么了。"姑娘扬起头来，很舒服地笑着。

好的故事本身就是隐喻。就好像我们一说"狐假虎威"就知道是什么意思一样。我坚信隐喻的疗效并不断实践，我获取的经验除了来自他人的故事，更多来自我个人的体验。

我再讲个故事。

有一年冬天，外面下着雪。我和儿子趴在窗户前看雪。我家对面是小区的会所，比我家楼层矮。

"妈妈你看对面屋顶上都白了。"

"是的，雪下大了。"

"我们房楼（儿子小得还不会说'楼房'）上的屋顶也是白的，只是我们看不见。"

"为什么我们看不见呢？"我特别好奇这个小孩子为何说这样的话又会如何回答我的问题。

"因为我们住在这个房楼里。"这哪里是不到 3 岁的小孩子，这分明是哲学家式的回答。

隐喻，就是那对面屋顶上的雪，它让你知道你自己的屋顶上也有雪。

我亲爱的人啊，你们不是痴心梦想要回答"我是谁"这个问题吗？仅仅通过你自己，永远找不到答案。你们需要和别人交换故事！

我儿子 5 岁的时候，有一天说，妈妈你瘦多了。我高兴地跳起来说，真的吗？儿子不动声色，说，头长在你身上，你看不到。

人们需要镜子！故事，是非常好的镜子，是一面魔镜，是能够让事物现出原形的魔镜。

创编疗愈性故事的原则

要如何选择和安排隐喻，如何针对各种情形来创编一个疗愈故事？这要展开来会是个庞大的话题。本书用原创案例来给大家提供一些线索。恳请大家在使用这些范例时，根据实际的需要进行再创作和改编。

这里简述一些创编故事的原则。这些原则非常的重要，以至于我可能不会放过一些啰唆的机会。在后面实际的案例中仍然会强调这些原则。

首先，藏起说教的意图。

给孩子讲故事是为了避免"说教"他们。如果一个故事让孩子听出来你高高在上，挥舞着"真理"之棒，妄想指哪儿打哪儿，你的方向就走反了。兔子是个小气鬼，一个朋友都没有；小熊热心又助人，朋友多得数不清。故事里如果有这样的语言，还不如不讲故事。好嘛，公开批评教育我就算了，还给我下圈套，你以为你换个"马甲"我就不认识你了呀，少来！到时候你再想给孩子讲故事，估计就该吃闭门羹了。

如何来理解说教非但不起作用，反而会带来阻抗呢？萨提亚从心理学角度说得非常清楚。

治疗师和来访者的关系建立在价值平等的基础上，彼此接纳各自的精神基础。萨提亚说："人与人在价值上是平等的，每个人都是生命力的明证。"这意味着权力是共享的，没有谁会比别人掌握更多的权力。治疗师通过来访者自己的独特性来定义他，而不是将其与外在的病理范例进行比较来诊断他……当治疗师开始理解来访者的意思而非将自己的观点强加给来访者时，阻抗的意义也就随之改变。萨提亚认为，阻抗来源于来访者保留已有东西的需要，他们宁愿选择安全，也不肯盲目走进未知。所以，当治疗师在治疗关系中创建安全和信任时，阻抗就消失了。萨提亚说，阻抗是一种方式，这种方式让"你在丢掉已经拥有的东西之前，拥有一些还不错的东西"[13]。

我在学习萨提亚系统治疗前，犯过一些错误。看了几本育儿书籍，就觉得自己好像掌握了真理，在超市、马路边看到父母对待孩子一些所谓"错误"言行的时候，就想上前去"教育"这些父母，想来真是惭愧。那些脱离了个体独特性和背景的观点，于他人没有任何帮助。正如萨提亚告诫我们的："请千万不要迷惑自己，认为你正把东西转给别人。你甚至不能自己给自己植入什么。"

其次，美善积极的结局。

通过给孩子讲故事，我们要传递"人之初，性本善"；要传递"不是缺少美，而是缺少发现美的眼睛"；要传递"办法总比困难多"；要传递"爱是永恒的旋律"。同时，以故事为鉴，以自己为鉴，让孩子确信人是可以自我成长的。

长久以来，我们都陷入了"病理学"的沼泽中，而忘记了其实在任何年龄，只要有适合的情景，我们都可以自我成长[13]。

所以，在创编故事之初，我们就要定好结局的方向。不是说故事不可以有恶，不可以有悲伤的结局。

沼泽边上住着狒狒一家。狒狒妈妈实在太口渴了，抱着宝宝冒着生命危险去河边饮水，鳄鱼冲了过来，抓住了母子俩。妈妈奋力逃脱，胳膊被鳄鱼的尾巴打伤，意味着活不了多久。狒狒的舅舅冲过来和鳄鱼搏斗，想从鳄鱼嘴里救下外甥。但实力不济，败下阵来。狒狒的爸爸接着迎战，拼死让鳄鱼放开儿子。在爸爸誓死不休的气势面前，鳄鱼作罢，放下嘴里的猎物。爸爸抱起宝宝，可惜已经太晚了。

这个故事的结局是悲伤的，但这丝毫不影响狒狒家族的精神长存。这样的故事时刻都在上演。

最后，旁观者的态度。

"你看孩子的态度比你讲的故事重要"，这个信念非常重要。说到故事治疗，有的父母觉得孩子浑身都是毛病，以至于觉得这个孩子不像个"好"孩子，像个"坏"孩子，要把他身上的毛病全部去掉，把他变成一个"好"孩子。如果讲故事是为了把一个"坏"孩子变成"好"孩子，方向就错了。这就好像你看到一块黑布，你认定它就是"黑"的，如何变得"白"呢？治疗的方向是让失衡的地方恢复到平衡，缺失的部分重新完整，透支的部分增进精力。也就是要将"状况"和"人"分开。而只有旁观者才能把二者分开。举个例子。

我和儿子坐电梯下楼，到一楼门厅，电梯门打开。此时电梯门外站着一家三口，孩子3岁多的样子。我们还没出电梯，孩子着急往里进。妈妈说话了：

"宝贝，等人家出来我们再进去。"妈妈说得很清楚，也很"旁观"。可是又立即补充了一句：

"你怎么这么没礼貌！"

补充的这一句立即就主观化了。这么没礼貌是怎么个没礼貌？礼貌打多少分？答案太个性化了。甚至有些时候我们成人的这些判断已经不再针对孩子了，而是说给身边另外的大人听的，以澄清自己其实是个称职的养育者，让旁人不要误会了自己。

有很多人询问，我的孩子不爱跟人打招呼，讲个什么故事能让他成为一个有礼貌的人呢？这里面就有个潜台词，这是一个没有礼貌、缺乏礼貌或者不懂得礼貌的孩子。如果死守这个概念，故事的确就卡在那里，不知道从哪里讲起。如果故事里认定主角没有礼貌，孩子听了这样的故事，当面临跟人打招呼的时刻，也会因为背负"没有礼貌"的压力而退缩回去。

旁观者如何讲故事？旁观者会看到不同年龄段的孩子、不同个性的孩子表现不同；会看到跟人打招呼的方式很多，除了用嘴说，还可以用眼神，用身体语言，甚至"此时无声胜有声"；旁观者还会看到孩子为何不愿意跟某种人打招呼，比如因为对方很"假"。这样来看问题，是不是可讲的角度就很多呢？

大家看过纪录片，纪录片里的旁白就是个故事高手。他跳开那些故事情节和纠葛，从局外去看。

什么时候最难旁观？关系双方有明显的实力悬殊的时候。

"'真可怜，你竟然发生了这种事情。你肯定感觉糟透了！我支持你。'诸如此类，这是提供帮助的传统方式，这是我（玛丽亚·葛莫利，美国婚姻与家庭治疗协会认证督导，曾与萨提亚女士亲密工作二十余年——作者注）曾经学到的给予支持、安慰、同情的方式。但这不是真正的帮助，因为案主（心理咨询中被支持的对象——作者注）感到自己越来越渺小，越来越依赖他人。我们事实上支持了他的软弱，而忽视了他的力量。"[14]

在孩子成长过程中，父母要永无止境地接近"旁观者"，用旁观者的角度来给孩子创编故事，讲故事。我在故事课上让大家去体会被当作需要额外保护的"弱者"，感觉都非常不好。在为孩子创编关于人际关系问题的故事时，要尤其注意这一点。后面的章节我会再示范一些例子。

系统性治疗

"任何一个家庭成员在特定时期的症状都是家庭系统功能失调的表现。"[15]

当一个孩子出现了偏差、失衡的状况，需要把它放在一个系统中去看待。孩子生活在一幅完整、系统的图景里。比如一口井突然没有水了，会跟很多因素有关，单单解决某一个问题常常是不奏效的。这也意味着"讲故事"不仅仅是个技术活，有时候还需要进行整体评估。孩子的这个现象，可能跟哪些因素有关呢？是因为他进入到了新的阶段，夫妻关系、家庭环境出了问题，还是安全和爱的方面出现了一些需要调整的东西？是不是一定要讲故事呢？如果我多陪伴他是否就能解决问题呢？如果一定要讲故事，是现在就讲，还是观察几天后再说呢？听起来这个系统性增加了解决问题的复杂性，但是好处是你对这个孩子越来越了解了，你对什么时候要放手，什么时候要干预越来越心里有数。就好像孩子第一次发烧时你紧张得要命，手足无措，经历多了就泰然处之了。这还会让你对如何讲故事越来越有感觉。

比如孩子很多看起来"不正常"的言行和他即将进入新的成长阶段有关，他用各种方式说，我长大了！爸爸妈妈你们看到了吗？如果爸爸妈妈没有看到，孩子就会鼓捣出各种名堂。

3 岁 8 个月的儿子明显长大了，至少他自己是这么认为的。

"小明，吃饭啦。"我喊。

"不要叫我小明，我是大哥哥了。"小明头都不回地答复我。

"好吧，大哥哥，吃饭啦。"小明应声来吃饭。

去外面餐厅吃饭。邻座一个小姐姐哭闹，妈妈哄半天无果，然后看着小明说："你看那个弟弟在认真吃饭。"

小明很严肃地说："我不是弟弟，我是大哥哥。"

家里家外，小明不放过任何标榜自己是大哥哥的机会。"小明，等你再长大一些，就可以玩这个了"。他立即会有回应："我已经长大了，我是大哥哥！"看来这个小家伙的确是长大了。我决定送他一个故事。

有一只大老虎，他自称自己是老大哥。有一天，老大哥老虎去散步，遇到一只小老虎。

"你好，小老虎。"大老虎说。

小老虎不理他。

"小老虎，你好啊，我是老大哥。"大老虎又说。

"请你不要叫我小老虎。"

"那叫你什么呀?"

"请叫我老大哥!"

好吧。于是两个老大哥排队朝前走。走着走着遇到另外一只小老虎。

"你好啊,小老虎。"老大哥们说。

"请你们不要叫我小老虎。"

"那叫你什么呀?"

"请叫我老大哥。"

(讲到这里,我留意到小明两眼放光。)

好吧。于是三个老大哥排队朝前走。走着走着又遇到一只小老虎。

"嘿,小兄弟。"老大哥们亲热地和他打招呼。

"我不是小兄弟,我是老大哥。"

好吧。于是四个老大哥排队朝前走。走着走着,他们觉得有些饿,决定一起去找一个饭馆吃饭。来到一个饭馆里,刚坐下,服务员来了。

"你们好,老虎们,请点餐,想吃点什么呢?"服务员热情地招呼。

"请不要叫我们老虎。"

"那叫你们什么呢?"

"请叫我们老大哥!"

(小明咯咯咯地笑。)

"好吧,老大哥们,请点餐。"

老虎们点了自己最爱吃的菜,吃得很开心。吃完了喊服务员结账。

"服务员,买单。"

服务员说:"请不要叫我服务员。"

"那叫你什么呀?"

"请叫我老大哥。"

(小明笑得要岔气了。)

"好吧,老大哥,买单。"

老虎们结完账，离开饭馆。服务员说：

"再见了，老虎们，欢迎下次光临。"

老虎们说："不是告诉你了吗，请叫我们老大哥。"

小明同学笑得前仰后合。"再讲一遍，妈妈。"

连着几天，早晨一睁眼，"妈妈，给我讲那个'老大哥'的故事"；下午去幼儿园接小明，"妈妈，给我讲那个'老大哥'的故事"；晚上睡觉，"妈妈，给我讲那个'老大哥'的故事"。每次都笑得要岔气。快讲到好笑的地方，他就提前开始哧哧哧地笑，一直笑到要岔气。

这么多的老大哥，让孩子对自己的成长获得深深的满足。尤其，对自己的成长被妈妈用这种方式看见，深深地满足。他的很多"症状"也就消失了。我特别鼓励父母们储备几个和"成长""变化"有关的故事，不知什么时候就会用得上。

珍视和接受症状，它是表明系统整体不健康的信号。因此，症状不是问题，不应该成为干预的焦点。萨提亚认为，一旦解决好根本的动力，来访者就不再需要症状，症状也就会消失。她说："治疗是发展健康，而不是消除不健康。"[13]

白天的经历

很多妈妈真的很勤奋，使出浑身力气努力做一个好妈妈。即使自己很累也勉强撑着讲故事，搞得双方都不愉快。这个时候怎么办呢？不讲！真的，没有人规定父母必须天天晚上给孩子讲故事。

有一个省事的办法，既让孩子满意，又不用动脑子，效果还出奇的好。那就是讲"一天的经历"。

妈妈们希望爸爸也能给孩子讲故事，但的确爸爸们有很多理由不能很好担当此重任。不过我发现给孩子讲故事的爸爸越来越多，有一次竟然有三个爸爸来到我的故事课堂，让我惊喜又惊讶。练习创编故事环节，爸爸们做得非常好，思路开阔，角度新颖。这里顺带提示妈妈们，不要要求爸爸给孩子讲故事，妈妈给孩子讲故事会带动爸爸。有个妈妈就跟我说，吃过晚饭爸爸往沙发上一坐，打开电视机。她和孩子在卧室讲故事，连讲带演的，玩得不亦乐乎。爸爸坐不住了，进卧室看娘俩什么事情这么高兴。孩子看到爸爸来了，高兴坏了："爸爸，正缺个道具。"于是爸爸就扮演道具。

当然，我十二分地邀请爸爸挤出几分钟时间给孩子讲故事，因为你讲一句有时候会抵妈妈讲十句，尤其是过了三岁的孩子，你都不知道你在孩子心中有多重要。不用辛苦你背书，也不用照书念，更不用折磨你创编故事。你只需要讲白天发生的事情。当然，你若愿意创编也特别欢迎。

有一天晚上我儿子缠着爸爸讲故事。爸爸就讲：

"今天我们一家去颐堤港买东西、吃好吃的。车子要拐弯的时候等红灯，后面的司机鸣喇叭，'嘀嘀'！我心想红灯啊，不要着急。我们进了地下停车库，我正在看应该往哪边走，听到后面又有人'嘀嘀'。去往下一层的车库门关着，我在看是怎么回事，后面的车又很大声地按喇叭'嘀嘀'，我回头一看，几次'嘀嘀'都是同一辆车。我被他'嘀'烦了，就下车去跟他说，请他耐心点，不要再'嘀嘀'了。

然后我们就去玩了……，吃了……"

结果我儿子超级喜欢，天天晚上缠着爸爸讲："爸爸！你再给我讲那个'嘀嘀'。"每次讲到汽车鸣喇叭，他就乐得不行。

孩子特别喜欢听一天当中发生的这些事情，好像他们借此又"回炉"了一下，倚着回炉的余温，去体会自己的心情，去消化自己的经历，同时观察别人。

"观往知来"，"历史总是惊人的相似"。回顾是获得智慧很好的方法。我们在前面花很多力气谈到了为什么要给孩子讲故事，回顾的正是故事。

> 如果你希望现在与过去不同，请研究过去。
>
> ——巴鲁赫·德·斯宾诺莎（Baruch de Spinoza）

我参加学习过一系列"个人自传和社会艺术"课程，老师让我们不断练习"每日回顾""每周回顾""每月回顾"，去看这些时间里发生了哪些重要的事情，遇到了哪些重要的人，要感谢哪些人，有什么发现和启发，还有哪些地方可以改进，等等。一年下来，我收获了很多，对己对人有了很多新的了解。

回顾是一门学问，是以"今天"的眼光去回顾"昨天"，不是掉进昨天的陷阱里。写了《从前慢》的木心说："从前的那个我，如果来找现在的我，会得到很好的款待。"

有的人建议在给孩子回顾时最好倒叙，理由是身体从下往上长，而精神却是自上而下。倒叙可以帮助我们和精神的源头会合。我想到底是正叙还是倒叙不是最紧要的，紧要的是通过"一日回顾"，我们能够让孩子体会到，无论是快乐还是悲伤的一天都圆满结束了，带着希望迎接新的一天。稍大些的孩子还会在回顾中和你互动，将他们白天藏在心里的"垃圾"都倒出来，晒到月光下，让月光消融掉那些烦恼。

孩子小时候的故事

我鼓励大家给孩子创编故事。如果你觉得创编故事暂时还没找到感觉，可以先讲孩子小时候的故事。

无论多小的孩子都有小时候的故事。孩子小时候的故事就在父母嘴边上，是最容易讲述的。稍微留心一下，你就会发现，多小的孩子都喜欢说"我小的时候如何如何"。而当你讲述他们小时候的那些趣事、糗事，他们总是那么满心欢喜。再讲一次！再讲一次！总也听不够的样子。比如下面的这个故事我就不知道给儿子讲了多少遍。

你在妈妈肚子里住的时间足够了，你想出来。爸爸和妈妈就一起去医院，和医生一起做好了各种准备。

医生在妈妈肚子上开一个口子，把你从里面拎了出来，把你的小脸蛋放到妈妈脸蛋上蹭蹭，妈妈觉得真幸福啊。然后你就被护士阿姨抱走了，你知道抱去干什么吗？抱去洗澡了，因为你从妈妈肚子里出来，身上黏糊糊的。洗完澡舒服了，护士阿姨把你放在一个透明的箱子里睡觉，里面暖暖的，像在妈妈肚子里一样，可舒服了。

过了几个小时，爸爸去看你。

过了一天，妈妈去看你，给你喂奶。一屋子好多孩子，好多孩子都在哇哇哭，你从来都不哭。护士阿姨抱你过来，你瞪着大眼睛，好像认识妈妈似的。妈妈抱你过来吃奶。开始的时候妈妈还没有奶，可是你吃得特别认真，吃啊吃啊，啥也没有吃着，可是你坚持吃。然后喂你牛奶，喂完妈妈回房间休息，你回到箱子里睡觉。

有时候护士阿姨也会把你送到妈妈房间来，爸爸和妈妈给你喂牛奶。刚吃几口，"扑通"一声，你猜怎么着，你拉屁屁了。好吧，把屁股擦干净，接着喝奶。喝了没几口，"扑通"一声，又拉了！好像嘴巴和屁股连着，这边吃那边拉。

妈妈每天都去看你，给你喂奶。第3天的时候，发现胸前的衣服湿了一大片，哇，因为你每天坚持吃，妈妈的奶被你吸出来了。一屋子的妈妈都美慕我们，因为她们的宝宝都还没有吃上妈妈的奶呢。从那以后，你就吃妈妈的奶长大了，一直长到6个月，可以吃各种好吃的东西。

我儿子听的时候会依偎到我身边来，像小婴儿那样蜷在我身边，搓搓脚，晃晃身体，满心欢喜和满足。讲拉屈屈那一段，他"呵呵呵呵"地笑。

这样的故事特别适合在睡前讲，会让你体会到你就像一个魔法师，迅速让卧室充满了温馨温暖的气息，这种温馨温暖的气息能够迅速隔离白天的嘈杂和烦恼，让孩子安然入睡。

无意间你让孩子不断地确认，来到这个家庭，选择这一对夫妻为父母，是一件多么正确的事情。这给了孩子多大的安全感和信心！

当孩子遇到烦恼或者我希望他们能够自己想办法解决问题时，我也经常给他们讲小时候的故事。

我给他们讲第一次走路摔跤，如何爬起来接着走。给儿子讲那年他刚3岁，在火车站自己雄赳赳就去买东西，我让他爸爸偷偷在后面跟着。他空手回来，说人家要钱，他回来拿钱。拿了钱他又回去买，真的买东西回来了。

给儿子讲他很小就热情地和保安叔叔打招呼。给女儿讲她和她弟弟不同，很大都不想和保安叔叔打招呼，不过她的表达能力很强，很小就写诗，那些诗我都当作宝贝一样留着。

我给女儿讲她5岁那年，去肯德基餐厅，想多要一个番茄酱，我让她自己去要，她来来回回跑了好几趟，开始是不知道如何说，后来说了服务员没有听见，因为她个子矮服务员没有注意到。她第三次去，终于拿到了番茄酱。后来番茄酱吃完了，那个包装袋她还舍不得扔掉。女儿插话说，对，上小学写作文，还写了这件事情。

我通常不急于和孩子们讨论这个问题要如何解决。他们会从你讲的他们小时候的故事中获得力量，给他们一些时间。如果他们仍然需要帮助，你再帮助也不迟。

我有一个信念，我所期望孩子拥有的所有品质，在他早年或者过往的生命活动中，都已经呈现。比如说勇气、毅力、忍耐、善良、专注，如果哪一样不够，孩子都不会长成今天的样子，单单你去了解一个精子如何打败几亿个对手而成为一个孩子，就是了不起的造化。只是孩子不记得，不晓得他们是多么的了不起。我要做的就是帮助孩子重现那些画面，那些早年的品质随着画面的展开，会再一次让孩子触碰到。当孩子大一些，遇到一些困难，我会和他们讨论，以前发生过类似的事情吗？你还记得吗，当时你觉得有多严重？这次呢，严重程度如何？那次的结果是怎样的？孩子对于眼下的困难和烦恼便会有新的认识。

给孩子讲他小时候的故事，会让你不断重新了解这个生命，以及了解你自己的生命，去体会到生命中美好和希望的部分。

你给孩子讲述他们小时候的故事，还会打开他们记忆的闸门，他们会主动跟你讲述那些曾经难忘的故事。那些欢乐重现，那些担心和害怕被释放了出来。比如我的女儿就讲过她上幼儿园的最后一年，集体外出游玩时上公共厕所的经历。那是她第一次使用蹲坑，结果所有的小便都被裤子兜住了，她不好意思和老师说，难受了一整天。她还说过第一次流鼻血，吓得不轻，以为自己会死。她还说过从我这里拿钱，我跟她说是借给她的，要还。她非常紧张，心想，这钱都花出去了，怎么还呢？她还说过当我跟她说"得寸进尺"的时候，她特别紧张，心想"寸进尺"一定是个可怕的病，千万不能得这个病。"寸进尺"从此摇身转变为可爱的笑话，在很多场合一遍又一遍地，在家人之间传递。

当我听着这些述说，不禁感慨万千，我们对孩子的了解多么有限，我们对自己的了解多么有限。我们每个人从小到大，私藏了多少故事。私藏的东西一旦被分享出来，会让人听到仙女歌唱的声音。

至于操作层面，一点不难。很多父母，尤其是妈妈，有给孩子写日记的好习惯，去翻阅那些日记，你会惊讶曾经发生了那么多美好的事情。你的电脑和手机里储存了大量照片吧？不要让它们沉寂下去，仔细听一听那些照片的呼喊，去打印一些出来，贴到你家墙上，每一张照片都是一个故事。在被生活搅得心烦意乱的间隙，带着孩子去欣赏那些照片，告诉他们照片上的故事。或者，你和孩子玩抽签的游戏，抽到哪张照片就讲上面的故事。去做吧，无数的惊喜在等着你。

成人自己的故事

除了讲孩子小时候的故事，我们还可以讲成人自己的故事。

我们对父母的旧日时光有多好奇，我们的孩子对我们就有多好奇。孩子还没有生下来，我们就被他们赖上了，有很多时光要跟他们一起度过。也许是因为我生孩子晚吧，我常跟他们拉家常。孩子们喜欢听，越有人听我就讲得越带劲。

我给他们讲妈妈小时候也怕鬼，那时候没有电灯，夏天在外面乘凉时，总想坐在大人怀里，否则那些树后面鬼眼睛里发出的光能把人吓个半死。后来村里通电了，可是那时候电灯的开关不像现在这样装在门边，而是装在床头，或者是一根绳子那样的开关，也不在门边。关了开关漆黑一片，拔腿就朝外跑，跑得越快越害怕，可是每次都尽量跑快一些。还有一次我都上初中了，下晚自习，因为我是课代表，收大家的作业，时间晚了，同伴们都走了，我独自回家。路上我感觉后面有人的脚步声，我吓得不敢回头，加快步子朝前走，我走得越快，后面的人也走得越快。走了好半天，我才反应过来是肩头挂的雨伞拍打书包发出的声音。

我给他们讲妈妈小时候爬树，坐树上睡着了，大人们到处找。给他们讲小时候我和小伙伴们到地里偷人家黄瓜，一边跑一边喊"有人偷黄瓜啰，有人偷黄瓜啰"。跟他们讲我和他们的舅舅一起，大热天中午不睡觉，晒得头上流油，跑人家人民公社院子里的鱼塘去钓鱼，他们的舅舅在里面钓，我在院墙外接应。那鱼多得每隔几分钟就从院墙上飞出来一条……

"你的人生故事就是饱含着情感的鲜活记忆。它们等待着被你讲述出来，它们具有本身自有的动能。你讲出的故事如同你种下的小树苗，它会长成一棵树，树会变成森林，森林会变成你曾经的生活风景。尽可能清晰地回忆起你那些生活记忆。看见它们、感觉到它们，你的孩子会和你一起看到它们、感觉到它们……

"孩子也渴望用你生命中那些精彩的亮点去点燃他自己的精神，渴望曾经塑造过你心魂的那些东西来塑造他自己的心魂。你的人生故事向孩子提供了第二个生命历程，也给孩子提供了富于想象力的人生阅历。"[16]

孩子们喜欢听这些故事，也许真的是仿佛自己行走在那些或清晨或黄昏的森林里了吧。那些图景尽管不是孩子们的亲身经历，却可以穿越时间的长河，将讲述者和听众连接在一起。好像坐在一个木筏子上，随波逐流，两岸不断地变换画面。讲述者和听众也成了那画面的一部分。

而有些时候，我会刻意去讲往事给孩子听。

假设有这样一个场景：家里有一个初中生，开学伊始，违反了校规，被老师点名要约见家长，孩子紧张得不知如何是好，甚至不想去上学。身为家长，如何帮助孩子呢？

女儿刚考上国际学校那一年，读6年级。学校有个规矩，上体育课必须穿运动服，否则就只能去图书馆待着。有一天，女儿用学校前台的电话联系我，说忘记带运动服了。我说那你只能去图书馆待着了。

放学后我问她体育课的情况，她说她没去上，在图书馆看书。我说体育老师知道吗？她说不知道。啊？这恐怕不行，你得给老师发邮件，告诉她你今天没去上体育课的原因。

女儿回家给老师发了邮件，老师立即回复了，很严厉的语气，让她第二天几点钟到哪里去见他。女儿紧张得要命：怎么办？怎么办？明天我不想上学了。

我没有说这些话：

"那怎么办，谁让你忘记带运动服呢？你必须承担后果。"

"这有啥怕的呢？老师又不会吃了你。"

"要不我替你跟老师解释一下，就说你以为直接去图书馆就行，不知道还需要告诉老师。"

我给女儿讲了一个故事。

我上大学读的是国际经济专业，对英语的要求仅次于外语系。我们英语学习分为精读、泛读、听力和口语。除了泛读，其他均为小班教学。口语有外教老师教授。我记得大二那年外教老师是个男老师，名叫Justin，他每节口语课教我们20个左右生僻词，让背下来，下节课听写。我对英语学习的热情本来就不高，这种学习方式我更加不喜欢。我记得有一次上课，我坐在教室最后一排。听写又开始了。我刚写了2个就不会了，实在着急得不行，我在柜斗里打开了我的本子。连一眼都没有看清楚，我旁边已经站着一个高大的身影，大喝一声：

"Go out!"（出去！）

教室不大，所有同学都回头看我。我真是懂了什么叫"地上要是有条缝就好了"，我就钻下去。我用最快的速度收拾了几下书包，仓皇逃离。感觉后背都被同学们的眼光灼痛了。

口语课一周一节。很快又到了上口语课的时间。我在宿舍里挣扎，去，还是不去？那时候我们逃课不是稀罕的事情。从宿舍到教室要骑10多分钟的车，同学们都走了，我最后摔门离开宿舍。

我到教室门口的时候，Justin已经在教室里了。我杵在门外边，不知道该不该进去，装作没看见他。Justin从讲台那里走过来，问我如何看待上节课"作弊"的事情。我不知道哪里来的勇气，说，我承认，"偷"就是"偷"了。可是，身为口语课的老师，你没有尽力。口语课不该是这样上的，不该让我们背那些生僻词，应该如何如何上……

Justin没有接我的话茬，让我进教室。不过，就从那节课开始，Justin不再让我们背生僻词了，一改往日的教学方法，转而让我们练习各种场景会话。期末考试也是2个人一组，自创自演情景剧。

那个学期我的口语课成绩最后得了 A+。

女儿没有想到上大学的妈妈还有这么"尴尬"的遭遇。她仍然忐忑，但决定明天去见体育老师。

第二天一早，女儿走到电梯口，我在家门口扔给她一句话："放心吧，你会活着回来。"

放学后我问女儿和老师见面的情况，她说老师没说什么，就说以后这样的情况要让他知道，说"如果正好那时候你父母来学校找你，身为老师却不知道学生在哪里，责任重大"。

我接着问女儿："你给我打电话，是不是希望我给你去送运动服？"

女儿有点委屈地说："是啊，你为什么不送呢？你要送了就没有这些事了。"

我说："我是真没有时间给你送衣服。再说了，如果我去给你送衣服，这事情就变成我的了。我可不想揽这些本来是你的事情。你想想，有什么办法让你以后不再忘记带运动服？"

女儿晚上很激动地告诉我，她想到办法了，说把运动服当作书本和文具对待就不会忘记，因为每晚要根据第二天的课表收拾书包。后来我发现女儿将装运动服的包和书包放在一起，或者直接装书包里。她后来再也没有忘记过带运动服。

这件事情也让我体会到当孩子遇到困难的时候，他最需要的不是你直接给出解决问题的办法（如果你这样做，可能会让孩子更加退缩，会让他更加"觉得"自己没有办法）。孩子最需要的是你能够帮助他疏解烦恼。疏解他人烦恼最好的办法是让对方觉得你理解他。嘴上说"我理解你"远远不够，假大空，不走心。向对方讲述自己的经历是个很不错的办法。对方在"原来你也这样"的慨叹中获得一种被你理解的感受，进而从你分享的故事里找寻到可以被他借鉴的解决问题的办法，还有力量。其实这个力量本来对方就有的，只是被眼前的困难捆住了。你分享的故事帮助他释放出了这个力量。正如歌德所说："谁接受纯粹的经验并且按照它去行动，谁就有足够的真理。就这个意义上说，正在成长中的孩子是聪明的。"

女儿8年级的时候，有次人文课单元是"大移民"，需要展示各个国家的文化和风俗。女儿所在小组选择了墨西哥。女儿负责制作墨西哥传统食品：墨西哥卷饼，要做好成品第二天带到学校去参加活动。需要做的工作非常多，从准备菜谱、物料清单、食材，到做出来，环节很多。女儿提前几天就安排，头一天晚上忙到很晚，为了新鲜，一早就起床。头绪还是很多，又担心误了校车。女儿一边看电脑上自己的记录，一边往厨房跑。有些着急了，嘴里说着："怎么办，怎么办，如果老师觉得我做的不符合要求怎么办？馅料的原材料都对吗？"

看着局面有些失控的女儿，我没有说：

"你早干什么去了，现在着急了！"

"你尽力就行了，干吗要那么在乎老师的看法？"

我站在女儿旁边，自顾自地说："我那时候在Z公司工作，经常需要向总裁汇报工作。大家都怕总裁怕得要命，我也是。每次汇报前在座位上左思右想，估计他会问哪些问题。然后去洗手间，再去敲总裁办公室的门。好几次，我刚说几句，总裁就噼里啪啦一通说，我心里就懊悔，哎，又准备得不够充分，被总裁抓到辫子了。可是，等我从总裁办公室一出来，我就反应过来了。不对！刚才总裁说的没有道理，我准备的是对的，只是我被他震住了，没反应过来。"

等我说到这里，女儿就像得了知音，嚷嚷着说："对，对，妈妈，就好像你总是说不过他，是不是？其实你没有做错什么。"

然后，女儿就立即放松下来，该干什么干什么。那天放学回家，她高兴得不得了，说他们小组表现优异，老师对墨西哥卷饼赞不绝口，还邀请高年级的学长们来品尝。

讲这段话我们用了2分钟的时间，就是这2分钟，让整个氛围得以转变。

很多人跟我说，不知道如何和大孩子说话，一言不合就谈崩了，两厢不愉快。我也有过挫败的经历，大孩子们嘴边的词似乎都堆着，你说一句，他们可以立即说十句。如何说，的确是个学问。

再来假设一个场景：孩子需要做某件事情，可是那件事情是他非常不愿意做的。你会如何做他的思想工作？是否有可能让他接受去做这件事情，而且让你和孩子之间能尽量避免"冲突"？

女儿上9年级，设计、第二外语和艺术课需要选修。8年级结束前学校安排了家长和学生一起参加的选课培训，女儿选了"综合设计""日语"和"视觉艺术"三门课。其中第二外语学校开设德语、西班牙语、日语和韩语。很多同学选了西班牙语，女儿首先排除了德语，理由是德语太难。剩下3门她有些犹豫。我和她爸爸鼓励她先不要考虑实用，以兴趣为主决定。女儿最后选择了日语。

9年级开学第一天，女儿回家，情绪非常糟糕，说重新选课了。"综合设计"轮到她的时候没有名额了，她只好选了"产品设计"，日语课学校不开，她改选了韩语。而且整个选课过程乱糟糟的，排在她后面的同学却又获得补录机会选上了"综合设计"。总之女儿一肚子牢骚和不愉快。

我了解了详细过程。和女儿交谈后，她情绪好了很多，说可以接受这个结果，但希望我和老师去沟通一下。

第二天，我给负责选课的老师发了邮件，了解学校的安排，看是否还有再次选择的机会。傍晚时分，我接到了学校老师的电话，详细跟我说明了选课事宜。还有一个消息是，由于选择韩语的同学太少，学校有可能不同意开课。让我和女儿商量，如果韩语课开不成，是选德语还是"计算机科学"（学校后来增加的选课），只能二选一。因为西班牙语班早就爆满了。

和老师结束通话后，我也蒙圈了，如何和女儿谈呢？屋漏偏逢连夜雨啊。我迅速稳定了一下，想好了对策，也做好了迎接暴风骤雨的准备。这样的事情，换谁都会吵一吵、闹一闹，何况她还是个孩子。

"选课的事情学校老师很重视，刚才老师给我打了很长时间的电话。有个消息我要告诉你，我还不知道算好消息还是坏消息。不过，我希望你答应我，等我全部说完你再发表意见。平静听我说完。"

"是不是韩语课也开不了？"女儿很机警。

我没有接茬。"你要不要答应我吧，平静听我说完。"女儿答应她可以做到平静听我说完。

"你很聪明，猜对了！"我把老师的话大概复述了一下，接着说："如果韩语课实在开不了，你只能二选一，没有其他选择。今晚我要回复老师，明天一早你去找她，看具体结果。明天就有第一节二外课，老师会告诉你去哪个班上课。"从头到尾我都注视着女儿，没有任何余地，也没有任何情绪说了这些话。

女儿落寞地看着我。接下来，我开始讲故事。

我大学毕业的时候认定必须在北京找到工作（我在天津上学），打死不去南方，那时候肤浅地认为南方"肤浅"，灯红酒绿，没有文化。结果我最后迫不得已去了南方。

我上学时，从合肥到天津没有直达火车，每次都在蚌埠转车。有年冬天深夜我独自在蚌埠转车，人超级多，车站的工作人员用大棒维持秩序，直接扫荡人的头。我差点被踩死。那时候我认为没有比蚌埠火车站更加糟糕的火车站，发誓毕业以后永远不去蚌埠。结果你知道的，你爸爸是蚌埠人。我们去了蚌埠很多次。

我在南方生活了 1 年，很单调，跑到北京背回一堆英语书，打算考托福去美国。后来遇到你爸爸，跟你爸爸结婚，美国没有去成。

我打工多年后想辞去工作，自己做点事情。正热火朝天干着，意外怀了你弟弟。所有事情全部停下来。

……

我总结了一下，类似的经历有很多。有段时间我特别苦恼，感觉自己失控，做不了自己的主。有次我趁上心理学专业课去请教老师。

"为什么我的生活中再三出现这么多干扰呢？"

老师没有给我答案，让我把"干扰"换一个词。换啥词？他说他也不知道，让我回家自己想。过了一段时间，我又见到了那位老师，我跟他说："我找到了那个替换'干扰'的词——'贵人'。"

讲完这些我就不说话了，等着女儿说话。女儿舒了一口气，平静地说："我选德语。"我没有想到预想的暴风骤雨丝毫没有，雷声都没有。

第二天放学女儿告诉我去德语班上课了，说零基础完全没有问题，老师很好。3周后，女儿告诉我，德语课是她最喜欢的课。后来开家长会，我和老公、女儿一起见了教德语的老师，简短介绍了女儿选德语课的经历，表达了对老师的欣赏和感谢。

讲述自己的故事给孩子听，难吗？听起来操作性还不错。除了具体的事情，也可以像我上面一样，讲一段时间的经历。关键之处在于，讲故事的人是否"看见"了这段经历，以及如何看待这段经历。

这个话题和"选择"有关，特别重要。生活就是一个选择的过程，有时候主动选择，有时候被动选择。不论是主动去选择还是被动接受安排，都是人生的大功课。青春期的孩子之所以情绪容易激动，很重要的原因是一方面他要大踏步离开家，走向未来；另一方面他不知道未来是怎样的，结果无法预期。这个时候，讲一段历程的故事对孩子会非常有帮助。的确，不是所有的事情都是我们喜欢的，不是所有的人都是我们喜欢的。做了之后呢，打交道了之后呢？故事里呈现的结果对孩子是很好的安慰和启发。

还有一点很重要。女儿说德语课是她最喜欢的课，就心里一块石头落地、从此万事大吉了吗？非也。她在学习德语的过程中少不了会遇到困难，当她遇到一些大的困难时，或许会再次抱怨。不让石头落地，难不成让石头在空中飘着吗？当然不是。最好的办法是从头到尾不让石头离开地面，就让石头静静地在地上待着，顶多扬点土起来。这就是成长的过程。很不容易，但值得去做。

石头不起来，是对对方最好的帮助。我总结这次的讲故事之所以成功，关键点就在于我的石头没有起来。我的态度是：

我认为这个消息未必是坏消息；

如果你坚持认为是坏消息，我也接受，就像亦舒说的，"很多时候，因为没有选择的缘故，人们往往走对了路"。

家 族 故 事

现在的人，可能不太习惯讲家族故事。但是，如果你尝试，会发现孩子和你甚至整个家族的画卷都变得不同。

有一次，我带着孩子去看望父母，离开父母的家时，父母拿出一块民国时期的银圆，递给我："这个是你外公身后留下的，你拿去，给孩子留着。一共就两块，孙子和外孙一人一块。"我跟孩子谈我那叱咤风云、见多识广的外公，谈银圆是什么东西，谈外公外婆让把这个留给你。

再一次看望父母，再一次离开父母的家，父母拿出一个牛角鞋拔子，递给我："这是你奶奶用过的，你拿去。"我给我的孩子讲鞋拔子，讲我奶奶的故事。

父母在家里翻着箱子底，看看有些什么"传家宝"要传给子女。历史的洪流将那些有形的传家宝冲刷得或不能聚首，或化为尘土。而那些无形的呢？延续几千年，一直传承下去。那些勤劳，那些勇敢，那些善良都一直活着，因为它们是以故事的形式存在的。故事都是活的。

从祖先那里，你更多了解了自己。

听说我奶奶是童养媳，生了两个姑姑都夭折了，接着生了我父亲和两个叔叔。我父亲兄弟三人，每个人生了两个孩子，在六个孙子辈中，只有我一个是女孩。我在长大后才明白为何我的童年集万千宠爱于一身。

随着社会的发展，很多人离开了出生地。在异国他乡，人们互相打听对方的"老家"在哪里。孩子们回父母老家的次数非常有限，印象或深或浅。但他们对于祖先的好奇没有因此而减少。

孩子们和父母一样，都渴望知道自己的归属。好比你在一个接力小组中，你接过了那神圣的一棒，在众人的助威声中往前跑。你还会交出自己手上的这一棒。无论你跑第几棒，无论你在哪次比赛中，你都不用担心你是不是跑得最快的那一个。在每一个终点的庆典上，都会有你。

只要稍微留心，我们就能抓住一些机会，来满足孩子的这一渴望。我来举个例子。过年是中国人的大事，通常一家人都会在除夕那天的晚上或者中午吃那顿最隆重的团圆饭。但是，在我的老家，是腊月二十八一早吃那顿象征过年的饭。这个风俗不知道从什么时候流传下来，至今不变。我父母亲虽然离开了老家，跟我哥哥住在一起，但仍然保留这个风俗。我女儿曾经就说，外公外婆和舅舅他们真是"好吃"，等不及到腊月三十，提前就过年了。我也挺好奇，就去问我妈。我后来将我妈跟我说的故事讲给女儿听。

在很早的时候，我们的祖辈也是腊月三十过年，后来才改为二十八。为什么要改呢？那时候生活特别困难，困难到必须去要饭才能养活孩子。也有极少数富裕的家庭，他们拥有土地和财产，雇佣穷人劳作。遇到穷人来要饭，富人高兴的时候就会多给一些，不高兴的时候就不给，甚至放狗出来咬人。所以穷人们去要饭经常随身带根棍子。什么时候富人愿意施舍一些吃的给穷人呢？过年的时候。过年，富人们通常就大发慈悲，给穷人一些东西，也是给他们自己图吉利。

大家就商量，既然过年的时候能够多要到饭，那就提前两天过年，因为穷人也要过年呀，这是一年当中非常大的事情。大家觉得这个办法好，决定腊月二十八一早过年，吃了年饭好去要饭，这样就够吃好一阵子了。一开始大家过了腊月二十七晚上十二点就会准备吃年饭。那时候没有钟，就派一个人，拿一个锣，到了时辰，从村东头到西头敲一通锣。大家以锣声为信号，听到锣声男人们就去祠堂里祭祀，举行过年的仪式。然后回家和家人吃年饭。我印象里大人们腊月二十七晚上都不睡觉，一直忙，吃完年饭天都没有亮。后来吃年饭的时间才慢慢晚了一些。

等到了你外公外婆这一代，生活仍然不富裕，粮食不够吃，但是不至于去要饭了。我的奶奶去世的时候对你的外公外婆说，现在生活好了，但腊月二十八一早怀年（吃年饭的仪式）的风俗尽量要保留下来，除非因为工作实在安排不了。

所以，你外公外婆和舅舅一家至今仍然是腊月二十八一早吃年饭，我因为嫁给你爸爸了，随你爸爸老家的风俗，所以我们家就是腊月三十中午吃年饭。

女儿听了，默不作声。而我呢，仿佛站在一条河流中间，河水哗哗从源头而来，流经我，又哗哗向前，奔腾不息。我是那河流中的一朵浪花，也是那河流。孩子们也一样，是河流中的浪花，也是那河流。

我亲爱的孩子啊，你们这一代衣食无忧，知识信息随时随地免费获得，人工智能提供极大便利。对故土，对根，对幸福的追寻，对自我的刨根问底，或许会成为你们最大的功课。

洪荒年代，故事拯救了人类。故事和空气、阳光、水一起让人类存活了下来。

智能年代，故事仍然担负着拯救人类的重任。比分数、名校、金钱、地位、名誉更重要的，依然是空气、阳光、水，还有故事。

我亲爱的孩子，你在我身边的时间非常有限。请让我将你小时候的故事讲给你听，将我小时候的故事讲给你听，将这片土地上的故事讲给你听。

我们就这样一起创造故事。

同一个故事，不同的人讲、用不同的方式讲以及每次讲完之后带给人的回味都不一样。看来讲故事在技术层面的确有些讲究。

讲故事前的准备工作

家庭中可以安排相对固定的时间和空间给孩子讲故事。大自然给人类最大的启示之一就是"节奏"和"规律"。寒来暑往，日出日落。人是大自然的一分子，遵循节奏可以帮助我们健康、愉快地生活。按时吃饭可以帮助孩子消化和吸收营养；故事是精神食粮，相对固定的讲故事的时间和空间，可以让孩子吸收得更好。这也让孩子感到世界很安全，是可以预测的。

通常，晚饭后、睡觉前或者上学路上都是很好的故事时间。家里可以有一个专属于孩子的空间，一小块地毯，一张小书桌，如果有人跟他们一起"窝"在那个专属空间里，分享一个甜美故事，对于孩子来说，真的是非常好的心灵抚慰。还有就是床上了，我跟孩子讲的很多故事都是在床上完成的，起床前和睡觉前的那几分钟，都是非常容易"出效果"的故事时间。

另外，创造出一个空间，不仅对孩子有帮助，对讲述者也有帮助，会使你自认为不会讲故事的想法得以改变。假设有一个地方叫"故事房间"，很多人在里面讲了很多故事，现在轮到你进去了。你就会如同被赋予了魔法一样，也能开口讲故事。因为就像"玫瑰花象征爱情"一样，那个房间也成了某种象征，这个象征带有能量，会和你互动。以我的经验，这个互动的能量是因为讲述者带着意识走进这样的空间里，他心里在想，我要讲故事了。这个时候他高度专心，排除了外在的干扰，所以讲故事就会相对容易，你甚至会被自己惊喜到：咦！原来我如此有想象力。

讲故事前如果准备一些简单的道具，孩子们会像着了魔一样被你吸引。比如有一段时间我会邀请一个手偶跟我一起讲故事。那是一个非常可爱的考拉，可以套在手上。每当到了故事时间，我就将它套在手上，做出一些挤眉弄眼的表情，我们俩还一人一句地对话：嗨，现在做点什么呢？讲个故事吧。讲什么呢？给你个菜单，点吧。我儿子特别喜欢，立即就参与进来，一起讲故事。有时候是我在讲，有时候是考拉在讲。而有的时候呢，是我儿子在替考拉讲。

这些道具不用特别购置，利用家里现有的物件就行。有的故事高手说，一把椅子都有奇效。你往"故事椅子"上一坐，孩子和你都知道要讲故事了，空气中立即就有了故事的气息。有次故事沙龙上，我给大家布置了作业，每个人要现场口述亲自创编的故事。我找了一把特别舒服的藤椅，铺上一块来自印度的毯子，跟大家说：这个毯子有魔法，没有完全准备好的同学不用担心，等下要是卡住了，魔毯会帮助你。我最后一个坐上故事椅子，的确体会到了一种放松，张开嘴，随口开始讲起来。好几位同学都很惊讶自己原来这么会讲故事。

故事前加入一点仪式，你会发现你立即化身童话里的教母、观音菩萨或者白胡子土地老爷爷，仙气十足，点石成金。

狐狸对小王子说："你最好在每天相同的时间来，比如你在下午四点钟来，那么从三点钟起，我就开始感到幸福。时间越临近，我就越感到幸福。到了四点钟我就会坐立不安，如果你随便什么时候来，我就不知道在什么时间准备我的心情，仪式能让我觉得某一天某一刻与众不同。"　——《小王子》

比如讲故事前你慢条斯理地点亮一根蜡烛，哼个小曲，讲完故事你再哼个小曲，吹灭蜡烛。孩子会轻微扬起头，张着嘴，气都不带喘地听你讲故事。那一刻，你可以把他带到任何你想带他去的地方。他也把自己带到了仙境之中，那些仙境有可能是你做梦都无法到达的地方，因为那是他自己内心创造出来的画面。

你只需要第一天这么做，等到了第二天，孩子早早就盼着，甚至开始催你了：妈妈，点蜡烛，讲故事。等再过几天，你就只需要动动嘴皮子：火柴在哪里，去拿来；你点蜡烛，你吹蜡烛。再往后，你连嘴皮子都不用动，孩子会把这些全部给你张罗好，前后工作也都包了。

我也建议幼儿园的老师们尝试类似的方法，尤其是对于那些坐不住的孩子，你可以"故意"给他安排一些重要的工作，比如让他帮你准备场景，去拿道具，你赋予他一种"荣耀"。反馈回来的效果的确令人鼓舞，那些调皮的孩子常常会加入到听故事的群体中。

以上的准备工作之所以起到作用，是因为**讲述者营造出了等待故事上场前的安静氛围**。营造安静氛围和你等着安静的氛围来完全不同。安静氛围也不是指没有声音。就像电影院放电影前的一些固定动作，以及影片名字出来前的片头。它制造出了一个"陷阱"，等着你掉进去。

"当我们静下心来，准备给孩子讲故事，酝酿着开头的话语时，每一个完整的呼吸对于孩子来说都是天堂。他们自己的呼吸也因此而受到影响，变得更加协调。他们放松下来，从头到脚每一个细胞都专心致志地对我们开放。当一个人为了孩子而全身心投入时，孩子们会油然生起一种信心，相信这个故事会让他们感觉很好、很完整。"[17]

讲故事之前，还有一项最重要的工作，那就是"**准备好自己**"。我多年学习和实践萨提亚心理学家庭治疗课程。治疗师要"运用自己"，是萨提亚的核心理念之一。既然是治疗性的故事，讲述者的身份和职责就与治疗师相似。我觉得唯一的不同就是治疗师不能治疗家人，而故事讲述者则可以对任何有需要的人讲。

什么是"运用自己"？

"治疗师是改变历程中的一个陪伴者和参与者。和案主是合作关系，其目的是为了取得资源以做出新的选择，聚焦于健康而非症状。整个历程一定是在人与人接触的前提下展开，其重点是让案主赋能。整个历程的脉络，是在案主和治疗师间一种成长和学习的体验……治疗师的信念是最重要的。如果治疗师认为人是神圣的，他就会帮助案主去实践这个信念。如果治疗师认为人是受害者，就会试图去拯救他们。如果他认为人是可以被操纵的，就会变个法子操纵他们。萨提亚家庭治疗模式高度尊重人性，尊重每个人身上的生命力，相信改变是可能的，相信任何人都能够发展与成长。"[14]

萨提亚女士把治疗师对自己的运用比作乐器。"乐器的制造、保养、精确的调谐，以及演奏者的能力、经验、敏锐性和创造性都将决定音乐是否动听。"[15]

作为故事讲述者，你是否准备好了即将和听故事的人展开一段和谐、平等的历程，而不是带着"教育"他的目的？故事中包含了经验，我希望这些经验能够帮助他面对困境。你跟孩子是站在一起的，一起来面对困境，而不是把孩子和困境推到一起。在故事课上，我常常安排角色扮演。是"父母"和"孩子"站在一起，共同面对对面的"困境"；还是"父母"将"孩子"和"困境"绑在一起，将孩子放到自己的对立面，这两种情况下每个角色的感受都非常不一样。

用故事启动情感推动力去引发对方的改变，而不是用威胁、吓唬、控制的方式达到目的。"按照故事里教的方法做，否则你就一直要和困境在一起，继续烦恼下去"，或者"你就和故事里那谁一样的下场"，年幼的孩子可能也会因此而改变，但这是因为被你吓到了，而这会引发新的困境。而年长的孩子，则会关上自己的房门和心门，不吃你那一套。

如果孩子不听你的故事，你是否会被激怒，进而"教训"和"报复"他，威胁他不带他去玩，不给他买礼物，没收他喜爱的玩具？

如果这个故事暂时不起作用，你能否给孩子也给自己多一些耐心，等着奇迹发生？

你能否意识到真的是故事而不是你在推动孩子改变？

如果你还不是很擅长讲故事，你能否看到自己的努力？你会因此而给自己减分吗？

讲故事过程中可能会发生很多出乎你意料之外的事情，你都愿意接受吗？

……

以上是给故事讲述者一些评估自己的思路，而不是标准。在"准备好自己"这个问题上，永无止境。因为它关乎讲述者个人的完整性，对自我的关心程度，对自己负起责任的态度。请允许自己不是每次都能成功，请允许自己犯错误。我们这样做的时候，正是"运用了自己"，在给孩子做榜样。

没错，故事讲述者可以用故事让孩子仿佛置身于天堂。请谨记，你本身就是孩子的天堂。所以，讲故事的最高境界是**"把自己修炼成一个好故事"**。

口 述 故 事

好了，准备就绪，开始给孩子讲故事吧。我邀请你口述故事。

一位小朋友主动关掉电视，对妈妈说：

"妈妈，讲故事给我听！"

"电视里的叔叔说的故事，不是比妈妈说的还好听吗？而且又有美丽的图画。"

"可是电视里的叔叔不会抱我！"[18]

给孩子口述故事、念书和让他听音频很不同。请留意，这里说的是"不同"，没有说"好"和"不好"。如果了解这之间的差异，你就能清楚什么时候选择什么方式更加合适。

在我的故事课上，大家亲自体会了这之间的不同。口述故事的时候，身体姿态、身体语言和内容都更具灵活性，更加"对症"：专注点在彼此身上，更加温暖亲密，甚至体会到讲述过程比故事内容更加吸引人；能够更好地留意到孩子的状态，适时调整；孩子参与的机会更多；讲述者更专注；讲述者的声音和音频发出的声音非常不同，前者让人更加放松和舒适。

"成人给儿童讲故事时，会根据他对儿童产生反应的判断做出回应。这样，讲述者对这个故事的无意识的理解就受到儿童的无意识理解的影响……一成不变地照搬那印刷出版的童话故事会使它失去许多价值。给儿童讲述故事的最有效方式就是使之成为人际交流的活动，是讲述者与聆听者共同参与而形成的互动。"[19]

口述故事除了让听的人感觉不一样，给讲的人也带来不同的感受。我对此有很深的体会。念书的时候，图像很表浅，和呼吸之间的联系不紧密。口述时，不断在内心创造画面，图像更加深入，更能让人留意到自己的呼吸，身体好像是一个接收器皿，说了上一句下一句就来了。随着不断地练习口述，你会体会到口述比念书似乎更加容易。那些不断被你创造出来的画面，就像海浪一样，后面的推着前面的，你说出看到的画面就好了。你会发现，只需要一个大的思路，细节可以交给即兴发挥。当整个故事讲完，身体的舒畅就好像运动之后的感觉。也有点像刚刚照顾完一盆心仪的植物，剪枝、施肥、浇水，持续一个弯着腰的姿势，终于弄完了，你把它往阳光下一摆，移动身体端详着它。有时候你很难形容究竟是你照顾了它，还是它照顾了你。总之，舒畅。

"不管是谁，不管长到多大，都依然需要口头语言的丰富滋养。对这种滋养的追求可能会导致一生都在挣扎着表达自己，一生都在寻求情感安全。如果童年时期的主要监护人没有给予我们这方面的满足，我们可能会花一生的时间，充满困惑地寻找我们所需要的精神食粮。"[17]

模拟一个角色

如果你觉得"亲自"口述还有些困难，模拟一个角色会有帮助，你嘴里说出来的就是这个人讲的。比如在我家里，"睡婆""笑婆""时间婆婆"经常会给孩子讲故事。睡前的时间里，"睡婆"会大显身手，说上一段，然后打个大大的哈欠，满足地睡下。"笑婆"会在孩子不开心或者尴尬的时候开口，有时候其实讲得一点都不好笑，不过孩子似乎挺喜欢听。

再举个具体的例子。我和儿子约定周末可以使用电子设备看一会儿动画片，有一个周二儿子觉得周末实在太遥远了，说要改规则，以后每周二看动画片，理由是你们大人也改规则。好吧，同意，改周二。持续了两周。等到了某个周三，儿子故意说今天是周二吧？我附和着说"是呢"。儿子说下个周二怎么那么遥远呢？"时间婆婆"累了吗？怎么走得这么慢？"时间婆婆"开口说话了："要不让每天都是周二吧？等我练练功，把每天都变成周二。"儿子哈哈大笑，说"不好"。"时间婆婆"出现得刚刚好，帮助我不费吹灰之力，执行规则。

怎么模拟"时间婆婆"的角色来讲故事呢？方法是假设"时间婆婆"就在眼前，想一想她会说什么，然后你把她想说的话说出来。至于"时间婆婆"

到底应该怎么说，我的经验是，如果你能忍住说"你怎么不遵守规则，老改规则"，或者啰唆一堆看多了动画片如何不好，安静片刻，你就能听见"时间婆婆"会说什么。

这样模拟一个角色说故事，还有一个很大的好处，就是你可以有机会跳出来，去体会话语中包含的味道和力度，是甜美，还是苦涩？是松弛，还是僵硬？即使你脱口而出，都有机会去觉察。孩子们非常敏感，细微的味道和力度的变化他们都能抓住，你从他们听故事时脸上的表情就能确认这一点。故事的内容固然重要，但很多时候，你所传达出来的味道和力度似乎更加重要。比如上面面对一个妄图挑战规则的孩子，"时间婆婆"开口，传递出甜美的味道和松弛的力度，孩子就乖乖缴械投降了。

"每一个孩子都深深期望着被父母的呼吸和话语所滋养，这种期望永远也不会消失。我们每个人的内心深处始终都在呼唤着一个专门为我们而讲述的温暖而充满呼吸的故事，一直到生命尽头。无论多少数量的书、电视、录音或者电脑故事都无法充分满足我们对关系的深切需求。"[17]

所以，给自己一些耐心和信心，选择一些时间关掉电子设备，扔掉书，信任那些特别会讲故事的"婆婆"，创造和享受那些属于你的时刻吧！

使用平和的语调

讲故事的时候，建议你从头到尾保持平和的声调，不用像说评书那样大喊大叫，不用像演员那样惟妙惟肖。你可以说故事中的谁"暴跳如雷"，但你不用真的暴跳如雷地说，小心吓到孩子。而且"暴跳如雷"可以有 100 种表达方式，你刻意的表达会限制了孩子的想象力。看小说和看同名电影，你会体会到这之间的差异。我女儿去看了电影《少年派的奇幻漂流》，说很精彩。然后她又看了同名小说，说跟小说比，电影差远了。

"当成人讲述故事的时候，需要避免戏剧性地渲染故事来使孩子们更加兴奋。因为过于戏剧化会将注意力从故事的实际目的转移到这个特定的戏剧化内容上，而妨碍让孩子形成他们自己的内在图景。这不是一场表演。"[20]

语气平缓，如置身事外，客观说出人事时地，不要卷入太多的个人感情。这样，才可以把想象的空间留给孩子自己做主。还记得我前面说过的"旁观者"的"旁白"吗？就是这个意思。

在故事课上，我们做过很多这样的体验。比如，以"我"的语气讲述一段自己的遭遇，讲述者往往声色动容，即便时隔多年还是不能释怀。大家和讲述者一起体会其内心的感受。然后，请这位讲述者立即复述一遍刚才的故事，但是，是以"他"的口气来复述。尽管中间没有时间间隔来消化，但我们看到的是讲述者明显和之前的状态不同，讲述者再回顾之前自己的感受，也发现自己有了不同程度的变化。很多人反馈，当以"他"讲述故事时，好像就换了个角度，更加客观了，不再陷入某个局面里，对过往的事情有了新的认识。有的人甚至感觉到瞬间疗愈了自己。

平和的语调还会帮助你在讲故事的过程中观察孩子，和孩子互动。在讲述过程中孩子有时候会提问，比如一个妈妈给孩子讲到故事里"他偷吃了王后的食物"，孩子立即插话："那他的妈妈打他了吗？"你会明白孩子为何问这样的问题。你也就知道如何接着往下讲。有的孩子会打断你，你可以观察他的打断是否和故事有关。如果无关，你可以问他，是不是不想听了，不想听就不讲，想听就请他先不说话。如果和故事有关，可能是他心里有画面了，你就请他接着往下讲。他讲出的往往都是内心的秘密，或者是他的价值观。借此你就窥见了孩子的内心。

"演" 故事和游戏

　　给孩子讲故事不是表演，不过，你可以和孩子一起将故事"演"出来。与其说"演"，不如说"玩"。布置一些简单的场景，利用身体和简单的道具一起玩。请注意，开始可能你是导演，一旦孩子参与进来，你就让他当导演，他让你干什么你就干什么。他安排不下去的时候，你可以提示一下，接着玩。除了让孩子内心有画面的深度体验外，你借此可以观察到孩子的一些状况。

　　比如我给我儿子讲过一个"鸭子妈妈和快递员"的故事，我演鸭子妈妈，我儿子演快递员。快递员骑着摩托车（我儿子的平衡车）给鸭子妈妈送快递。最近快递太多，快递员太累了，倒在鸭子妈妈家门口睡着了，鸭子妈妈赶紧将快递员扶进家里休息。我儿子神气活现地骑着摩托车，然后"咚"的一声倒在鸭子妈妈家门口，紧闭双眼等着被扶。足足演了十多遍还不能停。

　　后来我儿子会自编自导，还把道具布景等工作全部包了，邀请我们作为观众，看他表演。有一次他演了一个故事。一边移动身体和道具，一边一口气说下来：

　　"汽车王国里有一位国王，有一天，国王想出去旅行，遇到一个飞机。飞机，你想和我一起去旅行吗？飞机同意了。他们就一起去旅行。他们来到一个城市，城市里到处都是楼房，还有很多人。他们觉得没意思，就决定回家。飞机回到了飞机场，汽车国王回到王宫里。王后正在那里等他。"

等儿子表演完，我和他爸爸都很感慨：4岁多的孩子已经可以如此完整地演一个故事，其中还包含情感；还知道"始"和"终"，知道"离开"和"回来"；还安排"王后在那里等他"。

类似这样的表演和游戏，除了在家里玩，走在路上也可以玩，甚至能帮助你化解"危机"。

比如带孩子走在路上，孩子常常让你抱，你累得不行，实在抱不动他；抑或你肚子里正怀着另一个宝宝，你抱不了眼前的宝宝。你会怎么做呢？

"你的脚呢？你没长脚吗？"

孩子会看着自己的脚，满腹狐疑：我长了脚啊，妈妈什么意思啊？

"哎呀，宝宝，妈妈知道你很累了，可是妈妈实在也太累了，抱不动你，原谅我好吗？我领着你走。"

孩子会身体往后倾着，被你拽着艰难朝前走，有时候还会哭闹不干，以掩饰自己的内疚和无助，觉得自己对不起妈妈，可是又没有更好的办法。

如果你加一句"你看妈妈肚子里还有一个弟弟或者妹妹，妈妈抱不动你"，孩子会不欢迎那个还没出生的弟弟或者妹妹："哼，讨厌鬼，都赖你！"

"宝宝，你已经很大了，是个男子汉了。多走路会让你长得更高，身体更好。"

孩子心想：算了，最好不当男子汉，谁能抱抱我呀，最好别长高，长高了更没有人抱了。

"乖，前面有个超市，你不是想吃巧克力吗？来，我们走到那个超市那里，去买巧克力。"

孩子学会了谈条件，不满足条件不干，遇到问题会回避迂回。

如果采取表演和游戏的方式，效果可能就会大为不同。

有一次我儿子就是这样，不想走了。我跟他说："你最喜欢的那个摩托车叫啥来着？"儿子回答说："哈雷戴维森。"我说："对，哈雷戴维森。现在你是哈雷戴维森，我是你的车轮。"儿子立刻来了劲头，拉着我朝前跑。"妈妈，你快点，哈雷戴维森很厉害的，跑得很快。"

讲故事的氛围

我在睡前给孩子讲故事的时候，通常会关掉大灯，只留夜灯或者点根蜡烛。有时候干脆什么灯光都没有，只借着窗外的一点月光、路灯或者对面楼的灯光。我和孩子都躺着。整个卧室立即有了故事氛围，随口讲故事变得更加容易。孩子也顷刻间被故事吸引，深陷其中。故事讲完后，孩子常常满足地长叹一口气，很快进入梦乡。

"他（指安徒生——作者注）是一个国王，因为在他童话的世界里，他让装点世间万物的奇妙背景都走了进来……如果你们的眼睛在这众多自然的表演前还无法被满足的话，那么请把它们闭上。在你们的梦中将出现被点亮的阴影，它真实而变化多端，它移动着，比白昼的美丽更动人。"[10]

为孩子改编故事

前面说到口述故事的灵活性。如果你喜欢一个故事，要给孩子讲，强烈邀请你在讲述过程中根据孩子的状况进行改编。我们来看看歌德的母亲是如何给儿子讲故事的。

歌德的母亲在晚年这样回忆道：

"我把气、火、水、土给他描述成美丽的公主，自然中的每一种东西都具有更深的意义，"她回忆说，"我们虚构星星之间的道路，虚构我们会遇到什么样的才智超群的人……他（小歌德）目不转睛地盯着我。如果他喜欢的某个人物的命运没有按照他所希望的那样发展，从他的脸上，我可以看到他如何怒不可遏，但又竭力不让眼泪流出来。有时，他插话说：'妈妈，即使那可怜的小裁缝杀死了巨人，公主也不会同他结婚。'听他这么一说，我就停下来，把灾难推迟到第二天晚上（歌德母亲讲的是《格林童话》中小裁缝的故事，故事的原结尾是小裁缝和公主结婚了。所以母亲说是"灾难"——作者注）。所以，我的想象常常被他的想象所取代。第二天早上，我根据他的暗示安排命运，告诉他，'你猜对了，结局正是如此'。他非常激动，可以听见他的心在激烈地跳动。"[1]

你在讲述的时候，需要留意到孩子的想象力，尽量顺着他的思路。同时，这也很好地印证了为何要更多地"讲"故事。念的时候，你是留意不到孩子的这些反应的，更谈不上对他的反应做出判断，从而给予回应。

即便是那些伟大的神话和童话故事，在人类历史上的每个转折点和每个阶段，人们都可以重新审视和改编，用来帮助自己与新环境对话。人类面临的状况史无前例地崭新。

有媒体曾经问过我："现在的家风宣传方式都是在讲很古老的故事，比如岳母刺字，曾国藩家书等。你是否考虑出一本现代故事集，可以将家风建设落实到每个家庭，让孩子真正理解到？"

我的回答是，问题不是故事"老了"，而是如何创新讲述故事的方式。讲述者需要真正理解故事内容和当下的关系。

话题回到家里的孩子。我强烈邀请你改编故事，因为你会去思考为何改编，改编哪里，如何改编。哪怕你改编其中的一句，都是为你的孩子"量身定做"。这样的故事，你还没有给孩子讲，它就已经在发挥作用了。

怎样讲睡前故事

睡前故事就是入睡前讲的故事。在形式和内容上没有严格的限制，以上所有故事都可以作为睡前故事。睡前故事有着久远的传统。欧洲的睡前故事可以追溯到 16 世纪的"家庭阅读"，逐渐衍生出至今普遍存在的"睡前故事"。中国类似的传统更加久远，只是故事的内容不同而已。我对儿时夏天的夜晚，躺在凉床上听长辈讲故事的时光记忆犹新。

睡前故事能起到非常好的节奏引领的作用，孩子们会很期待和爸爸妈妈窝在一起听故事，甚至会乖乖地去洗漱。听故事时的安静、温暖、安全、舒适，和讲故事的人之间的情感交流，起到了强大的助眠作用。如果家庭中有讲睡前故事的习惯，在你还没有讲故事的时候，故事就开始在起作用了。

通常来说，睡前故事应轻松、温暖、愉快。尤其是对于低龄的孩子，应避免过于兴奋的故事。我的经验是无论什么样的开头，即使是孩子要求的兴奋的开头，都要逐渐过渡到平静、无聊甚至枯燥。如果选择在重大转折点戛然而止，"且听下回分解"，估计你就惨了，孩子会要求继续讲下去，难以入睡。

有些故事可以和睡觉没有直接的关系，有些故事则可以直接助眠，这类故事非常简单，就好像"数羊"。至于要数到第几只，你观察孩子就知道。讲的时候声音可以逐渐平缓下来，或者轻轻拍拍身边的孩子。无论讲了多么曲折的情节，最后都落到"忙了一天，累坏了，终于可以睡个好觉"这个点上。

如果连着几天讲同样的故事，会失效吗？当然会！比如我给我儿子讲刺猬搬砖的故事，开始几天非常好用，搬着搬着就睡着了。有一天，他很清醒地问，妈妈，刺猬到底搬了几块砖？我就知道要讲个新故事了。

睡前故事还能将孩子从动画片和没完没了的绘本中"夺"回来。

为了让睡前故事发挥更好的作用，最好晚饭后就开始为睡觉做准备。比如减少信息的刺激——声光电的游戏、动画片、过多的阅读等。减少过多的运动，孩子的身体累了一天，需要休息。睡前不吃东西，尤其是甜食。做一些温和的、节奏缓慢的亲子活动。尽量每天都在差不多的时间做雷同的事情。

还有一点很重要。睡前故事的时光不仅属于孩子，也属于大人。一旦进入睡前故事环节，白天的纷杂迅速褪去。大人也可以借此得到休整。所以请带着享受的心情去给孩子讲故事，而不是完成任务的心态。孩子都是机灵鬼，你是积极参与、专心给他们讲故事，还是对付，孩子心里明镜一样，装不了的。如果你讲的时候还想着白天的工作，想着厨房里未洗的碗，你就愈加脱不了身。孩子会感受到你不是发自内心地尊重和关注他们，孩子会很失望。反过来，孩子对于故事的反馈也会影响到你的情绪，你会觉得讲故事是件无趣的事情，你甚至会怀疑自己养育孩子的能力。当孩子学你的样子对付事情、对付你的时候，你可能还会火冒三丈，忘记了是谁教会了他这些。

如果孩子白天跟父母之间有不愉快的事情发生，晚上就是特别好的清理时刻，孩子会从父母给他讲故事的心态来判断父母是否还继续爱他。如果你是对付的，孩子就会要求你再讲一个，以再次判断自己的感觉。如果你觉察不到这一点，恼了："说好讲一个的，怎么还要讲！你这孩子真烦人。"孩子就会害怕，糟了，爸爸妈妈不爱我了。然后就哭闹，纠缠。所以，明智的选择是将你的老板、客户和未洗的碗统统放一边。十分钟后，你就脱身了，该干什么干什么去。

如何讲可怕的故事

讲故事再个体化不过了，你可以讲任何你想讲的故事。你需要对故事有点感觉。这个故事好玩吗？孩子可能会从中获得什么呢？它和孩子遇到的困境有匹配的地方吗？这个故事对于困境的解释和解决之道和我匹配吗？当你这样简单想一想，然后讲出来，你会发现孩子在听的时候会不一样，就好像你创造出了一条河流，渡口正好有一条小舟，孩子和你一起坐上那条小舟。他的一些微妙的情感，甚至还有你的一些微妙的情感，会随着你的讲述而随波流淌。你不止给孩子讲了一个故事，你还和他一起分享了那个时刻。那个时刻会立即演化为你俩共同的经历和故事。

有人问我，可以讲可怕的故事吗？那我就要反问你了，你为何问这个问题？你在害怕什么？

每个人内心都有可怕、恶的一面。"可怕"也是想象力重要的组成部分。择机讲一些可怕的故事，会让孩子如释重负，原来不止我"这么坏"。童话当中"恶"的故事都是真实生活的写照，我们不能也无法剥夺孩子对于生活的理解和想象力。孩子多大时就能讲？什么时候讲？可怕到什么程度还能讲？没有标准答案。如果你没有把握，又想讲，你可以这样说："这个故事发生在很久很久以前，发生在很远很远的地方，远得连我都没有去过。这个故事我从小就听过很多次，很多孩子都听过。"这样会比较保险。

《格林童话》中有很多可怕的故事，背后都有深刻的内涵。孩子很小的时候不要讲，或者你可以忽略和改编一些情节。还有一点要注意，就是大人觉得可怕的事情，孩子不一定觉得可怕。比如我怕蛇，我家孩子不仅不怕，还超级喜欢。书上如果有蛇，他就用手给我捂住。

当然，最好是你准备好了。什么是准备好了呢？就是你不再害怕了。前面我说过，你看孩子的态度比你讲的故事重要。同样，你看事情的态度也比你讲的内容重要。比如有人问我，孩子怕死，讲什么故事？我就问他，你怕不怕死？你有多怕死？如果你怕死怕得要命，瑟瑟发抖，如何讲故事？再说世上有几个人不怕死，你要如何看待死？把这些都理理，然后再去讲故事。

比如我儿子不到1岁的时候发生了一件事情。冬天，他坐在客厅地上的毯子上玩，我出门去楼道扔垃圾。我刚出门，听到"咣当"一声响。完了！门被风带上了。我没有钥匙！没带手机！没穿外套！我回来使劲敲门，扔下一句"儿子，妈妈去楼下办点事，马上回来"，然后冲到楼下。拦了第一个人没带手机，拦第二个人是位老人，一时想不起来开机密码，说是她儿子给的手机。终于来了第三个人。第一个电话打给110，第二个电话打给我老公，他在很远的地方上班，没有1个小时回不来。

然后我立即冲到家门口，我感觉要急疯了。几秒钟后我镇定下来，我拍打门，对儿子喊话：

"儿子，看见妈妈了吗？妈妈和你捉迷藏呢，我看见你了。"

每隔不到1分钟我就喊一次。儿子在屋里哭。我就描述我看见他什么了。哭声由远及近。可惜他还不会走路，连爬都不会，他只会用屁股在地上蹭着往前挪。警察终于来了！告诉我门锁要破坏掉，我说门掀掉都行。从门被风关上到再次被打开，过去了大约40分钟！儿子挪到了离门不到2米的地方，他足足挪了6米多的距离。我抱起他，感觉孩子体重都轻了一些。安抚儿子睡着后，我在他爸爸怀里大哭一场，让那些惊恐和"后怕"随着眼泪流走。

我们当天就送了一套备用钥匙到附近朋友家里。"可怕"是用来"吃一堑、长一智"的，不是用来吓倒自己的。下午等儿子睡醒了，我接着和他玩捉迷藏，我刚把头藏在椅子背后，又立即抬起来，或者干脆让他看见我。儿子被我逗得咯咯乐。我观察他没有因此受到什么影响。我觉察我也没有。

有妈妈问我，孩子不愿意洗澡、不愿意洗头怎么讲故事？我问可能的原因是什么，妈妈说孩子小的时候洗澡，大人没有经验，给呛水了。我给这位妈妈讲了上面我儿子被关在家里的经历，建议她编一个"玩水"的故事，就是各种各样"水很好玩"的故事，比如打水仗，冲浪，等等。前提是妈妈要从那次"可怕"的经历中走出来，孩子好好的，没有危险了。都是新手妈妈，原谅自己的"没有经验"。这位妈妈听了我的建议，我感觉她的心情放松了很多。她讲的故事效果也非常好。我猜效果好的部分原因是妈妈自己放松了。

还有一个例子，跟我儿子的经历类似。5岁多的孩子和爷爷奶奶住在郊区，妈妈住城里。孩子有天把自己反锁在房间里了，开不了门。爷爷奶奶急坏了，一顿狂喊。最后在邻居的帮助下，翻墙过去撬开了门。妈妈回去后，孩子虽然嘴上说"不害怕"，但总跟着妈妈。这位妈妈问我怎么讲故事，我还没张口，她便自言自语道："不该让他和爷爷奶奶单住。那天我本来是要回去的。"妈妈还沉浸在自己的内疚和后怕里。所以，要先处理这个部分。妈妈依照我的建议讲了一个"探险家历险"的故事。几天后她跟我反馈，说孩子没事了，证据就是他在饭桌上跟他的朋友们吹牛，说他如何能干，把自己反锁在家里。

讲故事之后：不要说破

讲完故事后，最忌讳的就是和孩子来一番分析：孩子，你看这故事中谁是好人，谁是坏人？你要向谁学习呢？你看你如果不这样，就会像故事里那谁那样……这就把故事说破了。本来是一碗原汁原味的鲜汤，被你这么一说，就完全失去了味道，甚至还增添了一些不好的味道。不要向孩子"解释"故事的含义！这一点如何强调都不为过。只要讲述者对于故事中包含的信息心里有数，清楚地表达出来，就能帮助孩子从故事中获得更好地理解他自己的线索。我的经验是孩子不仅能明白你的意思，还常常超出预期给你惊喜。故事一旦产生情感推动力，孩子就会从中获得解决问题的办法，他们也会这么去做。尽管有些时候做的方式和你预期的不完全一致。他们会将故事运用到自己的生活之中。

当孩子对于故事有疑惑时，不要着急告诉他们答案，可以邀请孩子再次听故事。允许他们困惑，自己去找到答案。故事中包含了很多人生的答案，不同的孩子，同一个孩子在不同时期，会领会到哪个答案是他自己需要的。请允许孩子获得的答案和你预设的不完全一致。就像伟大的鲁米告诫我们的，"你正在寻找的东西也在寻找你"。等他们再长大一些，就会去整合那些多次获得的经验。

我们都有过童年时代被组织看电影的经历，常常既期待又沮丧。期待可以和大家一起去看电影，沮丧看完电影就要写"观后感"，而且写的内容还得符合老师的要求和期望。那些在我们内心激发的情感的涟漪还来不及扩散，就被野蛮、无情地冲刷走了。

我们往往不相信孩子，不相信人可以自我成长。我们也常常不相信故事的力量，要一遍遍和孩子核实：孩子，你听懂了吗？有一个妈妈就曾很兴奋地告诉我，说孩子真的能听懂故事，依据是她讲完故事后让孩子写了"听后感"，发现孩子听到的比她想表达的还要丰富。我提醒她说，小心以后你的孩子再也不愿意听你讲故事。

我们要在讲故事的时候观察孩子。如果孩子说，"我才不要听故事呢，故事太没有意思了"，也许正是孩子听到了故事中的什么东西，引发了他的一些类似自责、内疚，尴尬等情绪。此时请不要点破他，只需要回应"你觉得没有意思是吗"就好了。孩子内心一定会为你没有拆除他的台阶、为他守着秘密而感激万分。

为了帮助讲述者和听众吸收故事的营养，讲完故事后不要立即给予掌声或者欢呼。否则不但会让讲述者很尴尬，而且刚刚结束的故事中的画面会立即被破坏，就好像打动人心的沙画，还没来得及品味就变成了一堆沙子。可以静默几秒钟，以歌谣、吹灭蜡烛的方式结束。或者不需要做任何动作。那几秒钟的静默特别宝贵。我给孩子讲故事，有过太多的经验，就是我在讲述的时候，常常觉得身边的这个孩子似乎没有呼吸，等我讲完后，他长长地舒一口气，带着极大的满足，然后再回到现实中来。而我则好像是听到了他长长的舒气之后，才真正反应过来，我刚才在讲故事。

这种体验非常有趣，就好像在现实生活中遇到了麻烦，想找个洞或者温柔乡躲藏、疗伤一下。或者需要一座桥梁，跨过去，就到了另外一个世界。等你再回来的时候，你变得和之前不太一样了。故事不就是这样的桥梁吗？它可以让我们在现实世界和想象世界中来回穿梭。

当成人这样去做时，会成为孩子的榜样。让孩子体会到烦恼不是永恒的，就像快乐不是永恒的一样，我们可以不用喊叫，不用歇斯底里地从一种意识状态转换到另外一种意识状态。

所以，当孩子接过你的话讲述故事的时候，也不要立即鼓掌叫好。如果你想鼓励他继续表达，以及鼓励他讲出更多的故事，可以说一些具体的感受，比如故事的长短，故事当中的哪个情节让你印象深刻（你当然不用说"印象深刻"这个词，可以说出具体的内容），或者哪个角色让你觉得如何，你很想知道接下来会发生什么。

这样的回应不会破坏故事的画面，反而会让画面继续扩展，让故事当中蕴藏的力量继续彰显张力。孩子会体会到刚刚你的确在很认真地听，这会极好地鼓励他继续表达，会帮助他找到适当的词语去匹配适合他年龄的想象力，你甚至能窥探他的内心画面。记得有一次我问5岁多的儿子"今天去林间活动了吗"，他说"林了"。我就知道儿子很喜欢幼儿园外的那片树林，他在回答我的时候极有可能内心温习了林中愉快玩耍的画面，要不他会习惯性地说"去了"。孩子和我们大人不同，说没用的话的时候要少很多。

"带着敏感的心去讲述伟大的童话故事，听者和讲述者都会进入到沉思冥想中。如果能用满怀敬畏的沉默来封住一个故事的结尾，那么故事的深层力量将继续沁入人们的心中。在长长的停顿中，每一个听故事的人都可以拓宽心灵的空间。不要去解释童话的含义，第二天把同样的故事再讲一遍，很多天之后再讲一遍。成人每一次专注的、不带丝毫个人情绪反应的讲述，都能让孩子的心灵在对故事含义的理解中获得新的弹性和韧性。"[17]

不要说破，是生活的学问。

当孩子的同伴来家里玩，孩子吃了半碗饭就推开碗说"吃饱了"，这时候你心里知道他是想去玩就行了，你不用说破：你没有吃饱，你是想去玩！如果你不同意孩子不吃饱就去玩，你就温和地让他吃完再去玩；如果你能接受孩子就想着玩，偶尔一次没什么，你就同意他放下碗去玩。

当孩子洗脸刷牙的时候让你走开，你心里知道他是想对付一下就行了，你示范给他看如何洗脸刷牙，或者你直接告诉他今天你需要在旁边欣赏他如何认真地洗脸刷牙，你不用说破：你就是想支开我好糊弄一下对不对？

大人之间的交往何尝不是这样。"聪明难，糊涂更难。"如果你总是挑破，没错，你都是对的，你掌握了真理，你是先知。我谢谢你提醒我，帮助我。但是，我不想和你亲近，不想靠近你，因为在你面前，我好像在放大镜下体无完肤。在你面前，我是一个不值得信任、耍着雕虫小技的愚蠢之人。

所以，请相信孩子吧。什么是相信孩子呢？萨提亚是这样说的：

"相信孩子是相信他一定是当下的他能够做到的最好，相信他和自己一样是纯洁、美好的，相信他的生命会让他发挥出最符合他生命本质的东西，而不是相信他不用父母的引导和提醒也能做到满足父母的要求。"

故事的真假

我们身处其中的这个世界的质量不仅取决于我们看到的那些事物，也取决于我们未能看到的那些事物。

——欧文·巴菲尔德

有些人说故事都是假的，骗人的，不能给孩子讲。

我女儿不到 2 岁的时候，我记得很清楚，我们当时住在莫斯科。她手上拿一根香蕉，她把香蕉立起来，跟我说："妈妈，你看滑滑梯。"然后她把香蕉拱起来放在手上，说："这是座桥。"再然后她把香蕉举起来，说："妈妈，这是月亮。"后来，她把香蕉给吃了。

在孩子眼中，滑滑梯、桥、月亮和香蕉一样，都是真的。瑞士心理学大师皮亚杰研究了儿童对外部世界的看法，认为学龄前的儿童还不能清楚地辨别哪些东西是有生命的，哪些是无生命的；他们一般会把有生命的物体的特征加到无生命的物体上——这种倾向被称为"万物有灵"，它可以用下面的对话来说明：

皮亚杰："当有云并不下雨的时候，太阳做什么？"

儿童："它会走开，因为天不好。"

皮亚杰："为什么？"

儿童："因为它不想被淋上雨。"[21]

等到孩子再长大些，如果你没有破坏他们的想象力，他们就能在真实的世界和虚拟的世界中来回穿梭。他们知道自己是在玩游戏。比如有段时间我和快 6 岁的儿子约定睡前轮流讲故事，今天我讲，明天他讲。有一天儿子讲完故事，要求我再讲。时间不早了，我拒绝了他，请他等到明天晚上我再讲。然后我就哼催眠曲，儿子就说："睡婆来了！"我就附和："对，睡婆来了。"他就翻过身去，我亲吻他的脸颊，道晚安，离开卧室。

关于"真"和"假"，龙应台说得精彩而又透彻。

如果说，文学有一百种所谓"功能"，而我必须选择一种最重要的，我的答案是——德文有一个很精确的说法——macht sichtbar，意思是"使看不见的东西被看见"。

假想有一个湖，湖里当然有水，湖岸上有一排白杨树，这一排白杨树当然是实体的世界，你可以用手去摸，感觉到它树干的凹凸的质地。这就是我们平常理性的现实的世界，但事实上有另外一个世界，我们不称它为"实"，甚至不注意到它的存在。

水边的白杨树，不可能没有倒影，只要白杨树长在水边就有倒影。而这个倒影，你摸不到它的树干，而且它那么虚幻无常：风吹起的时候，或者今天有云，下小雨，或者满月的月光浮动，或者水波如镜面，而使得白杨树的倒影永远以不同的形状，不同的深浅，不同的质感出现，它是破碎的，它是回旋的，它是若有若无的。

但是你说，到底岸上的白杨树才是唯一的现实，还是水里的白杨树才是唯一的现实？事实上，没有一个是完全的现实，两者必须相互映照，同时存在，没有一个孤立的现实。[18]

我的女儿比同龄的孩子更晚知道圣诞礼物的真相，当同学跟她说压根没有圣诞老人时，女儿跟她理论：就有！我都见过！

女儿 3 岁那年的圣诞节，我们住的小区管理处答谢业主，派"圣诞老人"给孩子送礼物。各家提前将礼物送到管理处。那天傍晚我才想起来，赶紧外出买礼物。

入夜了，响起敲门声。我和爸爸都知道底细，故意说"是谁来了呀？"示意女儿去开门。女儿打开门。天哪！一个红帽红衣，戴着眼镜的白胡子老爷爷站在眼前，笑盈盈递上礼物。女儿两眼放光，当场就被震傻了。圣诞老人给我送礼物来了！

不记得女儿上小学几年级时，我爸爸妈妈来我家小住。我在隔壁听见我爸跟女儿说：

"你傻呀，哪有什么圣诞老人，那些礼物都是你爸爸妈妈买的。"我心想，坏了！听见女儿在和外公理论，理论不过哭着来找我。我把女儿搂在怀里。我想摊牌的时候还没有到，至少不是在今天这样的一个场合，否则太破坏曾经的美好了。

"那是外公的想法，我和外公的想法不一样。你要相信谁呢？"我说。女儿说相信我。

又过了几年，小孩子不仅不袒露希望收到什么礼物，还制造各种挑战来考验"圣诞老人"。

某一年的某一天，女儿很认真地跟我说："妈妈，我问你一件事情，你要答应我必须说实话。"我点头答应。

"那些礼物都是你和爸爸买的吗？"

我说："是！"

然后我和她一起回忆了那些年过圣诞节的故事，包括她小时候被震傻的那一次。我跟她说，我们每年都挖空心思猜她的心愿；预备着应对各种问题和挑战，一一想办法化解；提前买好的礼物想着法子藏起来，生怕她看到了；想办法哄她去睡觉，不要坐等圣诞老人；夜深了赶紧布置现场，清理所有可能的"马脚"；她想给圣诞老人写信，我们帮她找到圣诞老人在芬兰的收信地址；家里本来有礼物包装纸，还连夜去买新的。

"家里有为什么还去买？"女儿问。

"怕你发现圣诞老人的包装纸是家里的会怀疑呀。"我答。

女儿听了非常感动，并没有觉得我们欺骗了她。后来每当临近圣诞节，她就说："妈妈，请你转告圣诞老人，今年我想要什么礼物。另外，爸爸妈妈和圣诞老人的礼物要记得分开。"

有一次女儿悠悠地说："我长大了，圣诞老人不会再给我送礼物了。"

我看着她说："还会送的，一直送到你弟弟也长大为止。"

如今，女儿跟我们一起合伙"骗"她弟弟，细节比我想得还要周全。我心里认定在圣诞老人这个问题上，我们从来没有欺骗过她，因为圣诞老人早已经不是某个具体的人，而已经俨然是一种集体意识，是"爱"的化身和原型。

我还扮演过小熊维尼给女儿写信。她打开自家信箱，发现有她的信，还是小熊维尼给她写的。她从心里洋溢到脸上的喜悦让我永生难忘。

故事的真假还重要吗？它用这样的方式持续在为一个孩子的成长扮演角色，就像中医师李辛说的："故事超越时空和现实具象的局限，描述人类共通的情感与困境；帮助我们在软弱、迷惑与勇气、光明之间找到方向；引导我们的心灵与宇宙万物共浮沉。我们就是这亘古永恒故事的一部分。"[22]

关于真假，有的人选择"先看见，再相信"，而有的人选择"先相信，再看见"。

第四章

给0～3岁的孩子讲故事

老爷爷蜂蜜店

荔枝蜜

槐花蜜

桂花蜜

此阶段孩子的特点和需要的支持

　　这个阶段的孩子很多时间都在睡觉，可是只要他们醒来，就希望有人陪他们玩，让他们开心。他们除了需要吃奶，还需要温暖。除了身体上包裹得暖暖的，情感上也要暖暖的。他们需要你温柔地和他们说话，用温暖的怀抱回应他们。

　　他们希望你把他们当作生命中最重要的人来对待，无条件地爱他们。没有你的爱，他们将无法活下去。一个安全的、善良的世界，对他们来说至关重要。所以你不要用故事来"教训"他们，更不要用故事来惩罚他们。当他们害怕很大的声音、害怕打针、害怕去医院、害怕黑、摔疼了、受了委屈时，他们希望你能够安慰他们。他们特别宽容，接受你跟他们发脾气，虽然很伤心，但扭头他们就原谅你了。

　　他们不关心时尚，不关心新旧，他们集中精力从周围的环境中获得体验，并且想把这些体验到的东西变成自己的。这个过程需要不断地重复。昨天听到一个故事，小兔子走到一个桥边的时候，它过了桥，当他们今天还听这个故事，你讲到小兔子走到桥边的时候，他们就会知道，接下来小兔子就要过桥了。这种一贯性让他们感觉很安全，备受抚慰。所以，如果你讲的和昨天的不一样，他们就会纠正你。

　　他们不知道玩笑是什么意思，还不识"逗"。如果你开玩笑说"我不要你了""我不是你的妈妈",他们会被吓坏的。如果你说你拉的屎屉真臭,他们会以为你觉得他这个人不好,你不喜欢他这个人。他们虽然心里迫切希望亲近你,但等你靠近,他们会推开你,以保护他们受伤的心。

大约从1岁半开始,他们的语言突飞猛进,开始喜欢短小的押韵诗和歌曲。所以,玩耍时给他们哼一些儿歌,他们会非常享受。遇到身体不舒服或者摔了、磕着了,儿歌是特别好的安慰剂。他们需要安静的环境,你不用长篇大论地说话,一些简单的、温暖的儿歌就足以让他们满心欢喜。这些儿歌也会让你放松下来。毕竟,你也是新手父母,太需要放松自己了。

他们听不懂你的解释和道理,你把日常的生活说出来就是很好的故事。白天孩子遇到的小动物,四季中植物的变化,都可以成为故事的主角。你若想让他们收拾玩具,你带着他们一边做,一边说着谁谁的家在这里,他们就会明白所有的东西都有自己的位置,甚至他们长大了也会明白所有的人都有自己的位置。

当你喊他们和你一起做家务,他们懒得理的时候,你就喊一句"服务员,需要帮忙",那个小人儿就会立即应声屁颠屁颠地来了。

当你希望孩子将洒落的饭粒都收拾到垃圾桶里,你只需要说这些饭粒都想去垃圾桶里开会,孩子就会认真地将每一粒饭都捡到垃圾桶里去。他们会记住这个画面。时间过去很久后,他玩剪纸,纸屑满地都是,他竟然说:"妈妈,你知道吗,别看它们是纸屑,它们也都会开会的。"然后把所有纸屑都捡到垃圾桶里。

他们每个细胞都向这个新的世界开放,他们比任何比他们大的人都学习到更多。他们用嘴、用手、用脚感受世界,用身体做事情。他们接触到的任何东西也都在接触他们,让他们听到真人的声音,抚摸到天然的东西,这对他们有极大的帮助。而你在未来也会因此而收到馈赠。他们是天生的模仿家,你做给他们看的他们很快就会了。这种模仿不单单是外在我们看到的,它在孩子们的内心同时运作,影响深远。

到了2岁,他们的模仿成果就会集中展示。他们觉得自己了不起了,什么都要试一试,你的家里可能常常一团糟,他们把家当作考古现场、探险家园，到处鼓捣。他们是奋不顾身的冒险家，为了在这块领地上称王称霸，头破血流也在所不惜。

坏消息是这才刚开始。接下来，迎接你的是"不"，是胆大包天的"为非作歹"，是没有任何目的和征兆的反抗，他们玩弄你于股掌之间，知道如何能让你生气。你若弹琴，他们就立即变成牛。

好消息是在毫无章法和令人措手不及的表象之下，一切都在有序发展。我们的孩子开始了独立的第一步。他们开始意识到在自己周围还有另外一个世界，那个世界是如此的新奇和迷人。不需要你们我也能把饭塞到嘴里，既然饭能塞到嘴里，还有什么东西能塞到嘴里呢？不需要你们我也能把脚从那个洞口伸进去，胳膊能从那个洞口伸进去吗？这个东西一按就能动，以后你们谁都不许按，这活儿我包了。最高兴的是可以到处走了，到外面去玩不用听从父母的安排，我不想回家就可以不回家。我想夏天穿棉袄我就穿。我想干什么就干什么，你们不能拒绝我。这么简单的道理你们大人都应该懂的吧，你们都了解我的想法吧……

同时，他们的语言能力也突飞猛进，尝试体验语言的威力。"不"真是个好词，你看只要我一说，爸爸妈妈就立即变得不一样了。

"曾经非常依赖他人的孩子，现在有了自己的意志，争取独立占据了中央舞台。在真正独立之前，自我仍旧有很长的一段路要走，它仍旧受到家长和老师的很大影响。当孩子处于这个新的状态时，变得更加重要的是，每个孩子都需要接收到身边人的反馈，让他知道他仍旧被爱着，被珍视。虽然他有负面和不合作的表现，但是他需要受到保护，不让他形成负面的自我形象。稳固的带着爱的权威对于孩子建立安全感和对周围人的信任非常重要，这在此时也比以往任何时候都更加重要。"[23]

孩子们小时候那些斩钉截铁的"不"会逐渐转变为做选择的能力以及自由想象的能力。如果我们期望孩子长大能够有主见，在他们小的时候就需要接受这些反抗。谁让我们对孩子的爱就是为了"分离"呢？更何况这些反抗中蕴藏着自我保护的能力。所以，在故事中我们不需要扼杀这个能力，我们要看到这个能力，看到孩子的成长。我们在界限内接受和允许他们这样做，同时，我们去归正那些偏差。孩子们通过想象的画面吸收到这个部分，就能明白什么是恰当的言行，他们就能应对各种各样的情形，较少受到恐惧和害怕的干扰。更重要的是，他们体会到，无论怎么样，自己依旧是被爱着的。

"3 岁看大"。听起来这个阶段的确至关重要，是创造奇迹的年纪。很多新手父母忧心忡忡，生怕因自己的错误耽误甚至毁灭了孩子的美好前程。勤劳的妈妈们更是寻找各种育儿宝典和尚方宝剑，认为讲故事最好能惊天地、泣鬼神。其实这些奇迹孩子们自己每天都在创造，因为它们太过平常而常常被我们忽略。比如，仔细想一想，直立行走、学会说话不正是奇迹吗？故事讲一遍他们就能背下来，不也是奇迹吗？

"《黄帝内经》把健康人叫作'常人'，把正常的脉叫'平脉'。

愿我们成为一个平常人。"[24]

所以，重拾常识，顺应法则，以平常心讲故事，以平常心看到奇迹。只要大人和孩子都愉快，就是极好的了。

此阶段给孩子讲故事的关键词：**愉快**。

此阶段的养育难题和故事应对

歌谣陪伴你——各种场合的童谣

在孩子活动身体的时候随口讲一些含有韵律和节奏的儿歌，并让儿歌参与到活动中，孩子就会获得丰富的语言经验，为其形成图像的能力打下坚实的基础。

我看很多儿歌的书，但我并不去背诵。等到场合需要的时候我就随口

"胡说"。比如，带孩子荡秋千的时候，我就一边推一边说：

> 荡秋千，荡秋千，
>
> 一荡荡到云里边。
>
> 云里边，捉迷藏，
>
> 藏啊藏啊藏好了。
>
> 荡秋千，荡秋千，
>
> 一荡荡到云里边。
>
> 云里边，捉迷藏，
>
> 找啊找啊找到了。

说到最后一句的时候，常常是秋千从高处下来，我就迎着孩子而去。孩子高兴得不得了，嘎嘎嘎地笑。通常说到第二遍，孩子就会跟着一起说了。这样孩子会很愿意出去玩。你可能会说，背儿歌还行，随口说不容易。我的经验是孩子在荡秋千时，不要看手机。随着秋千忽上忽下，孩子飞来飞去，嘴里就会冒出一些词来。

给孩子换尿布的时候我也会说一些儿歌。孩子躺在那里，挥拳踢腿的，可以一边换尿布，一边看看孩子的脸，互动一下。孩子对于换尿布也会感到很愉快。你说什么一点都不重要，重要的是你愉快的心情。

> 张家有个张大哥，
>
> 李家有个李大姐。
>
> 张大哥，李大姐，
>
> 相亲相爱成了一家人。
>
> 一个爱吃肉，一个爱吃鱼。
>
> 今天来吃鱼，明天把肉吃。
>
> 甜甜蜜蜜和和美美过日子。

在行进中游戏的时候，儿歌是最好的伴侣。孩子走路会跟随韵律，饶有兴致。比如我们会拉一根绳子，从家里这个房间走到那个房间：

老牛牵小牛，

牵着小牛去买酒。

你一杯来我一杯，

喝完俩人呼呼睡。

一觉睡到大天亮，

醒来一看吓一跳，

原来喝了——

两大杯！

孩子特别喜欢，一边走一边笑。

从儿子小明几个月开始，我就经常给他捏脊。让一个这么小的孩子老实趴着，很不容易，也很无趣。我就编了一首儿歌：

小乌龟，

爬呀爬，

一爬爬到山顶上。

山顶上，

有棵树，

就在树下纳个凉。

喝杯茶，打个盹，

快乐似神仙。

小明很喜欢捏脊，洗完澡就等着。会说话以后，开始说儿歌每一句的最后一个字；然后是我说上一句，他说下一句。有时候他还故意说错，我就将错就错，乐得他嘎嘎笑。

孩子肚子不舒服或者晕车的时候，我会一边轻揉他的肚子，一边说：

揉揉你的小肚——子啊，

我就叫你不难受啊。

> 我是多么地爱着你——啊，
>
> 愿意为你付出我所有啊。

这首儿歌通常是唱的，而且是一种怪里怪气的唱法。从我家老大一直唱到老二，从来没有换过词，效果也一直非常好，简直是"嘴到病除"。两个孩子也都会唱，只要揉肚子必唱，每次都是唱完第一句就开始笑。现在老大已经过了 14 岁了，有时候睡前我给她按摩一下肚子，还唱！还笑！还享受！

给孩子说唱儿歌，大人也会放松。因为转化为精神食粮的不仅是那些字词、声音和节奏，还包括讲述者。你留意孩子模仿你的神情，你就知道，你既是那迅速而又神奇转化的发起者，还是那转化本身。这种转化因着孩子的模仿而在他的生命里生根、发芽。而你自己呢，会突然觉得那些陌生的古老的歌者，那些游吟诗人，就好像在身边一样，给你传递了一个魔法棒，你接过了那一棒。噗！不知谁吹了口仙气，蒲公英就漫天飞舞了。

> 我们身边有海量的儿歌、诗歌资源，可以免费获取。稍微留点心，就会获得丰厚的回报。等到孩子再大一些，将这些儿歌改编成小故事，是非常讨巧又讨喜的办法。
>
> **贴士**

拒绝换尿布——每天都拉屁屁的动物们

幼童不愿意换尿布怎么办呢？尿布台上的时光可以轻松快乐一些吗？故事就像魔术师，"紧张"瞬间变"有趣"。

1 岁多的儿子小明不知道从哪天开始不肯换尿布，尤其是在大便后。各种诱导方法都试过，也强迫过，均无效。而且越强迫，孩子似乎越紧张。是因为他大便后家人有时候一些夸大的、玩笑的反应让他觉得大便是件不好的事情吗？他有些许的羞愧？还是因为他在长大，试图控制大小便又未果的挫败感让他不舒服？原因不重要，我只需要一个好的解决方法。

"小明，你拉臭臭了吧，我们去换尿布，换完就舒服了。"我确认小明大便了。

"没有。不换。"小明坚定地说。

"那我看看可以吗？"

"不可以！"小明很警惕地走开。

看着小明一篮子的动物玩偶，我的故事灵感来了。

我走近小明，轻声开说：

有一天，小猴去问鳄鱼："鳄鱼，你拉臭臭吗？"

鳄鱼说："当然了，我每天都拉臭臭的。"

"那你拉的臭臭臭吗？"小猴问。

"哦，我拉的臭臭能把你臭晕过去。"鳄鱼说。

小明咯咯笑起来。我牵着小明的手，走向尿布台。我把他抱起来，轻轻放在尿布台上，接着说。

小猴又去问蚂蚁："蚂蚁，你拉臭臭吗？"

"当然了，我每天都拉臭臭的，不过，我拉一丢丢（很小的意思)。"蚂蚁说。

小明认真地看着我，眼睛里闪烁着喜悦的光。我一边给他换尿布，一边接着说。

小猴还去问了大象："大象，你拉臭臭吗？"

大象说："当然了，我每天都拉臭臭的，我拉一大堆。"我用手势比画着一大堆。小明乐得哈哈大笑。

"那你拉的臭臭臭吗？"小猴又问。

"哎呀，我拉的臭臭呀，能把你臭晕过去。"大象说。

小明咯咯咯笑得不行。

于是，小猴发现原来动物们每天都拉臭臭的。

我一边说，一边将换好尿布的小明从尿布台上抱下来。后来，需要换尿布的时候，小明自己就说："大象，拉一大堆，臭晕过去。哈哈。"一边说，一边还乐得不行。每次换尿布我都讲这个故事，只是故事中的主角有时候会变化。换尿布也成了很有趣的事情。

小明2岁3个月开始白天不用尿布了，偶尔也拉大便在裤子上。但他不再紧张，总是心安理得的样子。

> 幼童控制大小便的能力与生俱来，每个孩子有自己的时间表。2岁左右进行适当的训练是可以的，但强迫只会适得其反。故事中的角色可以选择孩子平时喜欢或者感兴趣的东西。
>
> 挫败和羞愧是孩子常见的感受，不要阻拦，也阻拦不了。让它们在故事中悄悄淌走。
>
> 贴士

洗澡洗个没完——再见的时间到了

幼童洗澡不愿意从澡盆里起来怎么办？幼童去别人家不肯走又怎么办？软硬兼施都不管用，故事解围显威力。

2岁半的儿子小明和很多孩子一样，进了澡盆就不想出来。水，真是世界上最最好玩的东西。

"洗完了，你再玩一会吧。玩几分钟啊，宝贝？"我一边放下毛巾，一边说。

"再玩1——再玩2分钟。"

小样，什么时候知道了2分钟比1分钟长。

大约过了2分钟。

"2分钟到了，起来吧。"

"不起来，没到2分钟。"

怎么让这贪水的娃起来呢？我脑子里想起一个旋律《Time to say goodbye》（再见的时间到了）。有了。

我哼了一句，小明埋着头。我又哼了一句，小明看我一眼。

"再见啰，澡盆。"

"再见啰，水。"

"再见啰，毛巾。"我注意到小明把毛巾拿起来放在盆沿上。我接着说。

"再见啰，鸭子妈妈（玩水的玩具）。"

"再见啰，鸭子宝宝。"

小明看着我，好奇的样子。

"再见了，小明，我要去大海了，明天见。"我用水的口吻说。

小明放下手里的东西，站了起来，示意我拉着他的手。

"再唱一遍，Time 那个，妈妈。"

我牵起小明的手，帮助他站起来。用浴巾包住他，抱他起来，又轻声唱了一遍。小明在如此美好的气氛中离开了澡盆。

有一天，我带小明去朋友家玩。

"该回家了，小明。你需要回家睡觉。"

"不要回家。"

"不回家，你就在我家睡吧。"朋友说。

小明一副喜从天降的样子，径直走到卧室里。得到朋友的许可，小明爬到床上，蹦啊，蹦啊。再玩 1 分钟回家啊。1 分钟过去，不理。那个旋律及时响起。

"Time to say goodbye。"我哼了一句。看着墙上贴的小熊，我说：

"再见了，小熊。"

"再见了，小东西。"我指着床头柜上的一幅图片说。

"这还有个小熊。"小明停下来不蹦了，指着另一只小熊对我说。

"哦，那只小熊也再见。"我用手比画着和小明指的小熊再见。

我走到床头，看着地上的拖鞋。

"再见了，兔子拖鞋。谢谢你。"

小明从床上快速滑到地上，拿起拖鞋。

"我去把它放好。"小明拿着拖鞋，快步走到大门口，将拖鞋放到合适的位置。我顺势帮助他穿上自己的鞋。站起来看着门上的"福"字。

"再见了，福。下次见。"我说。

"再见了，福。"小明竟然也说。

最后我们和朋友道别，高高兴兴回家了。

> 幼童沉浸在游戏中时不被打扰很重要，但每日的作息和节奏同样重要。该吃饭时就吃饭，该睡觉时就睡觉。这些节奏对建构幼童的安全感作用深远。对养育者的自我关爱同样重要，一旦混乱容易引发情绪失控。故事，就像润滑剂，可以很好地避免节奏变换过程中的生拉硬拽。
>
> 贴士

说"不"——今天是"可以"日

3岁左右的孩子不干这个，不干那个，"不"字常挂嘴边上，完全不配合。讲个故事就能让孩子变成"顺毛驴"了。

不到3岁的儿子跟很多孩子一样，常常跟我对着干，我决定讲个故事。

森林边上的树洞里住着一只小熊，一天，小熊发现蜂蜜吃完了，他去附近的商店买蜂蜜。老板告诉小熊今天不卖蜂蜜。

"为什么今天不卖呢?"小熊问。

"因为今天是'不可以'日。"老板说。

"那什么时候卖呢?"

"需要等到'可以'日才卖。"

小熊摸摸自己的肚子，回家去了。

第二天，小熊又去商店买蜂蜜，老板说还是不卖，因为还不是"可以"

日。小熊去另一个商店，那个商店也不卖蜂蜜。小熊的肚子咕咕叫，好像在提醒小熊去河对岸的商店看看。小熊去了河对岸的商店，这里也不卖蜂蜜，也是因为今天是"不可以"日。

小熊有些着急了，什么时候才是"可以日"呢？这时候来了一匹马。

"马儿，请问你知道什么时候才是'可以日'吗？"

马儿说，你跟我来。小熊饿得没有力气走路了，马儿让小熊骑到它身上。

"坐好了吗？走啰！"

马儿将小熊带到森林深处的一个山洞里。

"看见了吗，那块岩石上有一根羽毛，你去把它拿下来。"

小熊使劲爬啊爬啊，终于拿到了羽毛。羽毛看着小熊，唱起歌来：

> 今天是可以日，
>
> 今天是可以日，
>
> 可以自己吃饭，
>
> 还可以帮妈妈做家务。
>
> 今天是可以日，
>
> 今天是可以日。

小熊立即和马儿往回跑，跑到最近的一个商店。"真的耶，今天真的是可以日。"小熊买到了蜂蜜，美美地吃了一大口，嗯，蜂蜜真香啊。

听了这个故事，儿子明显配合了很多。当他特别想挑战的时候，我就哼唱一句：今天是可以日……小明常常就"嘿嘿"笑着，不跟我作对了。

> 这个故事中小熊没有受到惩罚，这些商店的老板也并没有嘲笑、指责它，大家就事论事。而且，小熊没有从一个所谓"不好"的孩子变成一个所谓"好"的孩子，只是事情自然恢复到了平衡。
>
> 贴士

倔强不穿衣——寻找脑袋瓜的睡衣

秋意浓，天气凉。孩子不穿衣，为娘干着急。不能打，不能骂，道理讲不通。且看我边演边讲，让故事来显神通。

洗完澡，喝完奶，2岁5个月的儿子小明光着膀子躺在床上"抽大烟"（吮吸他的大拇指，睡前的必需动作，我们家戏称"抽大烟"）。

我拿着睡衣，说："来吧，穿上睡衣，准备睡觉了。"

"不要，不穿睡衣！"小明断然拒绝，一点面子都不给。

我琢磨着怎么逮住这小子。小明嘴里享受着美味，眼睛警觉地看着我手上的衣服，准备好了随时溜走。我灵机一动，开演故事。

"我是一件小睡衣，我寻找一个脑袋瓜。咦，我要找的脑袋瓜在哪里呢？"

我将睡衣套向床头灯。

"嗯，太大了。"

我注意到小明一下子被吸引了。我又套向闹钟。

"嗯，又太小了。"

小明咯咯咯笑起来。

我四处找目标，将睡衣套向枕头。

"哎呀，这个太方了。"

小明笑得要岔气了。

我使劲忍着笑，继续找目标。我套向一把扇子。

"这个嘛，太扁了。"

小明在床上笑得翻滚，连手指头都顾不上吃了。我盯着他的大脑袋。

"咦，这个看起来很像我要找的脑袋瓜。"

我正想往下说，小明一骨碌爬起来，自投罗网，咯咯笑着把脑袋伸进了睡衣里，顺势还从袖口伸出了胳膊。我终于憋不住得意地哈哈大笑。

小明要求再演一遍。好吧，再演一遍。连演三遍后他终于满足地躺下睡觉了。

又一日早晨。小明起床后跳到地上，跑了。我在另一个房间找到他，他正躺在地板上玩。我手里拿着外衣，如法炮制了一番。我说到一半的时候，小明从地板上坐起来，饶有兴致地看着我表演。我将衣服套在椅子靠背上，故意沮丧地说：

"哎，我要找的脑袋瓜哪里去了，这个也不是呀。"

只看见小明又一骨碌爬起来，蹭到我跟前，说："在这呢。"我拿起衣服。来吧，脱下睡衣，穿上外衣。

再一日，小明穿裤子的时候也让我演故事，我就将"脑袋瓜"改成"脚丫子"。后来，小明自己也会拿着衣服比画了。

> 　借助一些简单的道具，边演边讲，故事会别有一番意境和效果。故事中一切都是有生命的，衣服、鞋子、桌子、椅子都会说话。当我们模仿这些东西说话时，我们仿佛也回到了童年，纯真，美好。
>
> 贴士

随地扔垃圾——每个人都有自己的家

和2岁多的孩子讲爱护环境有点难是不是？讲故事呀。甚至不需要一个完整的故事，几句图像化的故事语言就够了。

带2岁多的儿子小明出去玩，小明要吃香蕉。吃完香蕉，小明随手将香蕉皮扔在地上。我捡起香蕉皮。

"小明，这里不是香蕉皮的家，香蕉皮喜欢自己的家。"

"香蕉皮的家在哪里，妈妈？"

"垃圾桶啊，垃圾桶是香蕉皮的家。每个人都有自己的家呢，你也有自己的家，对吧？我们一起去找香蕉皮的家。"

我们找到垃圾桶，将香蕉皮扔进去。小明很开心的样子，好像完成了一件大事。帮助一个人找到自己的家的确不是件小事呢。

一路上小明推着自己的手推车，一直推进家门。小明将车推到柜子旁边，说："妈妈，这里是车的家。我把它放家里。"那一刻，我心生感动。

在接下来的时间里，无论是在家里还是户外，总有一个小家伙自告奋勇、乐此不疲地将垃圾送到它们的家里。小明喜欢站到门口的鞋柜上捣鼓，时不时要求抱他上去。鞋柜上有一大一小两个筐子，大筐子装一些出门进门常用的东西，小筐子里装废弃的电池或电子类垃圾。小明拿起一个东西。

"这是什么？"小明问。

"控制温度的，就是控制家里暖不暖的，坏了。"我说。

"把它扔掉，扔到垃圾桶里。"小明说着，就要下来去扔。

"嗯，这些东西的家不是厨房的垃圾桶，它们有另外的家。如果把它们放错了家，它们就会不开心了：'这不是我们的家，这不是我们的家。'过几天我们一起送它们回家好吧。"小明将坏的温控器放回小筐子里。

而玩具呢，玩完了也常常会被他送回到它们的家里。还有一个常见的场景，就是有个大脑袋小家伙骑着他的蜜蜂扭扭车，自由自在穿梭在各个房间，最后总能听到大喊一声"停车入库"。

> 图像化的故事语言不能代替规则，比如有危险的东西不能碰就是不能碰，如果说插座里面有个大老虎，不能碰，你就等着麻烦吧，十之八九孩子非得捣鼓出那只大老虎不可。
>
> 贴士

大喊大叫——会唱歌的小狗

幼儿大喊大叫，吵闹不休，也可以请个故事来管管。

2岁多的儿子小明最近经常在家里大喊大叫，爸爸跟他说：

"小明，你小声点我听得更清楚。"

"不！我就要大声，××就是这样的。"小明高声抗议。大喊大叫的确可以体现他的力量，但也不能听任不管。我心里想着，决定讲个故事。正好我看到一个视频，一只小狗掉到大海里，鲨鱼游过来，最后海豚救起了小狗。有了！

有一天小明不愿意洗漱，大声抗议，要赖。我抱他在洗手间凳子上坐下来。"好，先不洗漱，我们来讲个故事好不好？"

狗妈妈生了好几只小狗，妈妈跟狗狗们说："宝贝们，妈妈教你们唱歌。"我喊来老大，问她小狗很温柔的时候是怎么叫？老大"嗯……嗯……"地哼着。对！狗妈妈就是这样教小狗们唱歌的。

有一只小狗不愿意唱歌，别人在唱歌的时候它就在边上大喊大叫。有一天狗妈妈带小狗们出海游玩，别的小狗都和妈妈一起唱着歌，只有这只小狗一直在船边上吵闹，窜来窜去。突然一个大浪打过来，把小狗打到大海里去了。

小狗很慌张，怎么办呢？它继续大喊大叫，希望有人来救它，可是海浪的声音很大，妈妈也听不到它的喊叫声。就在这个时候，小狗发现不远处有一头鲨鱼朝它游过来，小狗吓坏了，继续大喊大叫，还有没人来救它。

就在这个时候，小狗想起了妈妈是怎么唱歌的。"嗯……嗯……"小狗唱起歌来，不再大喊大叫了。小狗的歌声被一只海豚听到了，咦，谁在唱歌呢？这么好听。循着歌声海豚游了过来，发现鲨鱼离小狗很近了，小狗有危险！海豚立即冲过去，让小狗坐在它背上，逃走了。等鲨鱼走远了，海豚把小狗送回到船上。

"谢谢你，海豚，是你救了我。"小狗说。

"你的歌声很好听，我也要谢谢你。你愿意继续唱歌给我听吗？"海豚对小狗说。

小狗非常愿意唱歌给海豚听。后来，它们成了好朋友，海豚经常到船边来听小狗唱歌。

儿子安静地听我讲完故事，随后便开始愉快地洗漱，还鬼鬼祟祟的样子，示意我小点声。

切记！不能安排小狗被鲨鱼吃掉。

贴士

断母乳——给小考拉准备的美味

断母乳一定要隔离或者在乳房上抹辣椒水吗？试试讲故事。

自从打算给儿子断母乳，我就盘算着讲故事。我不想隔离，更不想抹辣椒水"害"他。这个故事要和"美味""长大"扯上关系。故事很快就有了。

小猴是小考拉的好朋友。有一天，小猴和他的爸爸妈妈一起到河边去玩，小考拉也想去。

"我也想去小河边玩，可是我要吃妈妈的奶呢，你不吃奶吗？"小考拉问小猴。

"我不吃奶了，妈妈给我做很多别的东西吃。你跟我们一起去吧，我们带了很多好吃的东西。"小猴回答道。

小考拉回家问妈妈，妈妈同意了。

小考拉和小猴一家在河边玩得非常开心，还打了水漂。特别让小考拉开心的是吃到了很多好吃的东西，有的比奶还要好吃。

小考拉回到家后，妈妈正在做饭。妈妈说："今天去集市上买了很多好吃的菜，还有面包，果酱。"小考拉心想，真是开心的一天，玩得好，吃得也好。

第二天，小考拉和小猴又一起去河边玩。他们经过小羊的家门口。小羊也想跟他们一起去，可是羊妈妈不同意。

"亲爱的宝贝，你还长得不够大，你再长大一些就可以去河边玩了。"羊妈妈说。

小羊有点着急了："那我什么时候就算长大了呢？"

"等你不喝奶就可以了。"

小猴和小考拉安慰小羊说："别着急，你很快就不用喝奶了，我们等着和你一起玩。"

儿子很喜欢这个故事，天真地跟我说："妈妈，我长得够大了。"我心里窃喜，意思是你也不用喝奶啰。

断奶的过程很顺利，大约一周时间解决。期间有些反复，也有的时候儿子会隔着衣服蹭蹭，磨磨。我也刻意做了更多好吃的，并增加拥抱的频率。

> 不少妈妈为断奶给孩子讲奶精灵的故事，这个点子很好。不过，不要讲你长大了，不需要奶精灵了，奶精灵去服务别的宝宝了。那么小的孩子不会懂的，明明我是需要的呀，为什么奶精灵要舍下我去照顾别的宝宝呢？可以讲奶精灵知道哪里有更加适合你口味的美食，带妈妈去找。
>
> **贴士**

怕打雷——雷公公的鼓和手电筒

如何对低龄的孩子解释自然现象呢？与其查找百科全书，不如编个温馨的小故事。

"轰隆隆，轰隆隆"，要下雨了。

"这是什么声音呀，妈妈？"2岁多的儿子略显紧张地问我。

"哦，这是打雷。你是不是以为是放炮？不是放炮。"（小明不喜欢放炮）

"不是放炮。"小明自言自语。但显然对打雷没有理解。我要怎样给2岁多的孩子讲清楚什么是打雷呢？想起白天小明在户外踩水的情景，一个故事来到嘴边。

有一个小男孩出去玩，他想，要是有摊水该多好啊，就可以玩水了。他的想法被雨知道了。雨去找雷公公。

"雷公公，有个小男孩需要一摊水，我想去他那里。请给我点力气吧。"雨说。

"好的。"雷公公说完开始擂鼓。

"轰隆隆，轰隆隆，轰隆隆"，三遍鼓声。

（家里有一面鼓，小明玩过。）

"谢谢，雷公公，我有力气了。可是，那个小男孩在哪儿呢？借你手电筒用一下吧。"

（几天前小明玩了姐姐的手电筒。）

唰——一道光闪过。

"我看见了，看见了，我看见小男孩了。谢谢你，雷公公。"

于是，雨哗哗地下。小男孩低头一看，哇，真的有一摊水了耶。

"啪，啪，啪"，小男孩开心地踩水玩。

（小明看过一本小熊踩水的绘本。）

后来，每逢打雷，小明都很安心，有时候还会说雷公公在擂鼓。

有时候，我们在户外看见园丁浇水，我也会讲这个故事，但把"小男孩"改成"很渴的小树"。结尾处增加："小树喝了个够，说，谢谢你，雨。谢谢你，雷公公，也谢谢你的鼓和手电筒。"

> 幼童对一个新鲜事物的态度，常常和养育者的反应有关。养育者如果紧张，孩子常常也会紧张。反之亦然。
>
> 贴士

旅途中的烦躁——热情周到的肚子先生

节假日全家一起出游，其乐融融。可是，那些舟车劳顿、饥肠辘辘、被绑在安全座椅上的枯燥难耐时光如何打发呢？讲故事呀！记得，带着故事一起去旅游。

儿子小明长到2岁多，除了出生后40天经历长途奔波，还没出过远门。国庆假期，几个大学同学决定携家属一起自驾去内蒙古玩一趟。孩子爸和我一商量，去！两个孩子听说要去草原上玩，激动得哇哇大叫。

承德、多伦、张家口跑一圈，6天5夜下来，小家伙吃得好，睡得香，玩得高兴。唯一一次挑战发生在回京前一天。我们一行5辆车开赴号称"中国66号公路"的"草原天路"。为了避免堵车，领队决定午餐在车上用零食解决。但接近村庄一段还是很堵。从吃完早饭上路，一直到下午6点，我们都在路上。好在有蓝天、白云、森林、草原、风车，加上秋高气爽，一切都美透了。两个孩子一路表现优异，也给我们增添了很多欢乐。

离开"草原天路"，重新上高速，直奔张家口酒店吃饭。为保证安全，我们坚持让小明坐在安全座椅上，绑得紧紧的。离酒店大约还有30分钟的路程时，小家伙终于撑不住了，饿、累、困、烦躁联合袭击。11岁的老大也快坚持不住了，跟着嚷嚷。

"你们很饿，对吧？很想吃饭？"我问。

"嗯，我要下去！我要吃饭！"小明大喊，努力挣脱安全带。

"是的，我知道，肚子先生这会儿特别希望有客人来。"我信口开河，在没有任何准备的情况下讲起了故事。

我咂巴着嘴，做出吞咽的样子，说："砰砰砰，谁呀？肚子先生问。是我，胡萝卜。哦，太好了，胡萝卜，欢迎光临，我太喜欢你了，快快请进。"

听我这样说，小明立即安静下来。

我继续做出吃东西的样子。"砰砰砰，谁呀？是我呀，肚子先生，我是米饭。哎呀，太好了，米饭，你来得正是时候，欢迎光临，赶快请进。"

老大也安静下来。车里的烦躁被甩到车窗外，大家似乎都在期待下一个客人会是谁。故事来得真是时候，救我于"危难"之际。

"砰砰砰，谁呀？是我，花生呀。太好了，花生，你能来真是太好了。砰砰砰，谁呀？"不等我说完，小明抢着说，"我是花生"。全车人大笑。我们都知道这小子喜欢吃花生。"砰砰砰，谁呀？还是花生。"老大和老二都参与进来，轮着说"客人"的名字，吃的，喝的，说了一大串，把肚子先生家客厅、厨房、卧室、书房都占满了。终于，到达酒店。他们都没玩够，舍不得下车了。

这个突发灵感的故事后来常常说，有时候正吃饭的时候也说，比如已经吃很饱，准备午睡了，还想吃零食时，肚子先生会说："哦，这会儿没位置了，你先去睡觉吧，等我收拾收拾，你睡醒了，我就腾出地方了，你就可以来。"小明总是很听肚子先生的话，满足地去睡觉。

看来肚子先生不仅热情，还很周到，将吃喝那点事安排得妥妥的。

> 当我们面对孩子，决定放弃（并且是持续放弃）威胁、恐吓、命令等方式时，故事的灵感就会随时随地造访，给人惊喜，奖赏我们正确的养育方式。嗯，这似乎正是我会编故事的诀窍。
>
> **贴士**

流鼻血后紧张 —— 鼻子先生来帮忙

年幼的孩子第一次流鼻血时都会有些害怕，父母应该如何解释和安慰呢？请故事来帮忙吧，一个小小的故事，就能让"可怕"事件立即转变成"有趣"事件。其实很多"可怕"事件都是身体的正常自我保护。

不知道是夜里几点钟，我听到大床旁边的小床上，儿子小明清脆地打了一个喷嚏，这有点不寻常。当妈的和孩子真是心有灵犀，睡得再熟，孩子的一点动静也能让"死猪"妈立即醒来。我起身检查小明的睡袋是否有什么问题，又摸了一下他的头。小明也醒了，说要喝奶。我给他喂完奶，隐约觉得他的脸上黑乎乎的。"小明，我要开一下灯啊，你闭一下眼睛。"我的语气里有点急迫。打开灯，看到小明脸上、手上全是血，睡袋和床单上也有。小明流鼻血了！原来那个喷嚏是鼻子为了叫醒我。长到快3岁，这还是小明第一次流鼻血。我冷静地留意到鼻血已经止住了。我一边叫醒老公让他去拿湿纸巾，一边对小明说："小明，你流鼻血了，擦干净就好了。姐姐小时候也流过鼻血，我们每个人都流过鼻血。"小明很安静地看着他的手，等待擦拭。擦脸的时候，小明有一点躲避，我感到他有些紧张。我抱着安慰了很长时间，小明才重新睡着。

　　早上起床时，小明像往常一样很愉快。但不一样的是，我留意到他在仔细端详他的一双手。

　　"妈妈，我昨天怎么了？"（小明把所有的过去时间统称为"昨天"）

　　"你昨天晚上流鼻血了。"我很平静地说。

　　小明没有说话，又看了一眼他的手。

　　"手上的血已经擦掉了，"我说，"你有点害怕吗？"

　　"我现在不害怕了。"

　　"你的意思是昨天晚上你有些害怕是吗？"

　　"嗯，我昨天有点害怕。"就在这一瞬间，我决定现编一个故事。

　　"小明，你知道你为什么流鼻血吗？"我说这一句，想着下一句说什么。小明没说话，等着我说。

　　"昨天晚上你的鼻子正睡觉呢，听到有人叫他。'这大晚上的，谁叫我呀？'鼻子嘟囔着。'鼻子，是我呀，肚子先生。''哦，肚子先生，你叫我有什么事情吗？''我想请你帮个忙，我晚上吃了辣的面，又吃了一些瓜子，这会儿我热得难受，睡不着。''哦，那我能帮你什么忙呢？'鼻子问肚子先生。'你能不能流点鼻血？估计你流点鼻血我能好受些。'肚子先生说。'这好办，你等着。'说完，鼻子就流了一些血。过了一会儿，鼻子问肚子先生：'你觉得怎么样，好点没？'肚子先生说：'嗯，舒服多了，谢谢你。离起床好早呢，我们都睡觉吧。'然后，肚子先生和鼻子就又睡着了。"

　　听我说完，小明咧着嘴笑。然后大喊一声，起床吧！

　　一整天，小明心情好得不得了。和往常一样，自在又满足。

遇到孩子的突发状况时，养育者的冷静平和很重要。故事之灵喜欢平静，不喜欢慌乱。孩子身体其他部位出现类似的情况，都可以参考这个故事。

贴士

接受被拒绝——寒号鸟拒绝了猫头鹰

温和而又坚定地拒绝孩子，是孩子成长的必修课。故事可以当助教，帮助孩子体验被拒绝的前前后后，在关系中发展自己。

儿子小明在获得了无数次无条件地被满足后，也该尝尝被拒绝的滋味了。2岁的小明吃完饭急着拉我陪他玩，我通常会告诉他："我现在在吃饭，请你稍等一下，等我吃完饭就和你玩。你可以自己玩一会，或者找姐姐玩。"他在我身边依偎着，哼哼唧唧的，看我态度坚定就放弃了，或者去拉爸爸。开始的时候，爸爸习惯立即放下碗筷，陪儿子去玩，过一会儿再回来吃饭。后来我也请他尝试新的方式，几次下来效果明显。爸爸温和而又坚定地"拒绝"儿子，儿子平静地走开，这样的场景司空见惯。到了3岁，情况有些变化，小明开始要体验"我"的力量，"被拒绝"后不高兴。一方面我会调整一下战略，在非原则问题上"迁就"他一下，另一方面想办法让他接受被拒绝。

有一天，无意间发生了故事。

"小明，妈妈给你讲个故事。"

"好，讲寒号鸟。"听到小明的"命题"，我灵机一动，决定讲一个新的"寒号鸟"。

"还记得上次我们讲的寒号鸟吧，它唱寒冷歌，哆啰啰，哆啰啰，寒风冻死我，明天就垒窝。第二天它真的垒了窝，小伙伴们都去它家参观了，对不对？"

"对呀。"

"有一个小伙伴没去成。"

"谁呀？"

"猫头鹰。因为猫头鹰晚上工作，白天休息，那天小伙伴们去寒号鸟家参观的时候，猫头鹰正好睡着了。听到大家说寒号鸟的家温暖又舒适，它也很想去参观一下。有一天晚上它给寒号鸟打了一个电话。'喂，请问是寒号鸟吗？''是的，请问你是谁？''我是猫头鹰，打扰一下，听大家说你新垒的家温暖又舒适，我也想去参观一下，可以吗？''现在吗？''是啊。''哦，对不起，现在不行，今天太晚了，我要休息了。明天来可以吗？明天你可以早点来。'听到寒号鸟这样说，猫头鹰就说，'那好吧，明天见。'然后猫头鹰就去工作了。第二天一大早，猫头鹰去了寒号鸟的家。'哇，真的耶，又温暖又舒适。'猫头鹰到处转了转，看了个遍。后来它也给自己垒了一个新家。冬天来了，下大雪了。猫头鹰的家里，温暖又舒适。"

小明像往常一样，让再讲一遍，再讲一遍。我就反复讲。有一次，讲到中间，小明打断说："它很难过。"我"警觉"地问他："谁难过？""猫头鹰呀。""猫头鹰为什么难过？""因为它没有去参观寒号鸟的家。""你是说他开始没有去成，对吗？""嗯。""不过它后来就去参观了，而且没有别人打扰，它看了个遍，对吗？""是的，它也去了。"小明很满足地说。

这个故事讲了好多遍后，我留意到我们之间的互动有些变化。

"妈妈，我想吃一块饼干。"

"你有点饿，是吗？吃一块好吧，很快要吃饭了。"

小明吃完一块又来找我。

"妈妈，我还想吃一块。"

"不行，真的很快要吃饭了。"

"那好吧。"小明离开厨房，自己玩去了。

当然，我一如既往地观察小明，好清楚地判断什么时候要"满足"他，什么时候要"拒绝"他。因为我深知，这，比故事更重要。

"被拒绝"的故事可以有任何版本，关键是拒绝的一方和被拒绝的一方都很平静，就事论事，不涉及对人的评判。

贴士

规则、弹性和包容——上厕所的故事

规则对孩子很重要，弹性也很重要。比规则和弹性更加重要的是宽容和爱。一个小小的故事，可以将这些要素都放进去吗？答案是，能。

3岁的小明听惯了我的故事，常常冷不丁来一句，妈妈，给我讲个故事。这不，早上起床去洗手间小便的时候，就来了这么一句。"好，我给你讲个故事啊。"我刚应承下来，故事就来到嘴边。

有一个小男孩，他到森林中去玩，想上厕所。他就问一棵大树："大树，大树，你知道哪里有厕所吗？我想尿尿。"大树说："亲爱的孩子，这里没有厕所，你可以自己找个地方当作厕所。"小男孩就走到大树后面尿尿了。

后来又有一次，小男孩在一栋楼房附近玩，想上厕所。他问一面墙："墙，墙，我可以把你这里当作厕所吗？我想尿尿。"墙说："哦，亲爱的孩子，你不能把这里当作厕所。我告诉你哪里有厕所，你顺着这里朝前走，拐个弯，上台阶，你会看到厕所。"小男孩按照墙说的走去，果然找到了厕所。

小明很认真地听我讲故事。再讲一遍，再讲一遍。

第二天，小明早上去洗手间小便的时候，又让我讲那个厕所的故事。我又讲了一遍。讲到最后，灵机一动加了一段。

过了几天，小男孩看见另外一个小孩在墙边上尿尿。等他走了，小男孩去找墙："墙，你不是说这里不能当作厕所吗？可是我刚才看见一个小孩在这里尿尿。"墙笑着说："哦，亲爱的孩子，你说得对，不过，刚才那个小孩实在很着急，我们就原谅他吧。"

小明听我说完，咯咯咯地笑，然后去餐厅吃早餐去了。我却停在思绪里。曾经，我是一个捍卫正义的勇士，非此即彼，非黑即白。莫非，这最后加的一段是我成长的印迹？故事，让我重新回到过往的河流，洗刷掉内心的尘埃。

常常有人问我，怎么给孩子编故事呢？如果你能够被故事打动，通过故事触碰到自己，你就会无师自通，乐此不疲。

贴士

此阶段孩子的特点和需要的支持

经历了"3岁看大",孩子们的认知飞速发展,但他们仍然听不懂道理和科学语言。

一名3岁男孩静静坐在父亲的汽车后座里,在吃一个苹果。他低头看看手中的苹果,问道:"爸爸,为什么苹果变成了褐色?""那是因为你啃掉苹果皮之后,果肉和空气接触,发生氧化作用,分子结构产生变化,颜色也就改变了。"一阵长长的沉默之后,小男孩轻声问道:"爸爸,你是在和我说话吗?"[25]

他们很容易就识别你在"说教",会捂着耳朵说"听不见,听不见,再说一百八十遍"。如果你发现他们喜欢看科普书籍,可以把那些科普当作故事来讲。毕竟人类对世界的了解还非常有限,需要他们在未来去探索和发现。

一个14岁的孩子会用说明文的语言介绍"猫屎咖啡",而到了一个5岁孩子那里,就可能变成这样:从前,有一只猫,它喜欢吃咖啡豆,可是它消化不了那些豆……

这个年龄段是听故事的大好时光。他们长大后可能不记得都听了什么,但是，童年时的那个池塘，那个蘑菇，夏夜的凉床，还有凉床上的故事时光，一切如从前，在不经意的时刻，化作点点明亮的启示。他们获得了某种永恒的东西，没有谁能将它夺走。德国诗人席勒（Friedrich Schiller）写道："更深的意义寓于我童年的童话故事之中，而不是生活教给我的真理之中。"[1]

他们从和爸爸妈妈玩耍、单独玩耍，逐步变成希望和其他孩子一起玩耍。人生头一回离开父母，需要非常大的支持。他们不需要父母继续挽留，需要的是父母帮助他们适应离开家的生活。他们希望和其他人交往，但是还不知道如何做。他们邀请朋友到家里来玩，朋友来了后又不理会自己的客人。他们希望父母不要嘲笑他们，他们正在学习如何和别人交往。

他们的语言能力进一步发展，他们用说脏话来体验语言的力量。

他们对环境一如既往地敏感，他们需要整洁、舒适、有节奏。

增长的不止年龄，还有脾气、叛逆和倔强。你甚至会惊讶地发现有时候他们很无情，虐待小动物，故意踢朋友的腿。大部分孩子明白自己犯错了。他们只是控制不住自己。他们想看看这么做大家会如何反应。他们需要经历这个过程，从中习得教训。他们希望你帮助他们确认哪些可以做，哪些不能做。他们希望无论怎样，都不会失去你的爱。

五、六岁的孩子像做梦一样进入故事世界里。他们认为故事里讲述的正是自己的生活。即使故事中的主人公是一只蚂蚁，他们也能和蚂蚁强烈共鸣，通过蚂蚁看到自己的力量。蚂蚁经历的痛苦正是他们的痛苦，蚂蚁最后的出路也给他们带来希望和光明。希望和光明让他们感到安全，学会如何逐渐掌控局面，创造新的生活。

他们比之前任何时候都逞能，全身心地向世界展示他们的"本事"。他们需要肯定、欣赏，需要被大人看见。

毫无疑问，他们仍然很稚嫩，还不具备面对赤裸裸的现实的能力。他们需要成人继续奉献善良和友好。

此阶段给孩子讲故事的关键词：**善意**。

此阶段的养育难题和故事应对

上幼儿园的分离之苦——小考拉上幼儿园

孩子不喜欢上幼儿园，哭闹，不肯让妈妈走；孩子和妈妈都会有分离之苦，都会焦虑。

孩子粘着某个老师，不和其他小朋友玩，在幼儿园没有朋友；孩子在幼儿园不快乐。

如何将那些盼望，那些担心、害怕，那些分离和思念之苦，融化在一个小小的故事里呢？

满 3 岁的小明有一些明显的变化，除了称呼自己为"我"之外，还常常煞有介事地去"上学"。

"拜拜！"小明朝门口走去。

"你去哪儿？"

"上学呀。"

早上起床，他问我：

"妈妈，姐姐呢？"

"姐姐上学去了。"

"我也要上学！我也要上学！"

嗯，小明的确可以上幼儿园了。我和他爸爸一致认为时候到了。幼儿园也找好了，和老师也面谈了，只等天气暖和起来。可是，天气什么时候才能暖和起来呢？3 岁的小明貌似有些等不及了。爸爸提醒我说，可以给他讲讲故事，做个准备。

好，讲故事！故事的主角选谁呢？小明很喜欢玩偶考拉。主角就定小考拉。

森林边上住着小考拉一家。有一天，小猴经过小考拉的家门口，唱着歌，一副高兴的样子。小考拉问小猴：

"小猴，什么事情让你这么高兴啊？"

"我今天要到森林公园去玩，所以我很开心。"小猴说。

"我可以跟你一起去玩吗？"小考拉问。

"可以呀，如果你妈妈同意，我可以带你一起去玩，我的爸爸和妈妈也一起去。我们带了很多好吃的东西。"

小考拉去问妈妈："妈妈，我想和小猴一家去森林公园玩。可以吗？"

"可以的。正好我要去集市，去买一些好吃的东西回来。"小考拉的妈妈对小猴的爸爸和妈妈表示了感谢。小考拉就和小猴一块去森林公园玩了。

晚上回家后，小考拉吃到了妈妈从集市上买回来的美味晚餐。

后来，小考拉经常和小猴一起出去玩。他们成了很好的朋友。可是，最近有好长时间没有见到小猴了。一个星期六的早晨，小考拉终于见到小猴。

"小猴，小猴，你去哪里了？好长时间没有见到你了。"

"哦，对不起，小考拉，忘记告诉你，我上幼儿园了，以后我只能星期六或者星期天和你一起玩。"

听了小猴的话，小考拉有些难过。回家跟妈妈说："妈妈，我也要上幼儿园，和小猴一起上幼儿园。"

妈妈抱着小考拉，说："嗯，是的，再过些日子你就可以上幼儿园了。看见门前的迎春花了吗？花苞鼓鼓的吧，很快就要开花了。等迎春花开出花来，你就可以上幼儿园了。"

小考拉飞快跑去告诉小猴："小猴，我妈妈说了，等迎春花开时，我就可以和你一起上幼儿园了。"

小猴和小考拉拥抱在一起，他们实在太开心了。

小明很喜欢这个故事。于是，这个故事从冬天讲到春天，一直讲到小明欢天喜地去上幼儿园。小小人儿哪里知道，他将迎来人生新的挑战。

3月的最后一周，按照我们事先和老师的约定，小明正式上幼儿园（之前带小明观园过一次）。欢天喜地，我和爸爸带小明一起去，没有任何的嘱咐。爸爸待一会儿就上班去了。我一直在园里陪伴小明，一起吃加餐，一起吃午餐。每次吃完，小明也像其他孩子那样将自己的餐具送到厨房，拘束中有一些小自在，毕竟妈妈在呢。午睡时间，我离开幼儿园，告诉小明，等你睡醒了妈妈就来了。

下午我早早去园里，老师告诉我我走后小明很快就睡着了，但醒后一直在床上等着我。

第二天，我仍然在园里陪伴，午饭后小明坚决不同意我离开。我在纠结中坐在小床旁边，小明花了很长时间才睡着。我心里盘算着，明天开始不陪他了。

第三天、第四天，我在幼儿园待一小会儿后，就将小明交给老师。小明大声哭。第五天，因为我临时有事不能接送，小明在家里由阿姨照顾一天。同时我做了一个决定，从下周开始，除生病情况外小明都必须上幼儿园。

接下来的一周，小明依然不愿意去上幼儿园。我说："今天必须上，明天也上。后天不上，大后天也不上。"小明就问："那小后天上不上？"我忍住笑说："小后天要上。"小明多么希望小后天不上，并且天天都是小后天呀。

我在园里待一小会儿就把小明交给老师。分别的时候小明拉我到卧室，要到床上去睡觉。这期间小明找到了一棵救命草——Z老师。每天小明都会要求我：

"妈妈，你跟Z老师说。"

"说什么？"

"你让Z老师陪我到床上睡觉。"

"好，我跟Z老师说。"

小明成了Z老师的小尾巴。"妈妈，Z老师让我到床上睡觉，给我盖被子，Z老师抱着我，Z老师给我和××念书。"Z老师成了小明的替身妈妈。

有一天老公去送小明，也是刚到幼儿园小明就要求去睡觉。老公问原因，小明说，因为睡醒了妈妈就来了！老公告诉我这句话时，我感觉老公的心里像吃了一颗没熟的杨梅。我也在吃这颗没熟的杨梅。

我决定立即接着讲故事。

小明，还记得小考拉上幼儿园的故事吗？

小明一声不响地听我讲故事。

等啊等，等迎春花开出第一朵花来，小考拉就去上幼儿园了。可是上幼儿园有个大问题，就是妈妈不上，小考拉还以为妈妈和他一起在幼儿园待着呢。虽然小考拉和小猴是好朋友，但是妈妈离开的时候，小考拉还是很舍不得，哭啊，哭啊。小猴对小考拉说："我刚来的时候也很想妈妈，也哭。"

松鼠说："我刚来的时候，也想妈妈想得哭。哭一会儿就好了。"

猫头鹰老师抱着小考拉，说："是的，可以哭的，哭一会儿就好了。"

乌龟老师也说："是的，小考拉，可以哭，你想哭就哭吧。"

于是，小考拉想妈妈的时候就哭一会儿，哭一会儿就觉得好多了。有一天，小考拉找到一块小石头，让妈妈亲了一口，然后将小石头带到幼儿园。小考拉想妈妈的时候，就会想起书包里的小石头，就好像妈妈在身边一样。小考拉就安心多了。

不过呢，小考拉还是不喜欢上幼儿园，他说："我讨厌上幼儿园！"小考拉有一天问妈妈："妈妈，你为什么要送我去幼儿园？难道你不爱我吗？"妈妈搂着小考拉，说："傻孩子，妈妈当然爱你了。只是上幼儿园是你的工作，就好像上班是我的工作一样。我上班的时候一样爱着你，一样想着你的。"

哦，原来上幼儿园是我的工作，原来我也可以工作了。想到这里，小考拉觉得上幼儿园不那么讨厌了，尤其是，工作的时候也可以和妈妈互相想着对方。还有啊，小考拉每天都跟着猫头鹰老师，也挺好的。

第二天要出门的时候，小明找来一本书。

"妈妈，我想把这本书带到幼儿园去。"小明说。

"好啊，你想让Z老师念给你听，是吗？"

"不是！"小明果断地说。然后走到我跟前，将书递到我跟前：

"妈妈，你亲一口。"

我有些惊讶，立即照办。小明将我亲过的书当作宝贝一样装到书包里。接下来的几天，每天出门前我都会强调"书装你书包里了啊"，有时候还会拿出来再亲一口放回去。

小明仍然不情愿上幼儿园，但我坚持送。他每天都会说"妈妈，我想你"。

小考拉上幼儿园的故事继续讲，天天讲。小明遇到的难题都出现在了小考拉身上。不同的是，小考拉在一一化解这些难题。

有一天，小明问我："妈妈，我为什么要上幼儿园？我想跟你去公司。"说完眼泪汪汪。我抱着小明，说："你不喜欢上幼儿园对吗？你想一直和妈妈在一起，对吗？"小明说："嗯，我想和妈妈在一起。"我接着说："还记得小考拉吗？有一段时间他也不喜欢上幼儿园，他说'我讨厌上幼儿园！'"

接下来的几天，小明都在上幼儿园路上大声喊：我讨厌上幼儿园！我讨厌上幼儿园！但我感觉他每次告别的时候轻松了很多。我下午去接他的时候他也不像之前那样无所事事、一心在等我，有时候在看别的孩子玩，有时候自己也能玩一会儿。

很有意思，仅仅过了两天，小明不再说"讨厌上幼儿园"。有一天上幼儿园的路上，他突然说："上幼儿园是我的工作！"语气里有一点小得意。我立即跟上："是的，上班是我的工作。我上班的时候一样爱着你。"爸爸也立即说："我上班的时候也一样爱着你、想着你的。"

一切顺利起来！我去接小明的时候，也留意到小明开始和其他孩子一起玩耍，别的家长去接孩子，他还帮着喊。不过，Z 老师仍然是小明最大的安慰。

但就在小明上幼儿园一个半月的时候，我收到消息：Z 老师和另外一位老师要去封闭培训，两周！

小明落寞地拒绝上幼儿园，说"Z 老师走了"！我一边琢磨着如何和他说清楚这件事，一边让他晚上和 Z 老师微信联系一下。

等小明与 Z 老师联系并抒发完他的思念之情，我接着讲故事。

有一天，小考拉最喜欢的猫头鹰老师要离开园里一段时间。原来小考拉幼儿园的教室里最近有些暗，猫头鹰老师要去寻找一个宝贝，那个宝贝会让教室更加明亮。

小考拉问猫头鹰老师："猫头鹰老师，你要去多久呢？"

"我要去10天，小考拉。"猫头鹰老师说。

小考拉心想，10天，真的是好长时间啊！10可是世界上最大的数，比8都要大。猫头鹰老师走后，还托人捎来口信，说她很想念小考拉，让小考拉和小猴玩，也和乌龟老师玩。并说她很快就会回来的。于是，小考拉就真的和小猴玩，也和乌龟老师玩，还和小兔子玩。终于，猫头鹰老师回来了，她带回来了一个篮子，篮子上盖着一块布。猫头鹰老师拿掉布，哇，教室里一下子明亮了很多。大家非常开心，小考拉也非常开心。

从此以后，小考拉每天都会开开心心地去上幼儿园了。

这一段讲了很多天。小明不再提Z老师，直到她几天后要回来。有一天早晨，小明问我："妈妈，Z老师和Y老师过几天就回来了吧？"

我突然明白，这个小小孩子一直都在想念Z老师，他在用属于他自己的方式调节自己。

Z老师如期回来了。我却发现小明不再那么需要她了。他有了自己相对固定的玩伴。我去接他的时候，他玩得不想回家。

三个月时间，小考拉上学的故事完成了它的使命。

不要预设孩子可能面临的问题，如果预设的问题和后来真实的情况不吻合，故事的作用就有限，还可能让孩子更加糊涂。另外，预设太多，很有可能是抒发了大人的焦虑。困难发生后再讲故事完全来得及，即把孩子遇到的困难安插到故事里，让故事呈现结果，给孩子安慰、鼓励和希望。

不要强行把孩子"扔进"幼儿园，也不要随意允许他不上幼儿园。

贴士

叫醒孩子的妙招 —— 大树家来了客人

说到早晨孩子起床，眼前立即呈现出各种画面。

厨房锅里煮着全家的早餐，看一眼钟，冲到卧室里：

"起床了！起床了！再不起要迟到了！"

然后立即再回到厨房，翻翻锅里的东西。等你再次冲到卧室时，孩子依然没有动静。

"再睡 3 分钟啊，3 分钟后立即起来！"

6 分钟都过去了，孩子仍然在床上，似睡非睡。

有的人可能会猛然掀开孩子的被子，或者使劲摇晃孩子的身体，或者大力拍门拍床，或者用一些发声的玩具发出刺耳的声音，好让孩子尽快彻底清醒。

孩子又哭又闹，赖着不起，厨房锅里烧煳了，妈妈心里还装着昨天没有完成的工作，以及今天有可能要面对的难题。各种焦虑一并袭来，简直是糟糕的早晨！甚至一整天美好的希望也化为泡影。

可惜呀，孩子不是机器人，否则，按一下遥控器，"噌"就起来了。我会怎么做呢？

我去轻轻地拉开窗帘，回到儿子的床前，伸个大大的懒腰，站住。开始讲故事：

我是一棵大树，啊，太阳起床了，照在我身上，真舒服呀。树上还住着小鸟，小鸟也起床了（这时候孩子就看着我，清醒了不少）。

我一边唱一边比画：

我要长得高高，好让鸟儿停留。

我要长得宽宽，树下有人乘凉。

小鸟说，大树大树，今天谁会来做客呀？

今天呀，小猴要来做客。

太好了，太好了。小鸟说。然后小鸟还唱呢：

赶快打扫干净，迎接客人来。

赶快打扫干净，迎接客人来。

（儿子饶有兴致地看着我，基本清醒了。）

大树，大树，客人什么时候到啊？小鸟问大树。

是啊，客人什么时候到呢？怎么还没有到呢？是不是今天不来了呀？

你们猜，会发生什么呢？

儿子立即爬起来，挂到我身上。彻底清醒，愉快地起床了。

这个故事从我儿子 3 岁多开始用，现在 5 岁多了，依然好用。但也有不好用的时候。有一天我把整个故事讲完了，儿子仍然没有动静。我就接着说：

小鸟，今天小猴不来了，他一早起来去后山上掰玉米去了。

那小兔能来吗？

小兔也不能来，他忙着呢，他一早起来去地里种萝卜了。

那小松鼠能来吗？

小松鼠也不能来，他一早去搜集松果了。

好吧，今天谁都不来，我们自己玩吧。

我儿子一直在很认真"偷听"，听到这里，他"汪汪"叫了一声。"哎呀，小鸟，今天小狗来了。"然后他就一骨碌爬起来了。

这个故事对大孩子也很好用。有一位 4 年级孩子的妈妈就用了，并且还延伸到吃早餐的环节，为客人小猴准备了丰盛的早餐，小猴美滋滋地享用后愉快地上学去了。

第二天，这位妈妈起晚了，一着急，以前的办法又上演了，起床了，起床了！孩子最后也起来了，老大不高兴地说："今天怎么没人欢迎小猴做客呢！"

对于年幼的孩子，最好是让他们晚上早睡，早上睡到自然醒。如果一定要叫醒，请用温和的方式。

贴士

快乐刷牙 —— 小飞鱼的水坝

孩子不刷牙，讨价又还价。

请出故事来，刷牙真好玩。

我给我儿子讲过很多跟刷牙有关的故事，比如：

食物在牙齿缝里，挤得难受，一个刷出来了，另外的都要出来。

一个小东西从嘴里逃出来了，去大海了，它的小伙伴也一个一个出来，去大海跟它会合。

牙齿们开按摩大会，点兵点将，看先按摩上面还是下面，左边还是右边。

牙仙子在她的牙园里给每个小朋友种植牙齿，牙仙子特别喜欢认真刷牙的人，等他换牙的时候，牙仙子就会挑选特别好的牙齿送给他。

……

还有一个故事儿子很喜欢：

有一条小飞鱼，生活在一个大池塘里。小飞鱼每天自由自在地玩耍，有时候还会跳到水坝外面去玩。除了玩耍，小飞鱼每天都擦洗池塘的水坝，把水坝擦得干干净净的。

池塘外面住着一个巨人，总想着抓住小飞鱼。

有一天，小飞鱼又在水坝那里玩耍，巨人来了。巨人说：

"小飞鱼，你敢跳出来玩吗？小心我抓到你啊。"

小飞鱼说："我当然敢了，你来呀。"

说完小飞鱼跳了起来，巨人跑过来抓它。小飞鱼正想逃走，没想到身体一滑，摔了一跤，被巨人抓到了。小飞鱼才想起来最近两天光顾着玩了，忘记擦洗水坝，就摔跤了。

就在这个时候，小飞鱼的好朋友牙刷来了："伙计，不用担心，我来帮你了。"

118

牙刷说完，就噌噌噌跑过去，挠巨人的胳肢窝。巨人被挠得特别痒痒，手一松，小飞鱼趁机逃走了。

"谢谢你啊，牙刷兄弟。"小飞鱼说。

后来，小飞鱼每天都清洁它的水坝，早上清洁一次，晚上清洁一次。他再也没有被巨人逮着过。

我在给他讲这个故事的时候，常常结合游戏。我扮演巨人，他的舌头是小飞鱼，牙齿是他的水坝。他伸舌头我就去抓，追着他玩两圈，然后去刷牙。

> 坚定的规则、温和的态度都很重要。
>
> 对于年幼的孩子，少用语言催他去刷牙。相对于触觉来说，孩子的听觉发展迟缓，可以过去牵着、抱着孩子，坚定温和地带他去洗手间。过程中可以加入上面提到的故事和游戏的方法，将刷牙变成一件有趣的事情。
>
> 睡前不要吃甜食，最好晚餐后什么都不要吃。
>
> 另外，和孩子一起挑选他喜欢的牙刷，以及他喜欢的味道的牙膏，也是一个不错的办法。
>
> 贴士

睡前身体不适 —— 夜莺的歌敷脖子

孩子睡前弄疼了脖子，哼唧着不肯睡觉。故事请来夜莺，歌声敷上就好了。

5 岁 2 个月的儿子小明和我一起看完《一寸虫》，美滋滋地去洗漱，上床准备睡觉。看时间还早，我们俩在床上闹腾了一会儿，满足地躺下。小明说我弄疼了他的脖子，哼哼唧唧地安静不下来。想到刚看完的绘本，一个故事来到嘴边。

来，我看看，有几寸脖子被弄疼了？我量不好，请一寸虫来量。一寸、二寸、三寸、四寸、五寸！正好五寸长。怪不得疼呢，有五寸长。

（我讲到这里，小明立即不哼唧了，饶有兴致地等待下文。）

量完了脖子，一寸虫准备去睡觉了。

知更鸟也去睡觉了。

巨嘴鸟也去睡觉了。

苍鹭也去睡觉了。

雉鸡也去睡觉了。

蜂鸟也去睡觉了。

火烈鸟也去睡觉了。小明补充说。

对，火烈鸟也去睡觉了。我说。只有夜莺没有去睡觉。

夜莺，其他人都去睡觉了，你为何不去睡觉呢？

有个孩子的脖子弄疼了，需要我的歌去敷一下，敷一下就好了。我唱完最后一首歌就去睡觉。

用歌敷脖子？怎么敷呢？将一根手指放在嘴里就能用歌声敷脖子了。

（小明呵呵呵呵地笑。他睡前喜欢将左手大拇指放嘴里。）

夜莺开始唱歌了：

睡吧，睡吧，小宝贝，

可爱的小宝贝。

月儿静静夜低垂，

宝贝轻轻睡。

小明完全安静下来，跟我说，妈妈，你一直唱。

我唱了大概七八遍吧，小明就睡着了。

小明的脖子一次就被夜莺的歌敷好了。不过，接下来的几天，在小明睡前，夜莺仍然准时驾到，给小明唱歌：

睡吧，睡吧，小宝贝，

可爱的小宝贝。

月儿静静夜低垂，

宝贝轻轻睡。

> 孩子哼唧时，大人不要训斥他，也不要被他的情绪影响
> 到。心如止水，故事就会来到嘴边。

贴士

学习等待 —— 小老鼠发豆芽

孩子耐心不够，不能等待。怎么样让孩子学习等待呢？讲故事啦。

儿子小明每周五可以看一小会儿平板电脑。有一段时间小明特别盼望星期五。比如星期二的晚上，吃完晚饭，4 岁的小明问我："妈妈今天星期几啊？"我说星期二。他就说："今天为什么不是星期五呢？""是的是的，我也特别希望今天是星期五，今天要是星期五就好了。"我就附和他。"今天就是星期五！"小明就跟我闹。我们之间开始"口舌大战。"

"你可以等待，明天是星期三，后天是星期四，之后就星期五了。"

"我不能等！今天就是星期五！"口气强硬。

"不，今天是星期二。"我平静回复。

"妈妈，那今天能破例一下吗？就当今天是星期五。"他口气缓和了一些。

"不行！今天不是星期五。你需要等到星期五。你看你真有耐心，这件事情你都坚持 20 分钟了。"

"我没有耐心！我不能等！"他气急败坏。

……

差不多过去 40 分钟。我说，我给你讲个故事吧。

"那好吧。我要讲一只小老鼠的故事哟。"小明没有反对。我开始讲。

有一只小老鼠特别喜欢吃豆芽，有一天，他去商店里买豆芽。不巧，商店里的豆芽卖完了。小老鼠就很失望。商店老板说："你可以自己发豆芽啊，我可以教你发豆芽，我们这里有很多黄豆。"小老鼠说："这个听起来不错哦。我们家有很多黄豆，是外婆送给我的。"于是商店老板教小老鼠如何发豆芽。

小老鼠回家后，按照商店老板说的方法，把黄豆泡了起来。第二天早上

一看，什么都没有啊！小老鼠就去找商店老板，什么都没有啊！商店老板说："你回家把黄豆洗一洗，明天再看看。"第二天，小老鼠起床一看，还是什么都没有，他又去找商店老板。老板说："你可以再等一天看看。"小老鼠说："好吧，我可以再等一天。"回家后，他就把黄豆洗一洗，又等了一晚上。

早上醒来，小老鼠起床后一看，哇，真的有小小的豆芽冒出来！小老鼠高兴极了。他就去问妈妈："豆芽可以吃吗?"妈妈说："你可以再等一等，等它再长大一些。"小老鼠想，反正都等了这么久，可以再等一等啊。于是又等了一天。

豆芽长得挺长了，妈妈就炒来给小老鼠吃。小老鼠说，自己发的豆芽比从商店买的豆芽好吃。

在讲的过程中，小明就逐渐安静了下来，不再闹腾了。整个过程中，我就搂着他，或者把他放在我腿上。讲完以后，小明主动说，我今天不看平板电脑了。然后从我腿上滑到地上，我们一起去玩别的了。

> 讲这样的故事时，讲述人的态度要温和而坚定。当然，需要区分，什么时候要让孩子等待，什么时候要及时满足他们。
>
> 贴士

和父母分床——云宝宝的星空之家

孩子赖在父母床上不走。赶无效，骂不成，讲故事吧。

儿子小明从小就睡在大床旁边的小床上，偶尔蹭到大床。4岁多，他的小床开始显得有些局促。我们将他的小床改成书桌，将姐姐的双层床给了他。可能是床突然变大反而感觉不安全，小明抗拒在自己的床上睡觉，天天闹着要在大床睡。等他睡着了抱到小床上，晚上也经常醒。这在之前没有发生过。我开始酝酿一个故事。有一天看到他床上新买的"云"布偶，故事就有了。

有一个云宝宝生活在天空中，自由自在很快乐。它想去远的地方，大风就帮助它去到很远的地方；它想去近的地方，微风就帮它去到近的地方；它要是哪里都不想去，风就停下来。玩累了云宝宝就回家休息。云宝宝有自己温暖舒服的床，躺在上面很快就睡着了。

有一天，云宝宝发现睡的床跟以前不一样，它躺在上面怎么也睡不着，它就换了一个地方。那个地方有很多其他的云，云宝宝跟它们挤在一起，感觉很舒服，它决定不走了，就在这里睡。可是睡了一会儿后，云宝宝想翻个身，却怎么也翻不了，实在太挤了。云宝宝决定还是回到之前的床上，一下就舒服了，一点也不挤，可以翻来翻去。可是，云宝宝觉得有些孤单。

"睡吧，云宝宝，我们整个晚上都看护着你。"是谁呀？谁在跟我说话？云宝宝抬头到处找。哦，原来是星星，好多好多的星星来了，它们聚拢过来，给云宝宝制造了一个星空。星星们眨着眼睛，闪着不大不小的光，睡觉正合适。

云宝宝和星星们聊了会儿天，打了一个哈欠，很快就睡着了。每天晚上，星星们都聚拢过来，给云宝宝制造星空。云宝宝说："嗯，太好了，这是我的'星空之家'。"

儿子非常喜欢这个故事，连着讲了好多天。有一天他突然跟我说："妈妈，你也给我制造一个星空之家。"我答应了他的要求，琢磨着如何制造一个星空。我邀请他一起挑选蓝底、星星图案的布料，计划将他的床四周和上面做上活动的布帘子。白天拉开，晚上围起来，俨然就是星空了。我们一起畅想着住在"星空之家"。

儿子比之前任何时候都疼爱他的云布偶，直接称呼它为"云宝宝"，每天晚上放在床上和他共眠。姐姐"央求"了好多次，问弟弟能不能把云宝宝送给她，每次都遭到严厉的拒绝，搞得我只能答应姐姐再给她也买一个。

布料买回来了。儿子抱着布料，很喜欢，似乎这就是他的星空。我们把双层床的上层拆掉，让光线更好一些。就在我准备制造星空的时候，儿子突然睡得夜夜香，不再提星空的事情了。有一天竟然拿出一样东西给我看："妈妈，你看，我和姐姐交换的，我把云宝宝给她了。"我到女儿房间一看，果然，云宝宝在她床上了。

我想，儿子心里已经有了他的"星空"了吧。

什么时候分床，什么时候分房，每个孩子的时间表都不一样。即使分了床，分了房，也请允许他们偶尔过来"蹭"一下。分开，是孩子内心的诉求，如果你不推开他们，他们也不会赖很久。

贴士

在车内捣乱——小兔子当警察

孩子坐车不老实，苦口婆心也徒劳。故事一到，立马见效！

让4岁的男孩老老实实在车上坐着可不是件容易的事情，两个这么大的男孩一起坐车就更是难上加难了。

我送儿子和他的同学一起上学。他俩都想靠窗户，于是我就坐中间。一上车俩人就不老实，开始摇车窗。司机吓唬他们说，不能动玻璃啊，小心夹住你们的头！我跟孩子们说，不会夹头，但是你们不要再动窗户了。消停了半分钟。然后有一个孩子坐不住，站起来东搞西搞，立即传染给另外一个。我抬头看见车窗外站得笔直的保安，立即有了一个主意。

你俩想听故事吗？小兔子当警察的故事。这招真好使，一边一个，立即安静下来，坐好等故事。

有一天小兔子路过十字路口，看到小猴警察，站在那里一动都不动，小兔子心想：真是帅啊，怎么能一动都不动呢？莫非是个假警察？小狐狸在旁边说："说个笑话，如果它笑就是真的，如果不笑就是假的。"于是小狐狸讲了个笑话，猴子警察一点不笑，仍然站得笔直，一动不动。"哦，原来是个假警察，这就不稀奇了。"可是不一会儿，猴子警察动了起来，跟大家打招呼，说它要换班了。

小兔子跟在小猴后面，说："猴子兄弟，你太厉害了，我们都以为你是假的呢。我也想当一个像你这样的警察。请你告诉我，怎么样能当上警察呢？"

小猴让小兔子去警察学校学习。小兔子真的去了。在警察学校学习了很长时间，小兔子终于可以到马路上来站岗了。小兔子笔直地站在那里，一动也不动。

（我留意到两个男孩挺直了身体，一动不动地听故事。）

就在这个时候，小狐狸又来了，它说："我来讲个笑话，看这个兔子警察是真的还是假的。"说完小狐狸就讲了一个笑话。小兔子没忍住，扑哧一声笑了。小狐狸说原来是个真警察！周围的人都跟着笑了起来。

小兔子很难过，去找猴子："猴子兄弟，我不是一个好警察，我做不到像你那样。你是怎么做到的？"

小猴安慰兔子说："没关系，我开始的时候也老站不好，浑身痒痒，老想去挠一挠。它们也老来打扰我，讲个笑话，我都笑弯了腰。后来猪队长教我一个办法，就是别人说笑话的时候，你装作没听见，慢慢我就能够不被它们打扰了。你也试试。"

小兔子回去之后又练习了很长时间，站得笔直，一动不动。小狐狸看见了，又过来说笑话。周围的人都哈哈大笑，可是小兔子好像什么也没听见，仍然一动不动地站着，直到下班才走过来和大家打招呼。

小狐狸不好意思地跟兔子说："对不起，我不该故意打扰你。你真是太厉害了，我也要当一个像你这样厉害的警察。"

"你们猜小狐狸后来当上警察了吗？"我问孩子们。

"当上了！"他们说。

故事讲到这里也就到了幼儿园，孩子们下车前都争先恐后地说："看见了吧，我也一直一动不动。"然后让我明天再接着讲。

> 　　上幼儿园路上是很好的故事时间，不用刻意讲"不动"的情节。与其说"不动"起到了作用，不如说是"当警察"的美好愿望吸引了男孩们。
>
> **贴士**

在家里干"坏事" ——调皮的小公鸡

孩子悄悄干"坏事",故事来纠正,悄然无痕迹。

3 岁半的儿子小明经常"偷偷"倒腾我床头的闹钟,定好 6 点的闹钟有时候半夜响。幸好调节时间的那个旋钮坏了,否则乱上加乱了。我决定好好"教训"一下这小子。怎么教训呢?讲个故事吧。

有一天,看着小明美美地躺着,机会来了。"有一个新故事,要不要听啊?""要听!"

村庄里住着公鸡一家。每天早晨大公鸡都准时叫大家起床,"喔喔喔——",大人起床准备去上班,小孩起床准备去上幼儿园。大家都很感谢勤劳的大公鸡及时叫醒大家,这样就不会耽误事情了。有人去果园摘苹果,有人去给马钉掌(这些是小明当时看的绘本《农场》里的内容)。"还有人去干吗来着?"我故意问。"还有人去搜集蜂蜜呀,妈妈,你忘记了是不是?"小明立即接话。"哦,对了,有人去搜集蜂蜜。"我接着说。

有一天,大公鸡又"喔喔喔"地叫大家起床。大人起床准备去上班,小孩起床准备去上幼儿园。大家走到外面去一看,咦,怎么回事?怎么天还是黑的?听到大家的议论,大公鸡赶紧跑到外面一看,真的耶,黑乎乎的。大公鸡立即回家,一看钟,刚刚 2 点,怎么不是 6 点?一旁的小公鸡呵呵呵地笑着说:"是我干的!是我干的!我弄了那个钮。"大公鸡赶紧出来对大家说:"对不起,对不起,我家调皮的小公鸡把闹钟时间改了。大家回去睡觉吧。""原来是这样啊。"大家打着哈欠说。然后都回家睡觉去了。

6 点钟到了,大公鸡再次"喔喔喔"地叫大家起床。于是,大人起床准备去上班,小孩起床准备去上幼儿园。

小明很喜欢这个故事,连着讲了好多天。每次讲到"搜集蜂蜜"的地方我就短路,小明就会及时帮助我想起来,还说"妈妈,你又忘记了,你怎么总是忘记啊"。我就说:"是的,大人也常常忘记事情的,谢谢你帮我想起来。"

我随时观察是否有什么事情发生。果然！小明倒腾我的闹钟不再像从前那样"偷偷"进行，而是一定想各种办法让我知道，有时候还故意鬼鬼祟祟的，目的都是让我知道。我也因此再没有在半夜被闹钟骚扰。再后来，小明大概玩够了，不再倒腾闹钟了。

> 这个故事最关键的地方是小公鸡闯祸后，没有一个人斥责他，它也从中知道了自己行为的后果，并逐步回归到新的平衡。
>
> 贴士

把幼儿园的东西拿回家——小石头的家

年幼的孩子拿走不属于自己的东西，软硬兼施行不通，可请故事来帮忙。故事仿佛小天使，住在孩子心深处。天使领着小孩子，各回其位心欢喜。

一位妈妈跟我说，孩子总是将幼儿园的玩具拿回家，怎么说都没用。语气里透出很多焦虑。我向她简单了解了孩子的情况，最后和她说："我编一个故事，试试看。"我把这件事放在心上，等待灵感来临。两天后我在地铁上突然就有了这个故事。回家后我立即发给那位妈妈，并嘱咐她和孩子讲完就算完，不要和孩子讨论故事的内容。

有一个小男孩，对人非常友善，他有很多一起玩的伙伴。有一天，他来到一座房子里，看见桌上有一个很漂亮的盒子。小男孩很好奇，打开盒子一看，里面有一个很特别的小石头。小石头冲小男孩点点头，说："你好，我叫小石头，我能跟你一起玩吗？"小男孩开心极了："太好了，我正想和你玩呢。我看起来比你大一些，你就叫我大个子吧。"大个子和小石头一起玩得很开心。

回家的时间到了，大个子要和小石头再见。小石头很舍不得地看着大个子。大个子说："你还想和我玩是吗？"小石头点点头。大个子说："那好吧，你跟我走吧。"大个子将小石头放进自己的包里，带回了自己的家。

小男孩回到家，高兴地从包里拿出小石头，说："来吧，小石头，我们接着一起玩。"小石头打量着四周，有些紧张的样子。大个子说："你怎么了，你不是喜欢和我玩吗？"小石头有些着急了，说："是的，我是喜欢和你一起玩，可是，这里不是我的家，我有些想自己的家了。"大个子安慰他说："对不起，我忘记了每个人都要回自己的家，我明天一早就送你回去好吗？"小石头听大个子这么说，放下心来。

第二天，大个子把小石头送回它自己的家，他们又在一起玩得很开心。回家的时间到了，小石头说："大个子，要不你今天住我家吧，这样我就能和你继续玩。"大个子说："不行，我得回我自己的家。这样吧，我明天再来找你玩。这样我们都不会想家，还能一起玩。"小石头觉得这是个好主意。于是，小男孩把小石头放回盒子里，他们一起唱起了歌：

回家了，回家了，

明天再玩吧。

回家了，回家了，

每个人都有自己温暖的家。

那位妈妈很兴奋，回复我当天晚上就讲。我们约定无论结果怎样第二天都联络一下。第二天，她兴奋地告诉我说：放学后去接孩子，孩子主动说起，他之前将一个玩具放在自己裤兜里，放学的时候，他将那个玩具从裤兜里拿出来，放回了原来的位置。

听到这些，我真的很开心。

> 如何看待孩子"拿东西"，比如何创编一个故事重要得多。
> 对待孩子的态度决定了故事的力量。
>
> 贴士

说脏话——脱裤子放屁的兔子

孩子最近总是满嘴跑"脏话"，你越急，他越乐，起劲着呢。怎么管住熊

128

孩子的嘴？一起说啊，谁怕谁！

4 岁 11 个月的儿子小明这几天又开说"屎啊，尿啊"的，看为娘如何编个故事"收拾"你。

小兔子吃过早饭去上学，刚出门没多久肚子一阵痛。小兔子四处看了看，没有厕所。那还是回家吧，迟到就迟到吧，管天管地管不了拉屎放屁啊。

小兔子往回走。突然，从灌木丛后面窜出来一匹狼，吓了小兔子一大跳。

"这么着急干吗去呀，小兔子？"狼说。

"嗯，嗯，我肚子疼，估计是早上吃多了。"小兔子说。

"早上吃多了？哼，我到现在还啥也没吃呢，正好我可以吃了你。"狼说。

小兔子捂着自己的肚子，蹲到地上说："我肚子正疼着呢，吃一只肚子疼的兔子对你不太好吧。等我肚子不疼了再吃也不迟啊。"

狼有些等不及地说："那你什么时候肚子才不疼了？"

"很快，很快，等我放个屁就不疼了。"

（小明哈哈大笑）

"那你快放！"狼催着。

"不行啊，不行啊，我得脱了裤子才能放屁。"兔子说。

"放个屁还这么麻烦，你赶紧脱吧。"狼有些不耐烦地说。

"不行啊，不行啊，当着一匹狼的面脱裤子太不礼貌了，我做不到。"小兔子低声说。

（小明笑得更惨了）

狼一边转过身，一边说："那有个灌木丛，你去那里脱裤子放屁吧。快点啊！"

小兔子赶紧跳到灌木丛后面。

过了一小会儿，狼喊："你放完了吗？放完赶紧过来！"

没人答应狼。狼又喊了一遍，还是没人回答。狼跑到灌木丛后面一看——

"你猜怎么着？"我问小明。

小明说："小兔子逃走了。"

笑累了的小明如释重负地舒了口气。

接下来的几天，我很少听到小明说"屎啊""尿啊""屁啊"之类的话了。

> "好奇心"被满足了之后，孩子的关注点会自动转向下一个地方。生活如此美好，吸引人的东西多着呢，谁还有空总盯着"屎啊""尿啊""屁啊"这些词呢。
>
> 贴士

说谎话——森林国王吃葡萄记

当幼小的孩子"不诚实"的时候怎么办？不用慌不用急，什么道理都不讲，编个故事最好使。

吃晚饭前收拾餐桌，我发现一张有用的发票被撕烂了。显然是我4岁的儿子小明干的。

"谁把我的发票撕烂了？"我声音不高也不低地问。

"是风干的。"小明接茬。

我差点笑出来。我忍着笑说："是吗？是风干的呀？下次风要撕发票，你让它问问妈妈，那是不是有用的发票。"

"好的。"小明回答说。

第二天，我在卧室收拾衣物。小明在旁边玩，他拿起一条毛巾呼扇呼扇地甩，可能甩出风了，只听见他跟他的风说："风，我跟你说，下次你要撕我妈妈的发票，你要问一下她是不是有用的发票。"

这回我忍不住了，哈哈大笑。

貌似"不诚实"被顺利化解了。从此就长治久安了？错！新的挑战又来了。

一段时间后的某一天，我在阳台的桌子上发现3张巧克力包装纸，很大的3张！而且是一起被吃掉的！"作案"时间就在我做晚饭的时候。我知道小明长本事了，从其他途径学习到了"偷吃"是解决嘴馋的有效方法。

我家有个零食抽屉，安排在三斗柜的最下面，方便小明自己拿。不过，吃零食有规则，比如饭前不能吃，甜食要适度。尽管可以随便取，但每次小明都会跟我说一下。然而这次例外了。

我拿着 3 张"证据"找到小明："儿子，这是你吃的对吧?"语气温和，但不容置疑。

"不是我吃的。"小明快速回答。

我没有说话，看着他。小明看我一眼，又立即看别的地方。我摊开胳膊："过来，妈妈抱抱。"

小明眼睛里有眼泪闪烁，磨磨蹭蹭过来，让我抱着他："你很喜欢吃巧克力，你怕妈妈不让你吃，是吗?"

"嗯。"小明哭出声。

"妈妈同意你吃，只是不同意吃太多。"我拍了拍小明的背。很快他就释然了，从我怀里逃走，玩别的去了。

第二天的故事时间，我有了"预谋"。

"今天讲一个森林国王的故事，好不好?"我设下圈套。

"好，好，好。"小明最近特别喜欢听国王、王子一类的故事。

"从前，有一个森林国王，他喜欢吃——"我开始讲故事。

"喜欢吃葡萄!"小明抢答。

"好!"

从前有一个森林国王，他喜欢吃葡萄。有一天，笑婆请他去做客（笑婆多次出现在我的故事里，笑婆就是一位特别快乐的老婆婆，谁不开心，只要去她家准开心起来），因为笑婆家的葡萄成熟了。笑婆知道森林国王最喜欢吃葡萄，她端出来两大盆葡萄。森林国王一尝，哇，真的是太美味了。笑婆看着森林国王吃葡萄的样子，呵呵笑了，说："好吃是吧，但也不能吃太多啊。"趁着笑婆去厨房里忙活，森林国王把两大盆葡萄全部吃掉了。

森林国王谢谢笑婆，回皇宫去了。可是回家没多久，森林国王很不舒服，哎哟哎哟叫唤。小老鼠过来说："尊敬的陛下，您这恐怕是葡萄吃多了。"

森林国王有点不好意思地说："好吧，是吃了太多的葡萄，赶快去请医生来。"

"用不着请医生，笑婆家有一种汤，喝了就好了。"小老鼠说。

于是，森林国王再次去到笑婆家。笑婆给他喝了些特别的汤，森林国王就好多了。

过了几天，森林国王又去笑婆家做客。葡萄实在是太美味了，森林国王吃了一盆还想吃。他看着笑婆说："我可以再多吃一些吗？"

笑婆微笑着说："尊敬的陛下，您还是明天再来吧，葡萄还多着呢，我给您留着。"

森林国王听笑婆这样说，很高兴，放下手里的葡萄，站起来准备回皇宫了。一旁的小老鼠吱吱吱地笑。

故事讲完了。小明很喜欢这个故事。

第二天，小明从零食柜里拿出零食，跟我说想吃什么东西。我同意了。我听到小明说："你看，我会跟你说吧。"

小明没有再"偷吃"零食，也没有"撒过谎"。

> 孩子之所以"撒谎"，十之八九是因为头几次"不诚实"时遭到了重创，让他知道说实话成本太高。
>
> 贴士

失败的烦恼——小兔子推独轮车

3~6岁的孩子以为自己无所不能，会做各种尝试。但毕竟能力有限，"挫败感"会让他们气急败坏。讲个故事可以帮助他们平复情绪，继续尝试。

天气逐渐冷了，穿的衣服多起来，5岁的儿子小明起床不愿意自己穿衣服，耍赖。我留意到一些复杂的衣服他自己弄不好，在那儿生闷气。我教他如何翻衣服袖子，如何让秋裤老实待在脚脖子那里不跑上去。因为几乎每天睡前都要给他讲故事，我就趁机编一个。

　　小兔子家的胡萝卜要收获了，今年的胡萝卜收成很好。一大早小兔子就去地里干活。可是今天爸爸不在家，没人推独轮车。"要不我试试吧！"小兔子心里想着。说干就干！小兔子试了试推独轮车，没走两步就倒了。扶起来又试了试，又倒了。小兔子把车扔到一边，一屁股坐在地上生闷气。

　　一只麻雀飞过来，跟它说："推独轮车的时候要扭屁股，左扭扭，右扭扭，车子就不倒了。"

　　小兔子说："既然你会，你推给我看看。"

　　麻雀不好意思地说："嗯，我是看见别人这样推的，我自己也不会。你等一下啊，我去给你找个帮手来。"

　　说完麻雀就飞走了。不一会儿，麻雀回来了："真是抱歉，我刚才去找山羊，它很会推独轮车，不巧它今天要去集市，不能来帮忙。你再等等啊。"麻雀说完又飞走了。

　　又过了一会儿，公牛和麻雀一起来了。公牛说："小兔子，听说你想学习推独轮车，我来教你。"

　　公牛推起一车胡萝卜，像走路一样轻松。小兔子注意到公牛的屁股果然左扭扭，右扭扭。公牛让小兔子试一试。

　　小兔子接过车，朝前走。哗啦一下，车倒了，胡萝卜撒了一地。

　　公牛和小兔子一起将胡萝卜都拾起来。公牛再次推给小兔子看。可是车刚到小兔子手里就又倒了。真是气人！小兔子坐在地上不想起来。它想到一个办法，先将胡萝卜全部倒出来，空车练习。

　　这下轻松多了。公牛说："你这个主意不错，我怎么没想到呢？"公牛又推了几次给小兔子看，小兔子知道如何扭屁股了。

　　公牛和麻雀忙别的事情去了，小兔子自己练习推车。几个来回，小兔子终于学会了，很轻松地推车，左扭扭，右扭扭。还挺好玩的。

　　小兔子重新将胡萝卜装上车，刚走两步，差点倒了。稳住，扭屁股。很好！小兔子由慢到快，越来越轻松。

小兔子推了一车胡萝卜到家，妈妈惊呆了。天哪，我的小乖乖，你是怎么做到的？小兔子擦着头上的汗，嘿嘿笑着。

吃过了午饭，休息了一下。兔子妈妈让兔子给邻居们送些胡萝卜。小兔子推着独轮车，给麻雀家、山羊家、公牛家送了胡萝卜。还给小猪家送了胡萝卜。小猪家白菜大丰收，还给小兔子分享了好多大白菜，小兔子正好用独轮车装着推回家。

晚上妈妈做了美味的胡萝卜汤。妈妈跟爸爸说小兔子学会了推独轮车，今天的胡萝卜全部都是小兔子推回家的。爸爸喝着汤说："今天的胡萝卜汤格外好喝。"

爸爸又摸了摸小兔子的头，说："有你这样的儿子我真是太幸福了。"

吃过晚饭，休息了一下。小兔子洗漱后早早就往床上一趟，今天干了一天活儿，累坏了。终于可以美美地睡上一觉了。很快小兔子就睡着了。

儿子听完故事，满足地说："好长的故事啊（他时常嫌我讲的故事太短）。"然后也很快就睡着了。

第二天，儿子跟我说，周一到周四我帮助他穿衣服，周五到周日他自己穿衣服。逐渐地，周一到周四他也自己穿衣服了，我在边上站着，有需要的时候帮一把。

> 孩子搭不好积木、穿不好衣服、下不好棋的时候，请允许他们发脾气。对于他们来说，那一刻的困难真的又大又真实。小兔子生完气、发完脾气，就会做得更好。
>
> 贴士

被火吓到——打火机、山洞和海岛

孩子被"突发"的事情惊吓到该怎么办呢？讲故事啊。那些惊慌，那些担忧，在故事创造出来的画面里逐渐烟消云散。

4岁的小明有一天放学回家告诉我，妈妈，今天幼儿园发生火灾了，好大的烟。我说，是吗？发生了什么事？他就说，午睡的时候，有个小朋友玩火柴。我没有把这事放在心上。心想，要是真有什么大事老师就告诉家长了。

结果到了晚上，大概是后半夜吧，我儿子一下就醒了（他睡在我们大床旁边的小床上），大声问我们，如果发生火灾是不是要出去住。我和他爸也立即醒了。他就开始说，火灾很可怕，发生火灾要立即出去，而且不能在家，还不能坐电梯。总之就是说了一串和火灾有关的事情。我把他抱在怀里，安慰他说，现在没有火灾，现在睡觉。他就反复问，如果发生了火灾，是不是就要出去住，可不可以一直住在外边，不回家了。我说，可以，发生火灾就一直住在外边。过了一会儿，他又强调，爸爸妈妈，我们就一直住在外边，一直不回家好吗？他反复强调这件事情，我们就不断跟他确认，我们就在外边住，外边很安全。过了很久他才继续入睡。

小明长这么大，半夜惊醒还是头一回。第二天早上，他迟迟不醒。我决定他睡到多晚都不叫他，跟老师说明会迟到。小明醒的时候，差不多九点了。他很疲倦的样子，和平常完全不一样。我观察到他的面部表情还是紧张的，眉头紧锁，看起来很累，没有休息好。我决定立即讲一个故事。仅仅用了几秒钟时间，思路就来了。

我坐在小明身边，他躺着，我开始讲故事。

一只小兔子和他的姐姐在森林里玩，遇到了一头小猪。兔子姐弟对小猪说，森林边上有个山洞，很好玩，你要不要跟我们一起去玩啊？小猪就跟兔子姐弟去了。到了山洞那里，山洞里很黑。那怎么办呢？小兔子就说："不用担心的，我们带了打火机。我们把打火机打开，就可以进去。"这时候小猪就很害怕，说："呀，那打火机会不会着火呢？要是发生火灾怎么办？"小兔子的姐姐说："没事的，不是小兔子也不是你来用打火机，是我。你看我长这么大了，我可以用的。"于是小猪就安心了。小兔子的姐姐用打火机点亮了一个东西，山洞里一下就亮起来了。它们就在山洞里玩得很开心。后来他们还邀请了别的朋友去，在那里开了篝火晚会，有人还在篝火里烤了一个红薯，红薯真香啊，很好吃。小猪回家后，就把这个事情跟妈妈说了。妈妈听到打火机的时候，也很紧张担心。妈妈说："啊！你们这么小就用打火机吗？"小猪对妈妈说："不用担心的，不是我们，是小兔子的姐姐。她看起来跟你长得差不多大了呢。"小猪的妈妈就很放心了。后来，很多动物经常去山洞里玩，节日的时候，大家一起在山洞前开篝火晚会。

我刚刚讲完就明显地感觉到，小明眉头舒展了。他叹了一口气，"嗨——"，就好像他在听我讲故事的时候不喘气似的。然后他就说，妈妈，起床了。然后就像平时一样上学去了。

后来我和老师交流了这件事情。老师说是有小朋友点火了，一些画以及放画的框子被点着了。老师当时也吓了一跳，一边安慰画被烧坏的孩子，同时也很严肃地说了火的危险。老师说小明的反应比较大，有的孩子就没有被吓到。

第二天，小明又要求我给他讲这个故事。在我给他讲故事的过程中，他提到火山爆发，不知道他从哪里听来的。显然他对火还是很在意。于是我就势又编了一段。

山洞附近就是大海，有一些鸟在大海边玩。有一次，这些鸟飞得特别累，它们想，哎呀，这里要是有一座岛就好了，我们就可以在这里休息休息，然后继续飞。这个想法被海龟知道了，海龟就游到大海深处的火山旁边，对火山说，有一群鸟，希望有一座岛，你能不能造一座岛出来呢？火山想，这个我可以办到啊。于是火山就爆发了，好多的火喷出来了。等火熄灭后，真的就有一座岛出现了。鸟儿们非常开心，累了就可以在海岛上休息。其他的动物们——小兔子、小猪，甚至坐船到岛上去开篝火晚会。

小明特别喜欢我补充的这一段。后来他又提到海岸警卫队。我就又加了一段，讲海岸警卫队的海军们怎么和鸟以及其他动物一起玩。

这个故事讲了好多次。整个讲的过程中，小明时不时地提到火这个词。我感觉到他越来越放松了。他的情绪里不再是紧张和害怕，而是多了兴奋和好奇。

几个月后，小明在家里画画。他画了好多页，当时我看到了其中一页，我就问他："你画的是什么？"他很兴奋，说："我给你讲讲我画了什么。你看见没有，这有个长长的梯子，很高很高。你看到了吗，那儿有个踏板，只要一踩这个踏板，就'嗞——'有很多水出来。左边那一片黄色的是火，还有那上边的星星点点的，那也是火。消防员可厉害了，只要爬上梯子，一按开关，就把火给扑灭了。"

这幅画是一个信号，我感觉小明对于火的恐惧彻底消失了。

> 创编故事就是创造一幅画面，将你要表达的东西和眼前的景象结合起来。然后，和孩子一起进入到画面里，疗愈就发生了。
>
> 贴士

怕黑——月亮来到我窗前

睡前调暗灯光，或者直接关灯，可以帮助孩子很快进入梦乡。一个小小的故事可以让你顺利关灯。

3 岁多的小明晚上睡觉要求开灯，说太黑。但是，我发现只要留灯，他睡着的时间会延后很多，不容易安静下来，而且，有时候他会玩陪他睡觉的玩具。另外，我发现关了灯讲故事和开着灯讲故事，有很大的不同。我决定关灯。但小明不同意。我请故事来帮忙了。

有一晚，我关了灯，开始讲故事。小明立即被故事吸引，不再抗议关灯。

有一只小蚂蚁，睡在温暖、舒服的家里。有一天早上醒来，发现好像不早了，怎么太阳还没来呢？他就喊："太阳，太阳。"

太阳拍着屁股来了："哎呀，不好意思，睡过头了，起晚了，什么事情呀，蚂蚁？"

"你来了就好。"小蚂蚁说。

天大亮了，蚂蚁出去工作了一天。到了晚上，蚂蚁要好好睡一觉了。"太黑了。"蚂蚁心想。

"太阳，太阳。"蚂蚁喊道。没人理他。

蚂蚁又喊了一遍："太阳，太阳。"还是没人理他。

"什么事呀，蚂蚁？"月亮过来说，"太阳回家睡觉了，轮到我值班了。"

蚂蚁发现月亮来了后，不那么黑了。蚂蚁说："你就在我家窗前吧，不要走啊。这样不是很亮，也不黑，正好睡觉。"月亮高兴地答应了。

蚂蚁家隔壁住着——我故意停下来。

"住着狗狗。"小明说。

是的，蚂蚁家隔壁住着狗狗。狗狗对月亮说："请你也到我家窗前。"月亮高兴地答应了。

狗狗家隔壁住着——

"黄瓜。"小明说。

好，狗狗家隔壁住着黄瓜，黄瓜也让月亮到他家窗前，月亮也高兴地答应了。

黄瓜家隔壁呢？

"住着狗瓜。"老大插话道（那晚正好是周末，老大到我们房间混）。

小明听到"狗瓜"，咯咯笑。

那"狗瓜"到底是狗呢，还是瓜？他俩一会儿说是叫"狗狗"的瓜，一会儿说是叫"瓜瓜"的狗，笑成一团。我赶紧收尾。

好！黄瓜家隔壁住着狗瓜。月亮对狗瓜说："狗瓜，你放心。我也会到你家窗前的。"

狗瓜说："我才不需要你到我家窗前，我喜欢黑黑的睡觉，这样睡觉舒服。"

狗瓜拉上厚厚的窗帘，屋里黑黑的。

蚂蚁、黄瓜、狗狗和狗瓜都美美地睡觉了。

故事讲完了。小明很快安静下来。轻轻地说："妈妈，你看有点亮了，月亮也在我家窗前。"我说，是的。

小明几分钟后就睡着了。

> 关了灯给孩子讲睡前故事，和开着灯讲很不同。到底哪里不同，你试一试就知道了。
>
> 贴士

委屈地哭闹——小狐狸的金豆

一件小事，孩子就哭。安慰？共情？上火？还是讲个故事吧。有些东西随着故事流走，有些则随着故事流过来。

我在厨房里听到3岁半的儿子小明哭，走过去一看，小人儿站在洗手间门口，委屈的眼泪哗哗流。原来他想和爸爸一起洗澡，爸爸听反了，把他关在了门外。再让他进去一起洗，他又不干。

我牵着小明的手，带他进卧室。我抱着他，轻轻拍拍背。"是的，爸爸听错了。"我说。看着小明哭的小样，我嘴边跑来一个故事。

有一只小狐狸，他很喜欢吃蘑菇。有一天，他自己去采蘑菇，找了好久也没有见到一个蘑菇。小狐狸决定去问问小鸟。

（小明听到故事，哭声开始下降。）

"小鸟，请问你知道哪里有蘑菇吗？"

"对不起，我不知道，不过，听说如果能够找到金豆，就能找到蘑菇。"小鸟回答说。

小狐狸谢过小鸟，开始寻找金豆。金豆？金豆长什么样呢？小狐狸翻过一座山，没有找到金豆。又翻过一座山，还是没有找到金豆。金豆到底在哪里呀？小狐狸休息了一下，决定继续翻过前面那座山，一定要找到金豆。

（小明不哭了，在我怀里一边抽泣，一边听故事。）

小狐狸终于翻过了最高的那座山，可是还是没有找到金豆。小狐狸又累又饿又着急，他都急哭了。"是不是小鸟听错了呀？我不是要金豆，我要找蘑菇！"小狐狸哭得眼泪哗哗的。咦，什么东西从脸上滑落？小狐狸低头一看，呀，好多金豆！原来眼泪变成了一颗一颗的金豆。其中一个金豆说："跟我走吧，我知道哪里有蘑菇。"

于是，小狐狸跟着金豆，果然找到了好多蘑菇。

小狐狸回到家，告诉爸爸是金豆帮助他找到的蘑菇。

"金豆？什么金豆？"爸爸好奇地问。

"这是个秘密，不告诉你。"小狐狸说。

小明安静又享受地依偎着我，听完一遍又让我讲了一遍，然后高兴地洗澡去了。

> 请允许孩子哭吧，也请允许男孩子哭。眼泪，是心灵的清洁剂。
>
> 贴士

没完没了看绘本——《蒂莉和高墙》"续集"

有人跟我说，熊孩子睡前要求讲绘本，讲了一本又一本，越讲越兴奋。可以换个方式试一试。

吃过晚饭，跟儿子一起看了一本绘本。7 点半，洗漱完准备睡觉。8 点上床。

"妈妈，讲个故事。"5 岁 2 个月的儿子小明说。

小明躺着，我坐在他床头，关掉大灯。讲什么呢？我寻思着。想起最近小明看的绘本《蒂莉和高墙》，决定讲个"续集"。

自从蒂莉从蚯蚓那里学到打洞的本事，就在墙两边来来回回地跑。有一天，她遇到了一只短尾巴的老鼠。短尾巴老鼠说："蒂莉，我们可以试试爬到墙头上去看看。"

"我们以前试过了，墙太高，都高到天上去了，上不去。"蒂莉说。

短尾巴的老鼠说；"你们是怎么试的呀？试过砖头吗？"

"砖头？没试过，我们是踩在肩膀上爬的，都踩疼了，上不去。"

"那我们可以试试砖头。"短尾巴的老鼠说。

于是蒂莉和短尾巴的老鼠去搬来一块砖，放到墙跟前。

"蒂莉，你上去试一试。"

蒂莉站到第 1 块砖头上："不行，太矮。"

他们又去搬来第 2 块砖头，蒂莉站上去。不行，还是太矮。

他们又去搬来第 3 块砖头。

"你上去看看。"蒂莉对短尾巴的老鼠说。

"墙真的高到天上去了。"短尾巴的老鼠站在第 3 块砖头上说。

就在这个时候，他俩听到有人在唱歌：

天有多高，

砖头就有多少。

蒂莉说："对呀，砖头很多呢，我们继续去搬。"蒂莉和短尾巴的老鼠去搬来第 4 块砖，第 5 块砖，第 6 块砖，第 7 块砖，第 8 块砖。

蒂莉站到第 8 块砖上面。

"怎么样，蒂莉？到墙头上了吗？"短尾巴的老鼠在下面喊。

"没有看到墙头，感觉墙更高了。"

蒂莉从砖上下来。

"我们还是从墙下面的洞里钻过去吧。"蒂莉说。

就在这个时候，他俩又听到有人在唱歌：

天有多高，

砖头就有多少。

天有多高，

砖头就有多少。

他俩过去一看，原来是一只土拨鼠在唱歌。就在土拨鼠唱歌的地方，有好多好多的砖头。

蒂莉和短尾巴的老鼠决定继续搬砖。

第9块，第10块，11块，12块，13块……19块，20块……一直搬到29块。

（小明最近喜欢数数，从1数到100，甚至数到1000。遇到39、49这样的数字时会有点卡。）

蒂莉站在第29块砖上，喊："你快上来！"

短尾巴的老鼠也爬上去。他俩站到了墙头上。这一回，他俩没有看见墙那边的老鼠，而是看见了大片的草地，还有盛开的迎春花。

蒂莉和短尾巴的老鼠感觉站在了天上，他俩一起唱：

天有多高，

砖头就有多少。

整个讲故事的过程中，小明一句话都没有说。他依偎着我，我感觉他好像都没有呼吸。讲完足足有十几秒后，小明说："讲啊。"

"讲完了。"我说。

然后，小明没有再说一句话，我也没有说一句话。在室内幽暗的温暖里，小明翻了个身，很快睡着了。

> 听人说100遍，不如自己试一回。没有好坏对错，只有你心明了。
>
> 贴士

渴望有力量——小狐狸的呼噜让山发抖

3岁以上的孩子会持续表达对"力量"的渴望。如何帮助孩子"感觉"并"运用"力量？当然是讲故事。

4岁8个月的儿子小明继续彰显对"力量"的渴望和钟爱。他喜欢大的东西，喜欢厉害的东西，比如去动物园只对猛兽区感兴趣。也喜欢大声说话。为了满足他的渴望，并平衡他对"厉害"的感觉，我决定讲一个故事。

机会来了。小明让我给他编故事，指定必须编，不能照书讲。

"妈妈，你继续编上次那个故事。"

"上次哪个故事？"

"就是'小狐狸打呼噜让山都发抖'的故事。"

我讲过这个故事吗？我在心里"扫描"。我想不起来了，只好使了一个"花招"："儿子，我给你新编一个吧，也是讲小狐狸打呼噜让山发抖的故事。"

顺利通过。我开始讲了。

山上有一棵树，树上有一个洞。洞是谁的家呢？是小狐狸的家。有一天，小狐狸出去玩迷路了，找不到回家的路。

大山说："不用担心，我亲爱的孩子，我能帮助你回家。这个山上的每一棵树，每一个动物的家，我都知道在哪里。"

过了一小会儿，来了一只小蜜蜂。小蜜蜂说："小狐狸，听说你迷路了，大山让我来带你回家。"

于是，小蜜蜂在前面飞，小狐狸在后面跟着。过了没多久，小蜜蜂指着前面说："你看远处那棵树，是不是你的家？"小狐狸一看，真的是自己的家。小狐狸谢谢小蜜蜂。小蜜蜂说："你不用谢我，你谢谢大山吧。"小狐狸说："是的，我谢谢大山，我也要谢谢你。"

又有一天，小狐狸看见一头野猪在哭。

"野猪，你怎么了？"小狐狸问野猪。

"我迷路了，找不到回家的路。"野猪说。

"你不用担心，大山会帮助你的。大山知道每棵树和每个动物的家在哪里。"小狐狸安慰野猪说。

过了一会儿，来了一只小鸟。

"听说你迷路了，野猪。大山派我来带你回家。"小鸟说。

于是，小鸟在前面飞，野猪在后面跟着。很快它们就找到了野猪的家。野猪谢谢小鸟。小鸟说："你不用谢我，你谢谢大山吧。"野猪说："是的，我谢谢大山，我也要谢谢你。"

过了几天，小狐狸正在院子里忙活，大山问他："小狐狸，你知道山羊的家在哪里吗？山羊需要帮助。"

小狐狸说："我知道山羊的家在哪里。"

小狐狸找到山羊，把山羊带回了家。山羊谢谢小狐狸。小狐狸说："你不用谢我，你谢谢大山吧。"山羊说："是的，我谢谢大山，我也要谢谢你。"

讲到这里，我停了下来，盘算着如何联结到"小狐狸打呼噜让山发抖"上去。大约过了10秒钟。

"你讲啊。"小明说。我这才留意到这个孩子之前一直在全神贯注听我讲故事，甚至气都没出。

有了！我接着讲。

小狐狸忙了一天，睡觉了。很快，小狐狸打起呼噜来。天哪，小狐狸打呼噜真厉害，大山都跟着发抖。等他睡醒了，大山问小狐狸："为什么你打呼噜的时候我跟着发抖呢？"

小狐狸想了想说："因为你住在我心里。不信你看。"

说完小狐狸假装睡觉，假装打呼噜，越打越响，大山看见小狐狸的肚子一上一下抖动起来，大山也忍不住跟着抖动起来。

讲完了。片刻的安静后，小明长出一口气，然后使劲鼓掌。小明用他的方式表达对这个故事的喜爱。

我们一连几天都在讲这个故事，当我忘记了大山说"亲爱的孩子"，小明总是及时纠正："大山对小狐狸说的是'亲爱的孩子'。"那一刻我心里甜甜的、美美的。是的，我亲爱的孩子，大山是这么说的。

> 孩子会在一种"被保护、足够安全"的感觉里生长出自己的力量，进而学会适当运用自己的力量。
>
> 贴士

"取笑"别人的家庭——给最好的家送上王冠

5岁多的孩子已经能够轻松驾驭语言，但说话不知道轻重。尽管他们没有恶意，也许只是想看看对方和周围人的反应，但成人还是需要出手干预一下。

儿子的一个同学是单亲家庭，是一对母女。有一天几个孩子一起玩，其中一个带头说女孩没有爸爸，希望其他孩子响应。儿子跟着起哄，说人家没有亲姐姐（言下之意他很得意他有亲姐姐）。我得知这个信息后和女孩的妈妈交流。女孩内心很清晰，说我儿子说得没错，她只有表姐，的确没有亲姐姐。

作为我来说，需要让孩子明白这背后的一些东西。第二天，我单独带儿子外出，在路上我突然意识到讲故事的好时机来了。

"儿子，想不想听故事？"我的计划开始了。

"好！"

"你想听一个什么故事呢？小兔子，小狮子，还是小蛇？"

"想听小蛇的故事。"

我就一边想一边说。

从前，在森林深处有一个王国，每年年底都会发生一件大事情。今年的大事情是选一个重要的人去给最好的家庭送上一项王冠。大家都希望被选上去送王冠或者得到王冠。

有一天，国王召见小蛇，问它是否愿意承担这项重要的工作。小蛇说："尊敬的陛下，我非常荣幸被选上，一定认真完成此项工作。请问王冠要送到谁家呢？"

国王说："那就需要你去寻找了。"说完国王安排小蛇带走金光闪闪的王冠。

小蛇上路了，它心想一定要找到最好的家庭。小蛇爬过三座山，来到第一个家庭。这个家里一个孩子和爷爷奶奶生活在一起。小蛇问孩子："你的爸爸妈妈呢？"

孩子说爸爸妈妈出去工作了，过一段时间就回来。孩子领着小蛇参观了他的家。孩子和爷爷奶奶生活得很快乐。

这个家庭就很好，要不把王冠送给他们吧。小蛇心里想着。还是再看看有没有更好的家庭吧。

小蛇来到第二个家庭。还没有走到跟前，小蛇就听到叽叽喳喳的声音，原来这个家里有好多兄弟姐妹，他们正在家里唱歌跳舞。隔着窗户小蛇都能感觉到这个家真的很好。要不把王冠送给这个家？小蛇决定继续再找找。

第三个家庭是一个女孩跟妈妈生活在一起。女孩的爸爸在她很小的时候去另外一个国家工作，没有回来过。不过妈妈很能干，把女孩照顾得很好。女孩和妈妈都很快乐。小蛇觉得这个家也很好。

小蛇来到第四个家庭。这个家只有一个孩子跟爸爸妈妈生活在一起。妈妈在厨房做饭，爸爸在和孩子游戏。这个家真好，小蛇心想。再看一家吧。

第五个家庭是个组合家庭，爸爸和妈妈分别带着一个孩子，他们组成了一个新家。爸爸妈妈说他们家有三个孩子，除了两个孩子，还有一条狗。狗很喜欢小蛇，在房间里又蹦又跳，逗得大家都很开心。

第二天，小蛇愁眉苦脸地去见国王。

"你怎么了，小蛇？没有找到最好的家庭吗？"国王问。

"不是，我找了很多家，其中5家我觉得都是最好的家庭，我不知道要把王冠送给哪一家。我只有一顶王冠呐。"小蛇说。

国王听了点头笑了笑，说："那你还缺几顶呢？"

"还缺4顶。"儿子插话道。

对！还缺 4 顶。国王吩咐大臣再拿几顶王冠给小蛇。小蛇数了数，说："尊敬的陛下，我只需要 4 顶王冠，您给了 5 顶，多出 1 顶，请拿回去。"

国王说："那一顶是给你家的。"

儿子很喜欢这个故事，让我再讲多一些，要讲好多好多的家。回家之后还跟我说："妈妈，你今天讲的故事特别好，你要把它写进你的书里。"

> 孩子喜欢自己的家，喜欢自己的爸爸妈妈、兄弟姐妹固然令人欣慰。同时，也需要让他们知道这个世界上有各种各样的家。未来，他们也会有不同于其他人的家。
>
> **贴士**

第六章 / 给小学生讲故事

此阶段孩子的特点和需要的支持

同三年前想离家一样，他们再次想离家。上一次离家是想有更多的人一起玩，这次离家是想学习到更多东西。六七岁的时候，他们的学习愿望萌发，突然像变了一个人。他们喜欢听和变化有关的故事，意外的结局会让他们瞪大眼睛，张开嘴。毛毛虫变蝴蝶的故事也许之前听过很多遍，当你再次讲起的时候，他们依旧爱听，并且能够听出一些更加深刻含义来。他们期盼写家庭作业、期盼学习知识；期盼认字，能够自己看故事书。如果作业繁多而枯燥，如果知识体系庞大而难以消化，他们便很快自我怀疑：我怎么会爱上如此没有意思的东西呢？继而失去兴趣，打不起精神。

他们开始忐忑地以为换牙是件可怕的事情，要去医院，一个一个被医生处理。一旦他们经历换牙，他们就开始拥抱和渴望变化。这些玩具都玩腻了，生活实在太无聊。他们需要一些改变和经历一些冒险。他们多情而又敏感，一些冒险的故事除了可以弥补实际生活经历不够的局限外，还可以增强他们的韧性。他们假装自己是孙悟空，是鲁滨逊。他们假装自己是勇敢的王子或者公主。但同时他们希望冒险是可控的，是美丽的。王子或者公主历尽千难万险，最后幸福地生活在一起。

他们勤奋而快速地获得新知，已经知道外部世界的很多规律和运行规则，知道怎样做会得到表扬，或者遭受批评。由于内在的自我还没有成长起来，他们很容易混乱，很容易被外在的规则牵制。他们希望父母帮助他们从混乱中变得清晰。

八岁的他们开始朝着新的方向发展，社会交往增加，开始试探界限，彼此争吵，分帮结派，抢占山头。他们需要大人的帮助去认识彼此，并在群体中体会自己。

他们需要一个模范，值得尊敬的模范，能够引领他们。一个模范导师对他们的帮助很大。在和同伴争吵的时候，他们可以搬出来"某某老师说了"。他们不再说"我爸爸说，我妈妈说"。但这个模范不好当，一旦你有什么地方不符合他们的标准，他们就会挑战你，无视权威的存在，想看看自己的计谋、计划、对规则的抵抗能够走多远。每当这样的时候，他们希望大人不要惩罚他们。如果你给他们讲个幽默或者警示故事，他们会为你给的这个台阶感激不尽。他们完全懂你的意思。

九岁左右，也许是在为告别童年做准备，黑暗、死亡再次成为他们关注和害怕的对象。他们开始从梦幻中走出来，思考一些朦胧的相对的概念。"张口就来"的故事会被他们嘲笑太幼稚。一些寓言和笑话故事会适合他们。

十岁以后他们开始喜欢复杂的情节和逼真的人物形象。

他们需要道德指引，也已经听得懂道理了，但是他们不喜欢你讲道理，不喜欢你硬给他们灌输道德。就像一位母亲说的那样：

"我一直努力地跟孩子讲道理，说到我脸都绿了，但是他还是不听我说，只有我冲他喊时，他才会听我说。"孩子经常拒绝跟父母对话，不喜欢说教。8岁的大卫对他的妈妈说："为什么我每次问你一个小问题，你都要给我那么长的答案？"他向他的朋友倾诉说："我不跟我妈妈说任何事情，如果我跟她说，我就没有时间玩了。"[26]

他们需要美好的语言、美丽的图画、优美的音乐和温暖的怀抱。经历了这样的美好，会对他们未来富有想象力的思考打下基础，做好迎接残酷现实生活的准备，或者说为残酷的现实生活找到不同的解读，从而体会到安徒生说的"生活是一场最美丽的历险"。

他们会说：

"请为我们砌造起天蓝色的宫殿，令它四周被璀璨的花园环抱着；请指给我们看那些明亮月色下散步的仙女们。我们愿意学习学校里教授的所有知识，但是也请你们，让我们拥有梦幻。"[10]

给此阶段孩子讲故事的关键词：**美好**。

此阶段的养育难题和故事应对

爱惜身体与时间管理——精灵的房屋

身体是革命的本钱！如何让孩子懂得这个道理呢？除了身教，还可以请故事来帮忙。不用催，不用急，故事里藏着所有信息。

女儿6年级，转学到国际学校。头一个月，为适应除语文和中国历史外的全英文授课以及作业，晚上上床时间比原来推迟了1.5小时左右。我和她爸爸给她减压，明确告诉她有半年到1年的适应期，慢慢来。同时，我也建议她在时间安排上做一些调整，尽量早睡觉。

有一天，女儿在刷牙，我说："我今天去听了一个美国柯维公司的介绍会，听说美国不少大学生因为睡眠不足，折断了翅膀。"

"什么意思？"女儿问。

"身体是灵魂的居所。"我突然冒出一句。

"什么意思？"女儿又问一句。我也觉得我有点所答非所问。"好吧，睡觉吧，改天我跟你解释。"我权且打发了她一下。

接下来几天，我一直琢磨着怎么和女儿说清楚睡眠的重要性。"身体是灵魂的居所"，有了！等女儿放学回来，我给她讲了一个故事。

有一个村庄，住了几十户人家。最近庄稼收成不好，大家一筹莫展。有一天来了一批精灵，说只要管吃管住，他们就教大家种庄稼，不另外收钱。大家拍手称快，各家都住进了精灵。这些精灵还真行，不仅教大家怎么种庄稼，还教大家怎么娱乐。渐渐地，各家各户的收成越来越好，日子过得红红火火。村庄里人人哼着小曲。

有一个叫张老三的农夫，他给住在他家的精灵安排了一个阁楼，收拾得利利落落，安静又整洁。精灵在他家住得很舒服。张老三习惯在吃饭前喊一嗓子："开饭啰！"精灵就会下楼和他一起吃饭。张老三每天都哼着小曲。张老三的老婆逢人就说，自从精灵住我家，老三每天乐开花。庄稼收成好，手工卖高价。

有一天，精灵跟张老三说，他的房间有点透风，还有点漏雨，请张老三给修一下。张老三嘴里答应着，心里想，正是农忙季节，过一阵再说吧。过了几天，精灵又跟他说，希望他修一下房间，漏雨又透风，不舒服。张老三说："好！好！一定修！一定修！"但他心里想的仍然是过些日子再说。话说这精灵有个特点，他们有很多好点子，能教大家做很多事情，但他们自己不会做。

又过了些日子。张老三像往常一样，吃饭前喊一嗓子："开饭啰！"但没见精灵下来吃饭。张老三又喊一嗓子，还是没有动静。张老三走上阁楼一看，没见精灵的踪影。桌上有张纸条，是精灵留下的。精灵感谢张老三和他的家人对他的照顾，但房间住得实在不舒服，他决定离开了，去找一个更加合适的人家住。

张老三捧着纸条，非常难过，后悔自己没有及时修理精灵的房间。

精灵走了后，张老三干什么活都无精打采，收成大不如以前。家里也少了很多欢乐。张老三心想，这样下去也不行呀。于是他把精灵的房间重新装修了一下，不漏雨，不透风，还换了一个很漂亮的窗帘。他还把家里其他地方都拾掇了一遍，整个家里焕然一新。张老三心里敞亮多了。张老三每隔几天就收拾收拾家，好像他在等待谁会来做客。

日子一天天过去，收成虽然没有从前那样好，但也没继续差下去。

有一天吃饭前，张老三突然喊了一嗓子："开饭啰！"他被自己吓了一跳，因为自从精灵走后他就没喊过了。张老三摇摇头正想吃饭时，听到阁楼那里有动静，他扭头一看，嘿嘿，你猜怎么着？精灵回来了！张老三激动地站起来，搓着手，大喊一声："老婆子！加一个菜！"

女儿很喜欢这个故事，很认真地听。

"你现在能懂'身体是灵魂的居所'这句话吗？"我问她。女儿想了想，很高兴地答："懂了！"

几天后的晚上，女儿在书房写作业。我看了看时钟，跟她说："你看看时间哦。"她爸爸正好进门，听到我说这句话，就说："你不要催她。"

女儿没抬头看我们，嘴上说："爸爸，妈妈没有催我，她只是希望我早点睡觉。"我很欣慰故事帮了我的忙。

两个月后，女儿上课完全听得懂了。三个月后，小学期结束，老师的评语里提到女儿已经适应了新的教学体系。女儿对时间的安排也越来越好了，我们之间关于"身体重要性"的沟通也很顺利。

偶尔，女儿还会让我再讲一遍"精灵的房屋"这个故事。

> 这个故事不仅可以用在"时间管理"上，还可以用在所有关于"爱惜身体"的问题上。
>
> 贴士

自我认同——海鸥扁豆

新学年开学季。又有一批幼儿园的孩子成为小学生！孩子从一个成长阶段进入另一个阶段，父母在坚守信念的同时，需要帮助孩子稳住内心，迎接新的生活。一个故事，就能帮助父母应对挑战，和孩子一起踏入新的旅程。

女儿七月在上幼儿园的时候，只接受很少的知识训练。她上一年级的头两个月有些不适应，做数学题连线画不直、写字慢，常常为达不到老师的要求着急、担心。我心里非常清楚幼儿时期少接受知识训练的重要性，但女儿眼下的问题也需要帮助她面对和解决。我给老师写信，介绍女儿的特点和幼儿园时期的情况。我们很幸运，遇到了好老师，沟通很顺畅。

同时，我在琢磨着编一个怎样的故事可以帮到女儿。那时候我在看薛瑞萍老师的系列丛书，包括《心平气和的一年级》。我从书上看到一段描写海鸥的文字。

"有两种海鸥，一种把飞行当作觅食的手段，因此，竞逐的范围主要在海岸边的船舷。争食的目标，主要是水手施舍的零食。另一种海鸥却只把飞行当作飞行，因此等它把飞行的技术练习到最远也是最快的时候，虽然没有把觅食放在心上，但它却可以享受到内陆与远洋的山珍海味。"

我一下子有了灵感。找了一个合适的机会，给女儿讲了下面这个故事。

大海上有一群海鸥，其中有三只是特别好的朋友，你给它们取个名字吧。女儿想了想说："其中一只叫扁豆吧。"我说："好，很特别的名字。另外两只叫——那就分别叫黄豆和绿豆吧。"七月说"行"，然后安静地听我讲故事。这三只海鸥在大海上飞翔，扁豆希望到大海深处去，可是黄豆和绿豆不同意，它们两个要求就在岸边不远的地方，因为这样既能吃到食物，也不会很累。你知道吗？大海岸边有很多船员在休假，他们会给海鸥一些食物。扁豆告别了两位朋友，独自飞向远方。

话分两头，一头呢，绿豆和黄豆在岸边过了几天开心的日子，但随着岸边的海鸥越来越多，食物很快就不够吃了，大家互相争抢得厉害。黄豆和绿豆常常互相埋怨，说早知道和扁豆一起去就好了。另一头呢，扁豆飞到很远的地方，它吃到了很新鲜的鱼，还练习了飞翔。它有时候也会感到有些孤单。

有一天，扁豆在大海上遇到另一只海鸥，我们叫它红豆吧。扁豆说，你好，我叫扁豆，你愿意和我做朋友吗？红豆高兴地答应了。于是，两个好朋友每天在大海上快乐地飞翔。

听完故事，七月长长舒了口气，很满足的样子，最后来了一句："妈妈，我就是那个扁豆。"

> 故事的灵感有很多途径，当把想要达成的目标放在自己的工作时间表里，敞开心扉，开动脑筋，故事之灵在某个不经意的瞬间就降临了。
>
> 贴士

与同学相处——上衣和裤子

开学季，常常有人问我，要如何和老师沟通？我的回答是：尽自己的力量去帮助老师照顾到整个班级，而不单单是自己的孩子。

小学低年级的孩子，一方面继续构建自我，一方面需要适应集体生活，有时候会无所适从。一个故事，可以帮助孩子既懂得欣赏自己，也懂得欣赏他人。自我一旦在集体中呈现，无论是这个孩子，还是这个集体，都会进入健康成长的轨道。

女儿七月在小学一年级的下学期，对学校的生活开始自在起来，有了好几个好朋友。从她的一些言谈中我也捕捉到孩子们一边在寻找自信，一边在为"分帮结派"做准备。我想，让孩子们彼此之间加深了解的时机到了。我自告奋勇地与班主任老师和其他家长联系，组织了一次游园活动。

游园活动中我设计了几个环节，包括读书会、故事会、寻宝、观察、倾听与分享、欣赏别人、游船和野餐分享等。其中故事会环节，我决定编创一个故事。

第二天，大人孩子几十号人到元大都遗址公园会合。大家坐下来，准备听我讲故事。

"老师，他推我！"

"阿姨，他把面包屑弄到垫子上。"

"妈妈，我渴死了，我要喝水。"

……

一群孩子，像出笼的小鸟，在春光明媚的野外，想让 30 多个孩子安静下来听我讲故事不是件容易的事情。"小燕子，穿花衣，年年春天来这里"，我唱起歌来，只唱了三句，就听到很多孩子跟着唱，再唱两句，所有的孩子和很多家长都跟着唱，没有人再闹了。我开始讲事先编好的故事。

有一个 7 岁的男孩，叫"山"。有一天妈妈给山买了一套衣服，山穿上后很合适。山很喜欢这套衣服，开心了一整天。晚上，山将衣服放在椅子上，上床睡觉。山睡着后，上衣和裤子开始争论起来。

"我比你重要，你看主人穿着我多神气啊。"上衣说。

"我比你重要，主人不穿着我都没法出去玩。"裤子说。

"我更重要。"

"我更重要。"

上衣和裤子快要吵起来了，声音越来越高，差点把山吵醒了。山翻了个身，接着睡了。椅子说："你们别吵了，我有个办法，把裤子也变成上衣，让主人明天起来穿。然后再把上衣也变成裤子，看看主人喜欢上衣还是裤子，就知道你们到底谁更加重要了。"上衣和裤子觉得这是个好办法。

第二天早上，山起床穿上上衣，但是裤子不见了。他听到一个声音说："主人，没有裤子没有关系，有我呢，穿上我吧。"山仔细一听，原来是椅子上的另一件上衣在说话。山拿起上衣，往腿上使劲套。

"哎哟，拽疼我胳膊了。"上衣大喊。山没有理会，继续将腿套进袖子里，差点摔了一跤。还好椅子及时将其中的一件上衣变回了裤子。

到了晚上，等山睡了，裤子对上衣说："你看裤子很重要吧。"说完椅子将上衣变成了裤子。

早上山起床后，穿上裤子，发现上衣不见了。裤子说："主人，没有上衣没有关系，有我呢，穿上我吧。"

我一边说着，一边掏出事先准备好的道具——一条颜色鲜艳的裤子。我使劲往上身套着，孩子们笑得前仰后合，倒了一大片。好不容易等他们不笑了，我接着说。

上衣和裤子最后终于不争吵了，他们成了好朋友，每天跟着山到处去玩。

在接下来"观察、倾听和分享"环节中，我让孩子们去观察含苞欲放的花，去观察身边任何东西，简单写下来。10分钟后集合，每个人分享，大家都在仔细地听。

在"欣赏别人"的环节，我让大家抓阄，比如张三抓到李四，写下欣赏李四的话和自己的名字，然后送给李四，由李四在大家面前念出别人对自己的欣赏。我听到很多孩子都从自己的角度进行了观察，并且送上了自己最真实的祝福。当每个孩子念出别人对自己的夸奖，再接受集体的掌声时，我体会到每个人的自信和集体的温暖融为一体。

到这里，故事圆满完成了自己的任务。

> 在给孩子讲故事时，简单的道具会起到意想不到的作用。用一些相关的活动环节作为故事的补充，故事的张力就会自然延伸到孩子的内心，任何说教都显得多余。
>
> 贴士

在学校 "闯祸" ——两个徒弟

当老师提出孩子在学校里的偏差行为时，家长要如何应对呢？和孩子讲大道理，容易连人一起被孩子挡在门外。而故事，以一种温暖的方式展现道理，为支持孩子的成长提供了更多的可能性。

女儿终于闯祸了！

主班老师发来微信说，班上一个孩子去 A 老师办公室，说全班都讨厌这个老师，A 老师很生气。调查结果是这个孩子听到女儿和另外一个同学议论，说讨厌 A 老师。然后 A 老师找女儿谈话，大意是自己为了上好课、排好剧，付出了很多，有意见可以提出来，老师愿意改正，但这种背后说老师，让老师很难过。

收到微信，我让自己安静下来，好好想想。一个 10 岁的孩子评论老师很正常。但是，这样背后评价老师，的确是个问题，需要我做点什么，也需要给老师一个交代。

女儿放学回家后，我在沙发上沉吟很久，去和女儿谈话。主旨是了解事情的经过，她的感受、想法，并希望她去给老师道歉。女儿以她自己可以处理这件事情为由，不愿过多敞开心扉，也拒绝道歉。倔强中有一些委屈。我有些微的挫败感，似乎我没有赢得孩子的一贯信任。最后我还是表达了无论怎样，我都支持你这个人。

第二天，我继续想这件事，慢慢理出头绪来。我给 A 老师发了短信："亲爱的，J 老师和我谈了七月的事情，我很抱歉。我知道你一直承担着很多工作，很辛苦。一如既往地感谢。也许孩子到了新的成长阶段，我也常遇挑战。我愿意和老师一起努力。"

之所以给老师发这个短信，是想表达我的一份认可和家校合作的心愿。晚上很晚的时候，我收到了 A 老师热情洋溢的回信。

去接女儿的路上，我突然意识到前一天的重点放在了让她去道歉上，认为只要给老师交代了，就算解决了问题。其实这样做只是在关心我自己，而并没有真正关心孩子。

接到女儿，我轻描淡写地说："我想到一个故事，你想听吗?"

"你自己编的?"女儿对我编的故事更感兴趣。

"对，我自己编的。"

"想听!"

"有两个徒弟，一个叫……石头，一个叫木头好吗?"我真是随口编的，大意都没想好，但我相信自己的直觉。女儿说"好"。

"石头和木头跟一个师傅学习九鹰功，九鹰功是一种很厉害的功夫，你知道吧。这个师傅很擅长这个功夫，但有个毛病，脾气不好。石头和木头恨死了师傅，他俩决定不学了，另外找人学。于是他俩到处去找，发现没有人的功夫高过这个师傅。石头和木头只好回来了。石头心想，我是来跟师傅学功夫的，脾气大就大吧，不计较了。木头呢，整天埋怨，认为师傅实在很差。3年过去了，你猜结果怎样？"

女儿说，石头学成了功夫，木头啥也没学到。

故事到这里似乎就结束了。突然来了灵感。我接着说：

"没错，你说得太准了。石头学成了功夫，后来他也当了师傅，收了好多徒弟，等到他当师傅的时候，他终于理解了师傅当年为什么那么大脾气。"说完我就不说话了。

晚上女儿洗漱，我去套近乎。

"今天我和妞妞妈妈一起去接你们，我突然有个了发现，你想听吗？"

女儿说想听。

"我发现不喜欢一个人，放在心里和说出来不一样。比如我心里讨厌妞妞妈妈，你觉得对她有伤害吗？"

女儿想了想，说："没有。"

"如果我告诉你，妞妞妈妈这人很烦人，我不喜欢她。你跑去告诉她，我妈妈很讨厌你。这样对她有伤害吗？"我接着说。

"有！"女儿毫不犹豫地答。

"这之间很大不同对吧？"

女儿表示认可。

女儿上床准备睡觉，我在她床头坐下来。

"对了，你愿意给 A 老师道歉吗？道歉有两个目的，一个是为你的行为负责，表达对对方的尊重。更重要的是，如果你道歉了，这件事就彻底结束了，不会再对你有任何不好的影响。"我说。

女儿沉思片刻，说："其实 A 老师也挺好的，说有问题就告诉她，她会改正的。"

"你看，这个角度老师很不错吧，"我赶紧说，"如果你觉得嘴上道歉有些为难，可以写下来。"

"对了，给她写个纸条，放到她办公室里。"女儿兴奋地说。曾经非常困难的道歉变得兴趣盎然了。

"妈妈，你说怎么写呢？"

"你自己明天想想吧。"

"妈妈你能陪我一会儿吗？"女儿说。

"当然了。"

女儿躺着，我坐在她床头，挨着她。我们都不说话了。好半天，女儿说："妈妈，我爱你!"我抚摸着她的头，说："我也爱你。"

到这里，我知道这件事圆满解决了。

第二天，女儿给我看了她写的纸条，第一遍写错了一个字，还重抄了一遍。

A 老师：

  对不起，我的行为伤害了您。以后有什么问题我就告诉您。

我很欣赏您的态度。

七月

一个孩子从讨厌一个老师，转而欣赏这个老师。这个过程就叫"成长"吧。

处理孩子的事情时，要警惕自己的角度，比如一开始我想快速解决问题，焦点就容易放在我自己身上，而不是孩子：我要怎样快速反馈，老师会如何看待我这个家长。当我真正将焦点放在孩子身上，而不是老师如何看待我的时候，问题就解决了。

贴士

和别人比较——自行车和城铁

父母不应将自己的孩子和别人比较，但如果孩子自己和别人比较，父母又将如何应对呢？故事，是很好的帮手，帮助孩子既看到对方，也看到自己。

上一年级的女儿是班上年龄最小的，个子也比别的同学矮。有时候她和我说起班上一些大块头同学的事情时，会显得有些失落、沮丧。"妈妈，他们跑得比我快。""妈妈，他们比我力气大。"

早晨送她上学途中，我们经常一起编故事。有一天，想到她对绘本的兴趣高涨，我说："我来编故事，你负责画下来，如何？"女儿立即响应。我凭着感觉编了一个故事：

自行车王国诞生了一辆新自行车，叫迪迪。迪迪每天开心地到处跑，大街小巷都跑遍了。有一天，迪迪被眼前的景象惊呆了，好威风的家伙啊，嗖一下就从身边过去了，嗖一下又过去了，而且没人敢拦着它。

迪迪回家告诉妈妈："妈妈，那简直是个巨人，威风极了，速度快得惊人。"妈妈说："那是城铁。""什么是城铁？""城铁啊，是人类为了速度发明的一种交通工具。"妈妈说着这话的时候，就像平时喊迪迪吃饭一样习以为常，丝毫没有注意到迪迪有些失落的样子。

迪迪还是每天出门，但是不再像以前那样快乐了，迪迪有些嫉妒那个叫城铁的家伙，又禁不住每天去桥下看看它。有一天，有个声音说："嘿，年轻人，你怎么了，你好像闷闷不乐。"迪迪抬头一看，原来是城铁在和自己说话。迪迪有点喜出望外，说："嗯，我好羡慕你，那么快，没人敢拦着你。"城铁听了哈哈大笑，说："我还羡慕你呢，你看你多自由啊，哪里有好玩的事，好吃的东西，你随时都可以去，可是我，你看，他们把我绑在这两个杠杠上，我只能前进或者后退，哪里都去不了。"迪迪这才发现城铁原来真的很不自由。迪迪说："这样吧，我每天来看你，把我看到的好玩的事告诉你，好吗？哪天我也坐一回城铁，怎么样？"城铁满口答应了。

从此以后，迪迪比以前还快乐，因为它多了一个很好的朋友，每天它都准时去和城铁见面，分享好玩的事情。迪迪和城铁都很开心地生活着。

晚上回到家，我又将故事讲了一遍，女儿很认真、很快乐地画，整晚都在画，画了一本书出来。女儿给我看她画的"迪迪"，说："你看多可爱。"

我心里因此定格下这样一幅温暖的画面：一个小女孩在灯下埋头苦干，画着属于她自己的绘本。空气中弥漫着一种气氛，与沮丧无关，也与失落无关。

> 　　画面感的"情节"是故事的重要组成部分，尤其是对年龄稍大一些的孩子。情节就像海浪，一波接着一波，涌向沙滩，最后归于平静、圆满，悄然无痕迹。越是无痕迹，故事越容易被吸收。所谓"润物细无声"。
>
> **贴士**

坚持学习乐器——一把小提琴的奇遇

鼓励孩子学习乐器，其意义毋庸置疑。如何鼓励？讲故事可以助你一臂之力。

女儿一年级的时候想加入学校的乐队，学习萨克斯。老师得知她很多牙齿没有换（女儿长牙和换牙都晚），不能吹萨克斯，建议她学习打击乐。女儿说："那就学小提琴好了。"我问她为何选小提琴，听说小提琴很难学。女儿说："小提琴是乐器王后啊。"

从小学二年级开始女儿学习小提琴，一直到现在（九年级）都在坚持。女儿先后遇到的两位小提琴老师都非常好。期间也经历了很多枯燥和不耐烦，但从来没有打算放弃过。我完全不懂小提琴，不能从专业角度给予支持，但我会讲故事。分享其中的一个：

20世纪20年代，在中国的一个小镇上有一个音乐之家，住在一幢平房里。家里好几个孩子，有的孩子会弹钢琴，有的会拉小提琴。家里每天都响起音乐声。房屋上有一根粗大的屋梁。自从这家人搬来后，屋梁每天都很快乐。墙上的砖、屋上的瓦，还有墙角蜘蛛网上的蜘蛛都知道屋梁有一个心愿，就是想成为一把小提琴。所有人都认为那是个不可能实现的白日梦。

在遥远的加拿大，有一棵枫树，已经活了400多年，20多米高。有一天，一位姑娘在树下拉了一首小提琴曲，枫树激动得浑身发抖。它希望姑娘每天都能来，可惜的是姑娘只来过一次，再也没有出现。枫树就想，如果有一天自己能成为一把小提琴该有多好。只有风知道它的愿望。

30年代，战争爆发。小镇上的音乐之家举家搬走，房屋倒塌。屋梁被土石和瓦砾掩埋。不过，它依旧做着它的白日梦，这样多少会得到一些安慰。蜘蛛不再嘲笑它了，转而同情它。屋梁有时候会和蜘蛛谈起500年前它多高、多直、多帅，多少鸟儿仰慕它。

那棵枫树呢？因森林大火被砍到，运到一个荒无人烟的林场，一年里有很长时间被厚厚的积雪覆盖。枫树彻底不再想念那个姑娘，因为它断定不可能再和那个姑娘见面了。偶尔风会和它谈起当年的心愿。

就这样过了40年。有一天，一波人把枫树装上了船，不知道过了多久，枫树来到了一个完全陌生的地方。有一个人看上了这棵枫树，买下它。枫树又颠簸去了另外一个地方。

而那个小镇的废墟，突然有一天热闹起来。一些人刨开了瓦砾和土石，屋梁重重喘了口气。有一个人看上了屋梁，买下它。屋梁和蜘蛛告别，颠簸去了另外一个地方。

有一天早晨，屋梁和枫树相遇。它们还共同再次见到那个买下它们的人。他是一位琴师。他要把屋梁和枫树打造成一把小提琴。屋梁和枫树紧紧地拥抱在一起。枫树告诉风，它的心愿要实现了。屋梁也请风去告诉蜘蛛，它的心愿也要实现了。

琴师用3年的时间，做出了一把他很满意的小提琴。尽管有些舍不得，但小提琴知道它和琴师告别的时间到了。新的主人会是谁呢？有一天，一位男士带走了小提琴。

装小提琴的盒子被打开，盖在上面的布被拿掉。小提琴看见了一位姑娘。姑娘拿起小提琴，轻轻地拉了起来。小提琴激动得心跳不已。尤其是已经化身为小提琴背板的枫树，眼前的这位姑娘让它想到了几十年前它遇到的那位姑娘。

我一边想一边讲，女儿低着头听。我也没有很好地留意到她。过一会儿我听到抽鼻子的声音，一看，女儿吧嗒吧嗒掉眼泪。我吓了一跳："怎么了？"女儿说这个故事让她很感动。

打那以后，女儿超级疼爱她的琴。

不管未来如何，我相信这个姑娘和小提琴的缘分算是结下了。

> 讲故事的同时，也需要不断反思让孩子学习乐器的目的。
>
> 贴士

恐惧死亡——角斗

对死亡的恐惧是一个永恒的话题。如何帮助一个少年面对对死亡的恐惧？故事就像魔法师，可以将人从"死"的痛苦体验带到"生"的希望之中。

周末的早晨，洗手间里传来父女俩的对话。

"爸爸，如果你被黑社会抓住囚禁，他们要你做蛇肉、做狗肉给他们吃，给很少的调味材料，你如果不杀蛇和狗，他们就杀死你，你怎么办？"11岁的女儿坐在马桶上问正在刷牙的爸爸。

"为了活下来，我会杀蛇、杀狗，但我会感谢它们。并且我会想各种办法弄得好吃一些。"爸爸想了想后回答。

"哦，哦，我不想杀狗。"女儿痛苦低喊。

"啊——啊——我宁愿去死，也不要杀蛇。我看都不敢看一眼。"女儿恐惧大叫。

爸爸从洗手间出来，女儿还坐在马桶上。轮到我刷牙了，我们继续闲聊。

"七月，古罗马斗兽场你在图片上见过对吧。奴隶主和贵族让奴隶们相互角斗，其中一个要杀死另外一个，他们以此为乐。"

"人和人角斗？"女儿问。

"对，人和人。"

"啊，不要！"

"有一些人，他们是好朋友，他们相互约定，表演完后其中一个杀死另一个，活下来的想办法推翻这个残酷的制度，拯救其他人。罗马历史上有一个真实的故事，一个叫斯巴达克斯的奴隶，到角斗士学校学习，他被迫参加残忍的表演，后来他率领奴隶们起来反抗，队伍很快从几十人发展到十几万人，多次打败了罗马军队。最后，斯巴达克斯用自己的生命捍卫了大家的自由。如果你有兴趣，你可以开始看看这些真实的历史故事。"

"哦，为了大家，牺牲一个人。"女儿从蛇和死亡的恐惧中缓过神来，从容和我谈论。

"亲爱的，不是牺牲一个人，是牺牲一大批人。"我一个字一个字地说。

"还有人和兽角斗。"女儿没有被牺牲一大批人吓住，仿佛在说一个和死亡无关的话题。

"是的，人和兽角斗，与人和人角斗本质上相同，只是人听不懂兽的语言。"

"对，人不知道兽在说什么。"

我们一起从洗手间出来，女儿高兴地忙别的去了。我不知道这个故事在帮助她理解恐惧，理解生和死上起到了什么作用。而对于我自己，则猛然意识到从古至今，死亡的意义从来都没有改变过，那也是它唯一的意义，那就是：死，是为了"活着"，或者说是为了"新生的生命"。

我想，女儿迟早会明白这一点。

> 关于应对死亡的恐惧，对于低龄的孩子适合用童话故事，大一些的孩子就可以讲一些真实的历史故事，但注意不要描述具体的暴力和血腥场景，带着希望的结局最重要。
>
> 贴士

第七章
给青春（前）期的孩子讲故事

此阶段孩子的特点和需要的支持

他们处在尴尬的年纪，既不是儿童，也不是成人。内在的不安和好奇相互交织。童年已经远去，未来尚不可知。他们的身体和心理迎来巨大的变化。内心渴望成长，却要面对很多枷锁：上学，交往，爱情，亲情，与父母的关系，未成型的价值观和社会评价系统的冲突，等等。

他们的自我意识凸显，对自己产生强烈好奇，在意别人对自己的看法。他们因为身体的急剧变化而想将自己藏到宽松的运动服里，与那些公主裙和高跟鞋说拜拜，因为变声的尴尬而不想多说话。他们隐藏在群体中，可是他们的内心又分明希望被看见。

他们觉得自己长大了，自己能够做主，讨厌被当作小孩子看待。他们讨厌你讲道理，讨厌"鸡汤"。可是，有些时候，他们又希望你张开怀抱，让他们做一回小婴儿——典型的"只许州官放火，不许百姓点灯"。你过去想和他们亲热一下，他们会抬起手，示意你打住。可有时候你正在忙着，他们却蹭过来，希望你抱抱他，给他疗伤。

他们的情感发展达到一个顶峰。亲情、友情，还有朦胧的爱情都汹涌而至，让他们措手不及，像夏天一样，时而电闪雷鸣，时而雨过天晴。得意便猖狂，"那谁谁算个啥"；失意就失常，"此生完了"。他们需要自我激励。他们需要富有想象力的思考，需要跨度大一些的故事，让他们能够理解自己的生活只是人类长河的一朵浪花，去理解瞬间的价值和永恒价值之间的差异。

他们像风雨中飘摇的小船，希望有稳固的力量，希望有一个锚随时供他们使用。他们需要了解一些"根本"的东西，那些根本的东西会转化为一种锚。

他们追星，挑战权威和老师，控制不好情绪，管理不好时间……

这不是他们的错。我们不也是这么过来的吗？

身为父母，少说话，多做饭！填饱他们的肚子，让他们少安毋躁。如果要说话，尽量多打比方。"不求不语"，没有需求不要说话，甚至有时候让他求着点你，你再说话。据说凌霄花的寓意为"慈母之爱"，我们也要像舒婷的诗歌《致橡树》里写的那样，不能像凌霄花那样缠着孩子。孩子逐渐长成一棵大树了，大树不怕风吹雨打，大树怕藤缠，一缠就给缠死了。

他们不再像小时候那样整理自己的房间，然后美滋滋地邀请你去看，等待你的欣赏。他们喜欢乱着，还有一堆理由。怎么着，碍你事了吗？你心里知道这是新的变化，也是他们内心不清晰甚至混乱的呈现。但是，这不表示你可以坐视不管。你要想好对策，找一个合适的时机，告诉他：这里不仅是你睡觉的地方，还是你的房间。你的房间是这个家庭的一部分，而你，是这个家庭的一分子。你要让他们明白，收拾自己的房间是自己的工作，不表示因此就听了父母的话，甚至是父母的附庸。

他们不邀请你欣赏他们，但是，他们内心需要这种欣赏。我们要继续欣赏他们，但不能像小时候那样，"你做得真好，你真能坚持"。他们会觉得你真幼稚，挥挥手，示意你离开他的房间。你得看到他的才华，看到他那刚冒出芽的梦想，你要鼓励他。你需要让他们明白，仅仅从依赖到独立是不够的，还需要为这个世界贡献出才华，成为可以被人依靠的人。这也正是他们渴望的。

还记得《疯狂动物城》的故事吗？每个青春期的年轻人都需要一只狐狸。影片中的兔子朱迪是个典型的年轻人。有梦想，为自己争取，挑战权威，充满正义感，雄心壮志，学习能力强。同时，有些莽撞，自以为是。如果没有狐狸尼克的帮助，朱迪就不会是后来的朱迪了。

青春期的孩子有两怕。

一怕父母管。兔子朱迪在去动物城前和父母告别时的表情写满了无奈！父母一张嘴，真啰唆！啰唆就是不信任，是不放心，是拖后腿！

二怕父母不管。兔子朱迪尽管对父母为她准备的防狐武器不屑一顾，但第一次离开自己的住处，犹豫再三，还是回来拿了武器。当她意识到自己不配做一个警察时，她感到失望、痛苦……她选择回到父母身边。父母不管孩子，放弃孩子，是孩子心中最大的灾难。

不要小看了你的孩子，他已身经百战，不再是那个小屁孩了。

让他自己冲到前面，让他自己去碰壁。给他安顿好大后方，该出手的时候才出手。

轻易不要烦他，让他自己来找你。

他们最讨厌你假。他们正在尝试分清是非、真假的路上。你的假会让他们挫败，会激怒他们。如果你明明生气了还掩饰，他们会比你更生气。如果你坦露你的情绪，他们会觉得你够哥们儿，尊重他们，没有小看他们。他们也会因此而学习到如何管理情绪。

给这么大的孩子讲故事管用吗？我来讲个故事。

有一天，我的微信里蹦出来这么一页：

"昨天我在班级提问学生（高中生）的时候，把一个男孩的名字错称为另一位同学，结果一个同学说：'老师，你说的是某班的理科学霸，不是他。'大家都乐了。可我发现被我称错名字的孩子没笑，还有些情绪低落。今天早上我在家给我家孩子讲"宝石村"（第一章我给女儿创编的那个故事）的故事，白天上课时看到那个孩子，我觉得他需要这个故事，就在课堂上讲了。下课的时候，那个孩子过来对我说：老师谢谢你！我被感动了。"

这个"宝石村"的故事很多人讲过，也给了我很多反馈，但这样的反馈还是第一次。我被触动到。我对这位老师充满了好奇，她给学生，并且是高中生讲故事的过程是怎样的？学生的反应如何？她是语文老师？英语老师？

思想品德老师？我完全没有想到，她竟然是——化学老师！

我自作主张，把这位老师称为"仙老师"。

仙老师说，她是高二的化学老师。由于教学进度的要求，本来在课堂上没有时间做其他的事情。不过，看着那个被自己点错名的孩子，仙老师突然决定要讲一个故事。

"今天你们表现这么好，我给你们讲个故事。"

第一次讲故事，孩子们很兴奋。仙老师刚讲几句，学生们打岔接话：

"有宝石啊，老师？"

"宝石会生活吗？"

"宝石会吃饭吗？"

仙老师说："想不想放松一下啊？想不想听啊？想听那就先不说话。"

然后，很安静，将近60个孩子都仔细地听。平常讲课，讲再重要的知识点，他们都没有这么认真听过。

故事讲完片刻后，一个男生打破静默：

"没了？"

"没了。"仙老师平静回答。

"这个故事告诉我们是金子到哪里都会发光的。"一个女生突然说，全班同学的目光都转向这个女生。其中一个男生说："老师，讲故事这个环节还有'托'吗？"

"我没有特别准备这个故事，这是她自己的感受，每个人都有自己的感受。"仙老师如实回答了这个男生。

仙老师说，这次，孩子们给她的感受，以及她自己的感受都很好，比说教，比激励，比其他的一些形式，效果好很多。

所以，给青春（前）期的孩子讲故事只是复杂了一些，挑战大了一些，因为不能再轻易张口就来了。需要看到他们"真实"的变化，也需要呈现你的真实，与他们的成长相匹配。

给此阶段孩子讲故事的关键词：**真实**。

此阶段的养育难题和故事应对

告别童年——新年欢歌

　　青春（前）期的孩子会迎来人生重要的转折。童年即将逝去，青春在前方招手，但一切似乎未可知。趁着新年的来临，可以给孩子讲一个故事，作为一份礼物。

　　下面是我给女儿和她的同学们讲过的一个故事。

　　故事要从三年前讲起。

　　在森林深处有一个巨人国。巨人国里有一位小巨人，叫三木万。还有几天就是新年了，巨人国里一派节日气氛，大家都很开心。三木万例外，他闷闷不乐的样子。因为他最好的朋友柴尔德就在几天前离开了巨人国，搬到很远的地方去了。还好三木万会吹小号，吹着小号能让他稍微快乐一些。

　　新年游行开始了，三木万发现队伍中有一个很特别的巨人，擂着鼓，又高大又神气。"如果我能和他做朋友，该有多好。"三木万心想。他挤过人群，来到擂鼓巨人身边，鼓足勇气，问了一声："打扰一下，我能和你做朋友吗？"擂鼓巨人沉浸在自己的鼓声里，加上周围很嘈杂，他没有留意到三木万。

　　三木万有些难过，回了家。第二天，他又听到鼓声，原来是擂鼓巨人在广场上表演，周围有很多人。擂鼓巨人还是没有注意到三木万。三木万更加难过，心想：他一定不缺朋友，也不想和我成为朋友。就这样过了些日子，三木万几乎要忘记那个擂鼓巨人了，有一天他又听到鼓声了。他立即跑向广场。

三木万来到广场，却发现擂鼓巨人不见了，只有那面大鼓还在原地。三木万找来一片非常美的树叶，在树叶上写下一些话，还画了一个小号，用石头压着，放在鼓的上面。三木万心想，如果我会擂鼓，是不是他就愿意和我做朋友了呢？三木万因为这个想法激动不已，他决定去学习擂鼓。三木万去找猫头鹰帮助："哪里能够学习擂鼓？"猫头鹰给了三木万一张地图，根据地图的指引就能够找到老师。三木万走了3天的路，终于找到了老师。

"师傅，你能教我擂鼓吗？"三木万问。

师傅手里擦拭着一个小号，头也不抬地说："我只会吹小号，不会擂鼓。"

三木万失望极了，说："我只想学擂鼓，我已经会吹小号了。"

师傅说："我有一个兄弟，他会擂鼓，你去找他吧。"

三木万喜出望外："那您的兄弟在哪里？我要去找他。"

"你一直往东，就能到找他了。"师傅说。

三木万谢过师傅，立即赶路。当他翻过第3座山的时候，累得不行了，瘫坐在地上。三木万有些想家，他甚至想回家了。突然，他听到一声尖叫，原来是小鹰在学习飞翔。鹰妈妈将小鹰叼起来，飞到高空中，然后将小鹰扔下来。

三木万问小鹰："你不害怕吗？"

小鹰说："开始很害怕，可是，如果不这样，就永远学不会飞。"

三木万站起来，抖擞一下高大的身躯，继续赶路。走着走着，他听见一阵哭声。三木万蹲下来往草丛中一看，原来是一只小刺猬。

"你怎么了，小东西，谁欺负你了？"三木万问。

小刺猬哭着说："你看我这满身刺，我嫁给谁呀？"

（孩子们听到这里，笑成一团。）

三木万听到后哈哈大笑，安慰小刺猬说："哦，宝贝，你是刺猬，你当然有刺了。我敢打赌，会有人喜欢你的。"三木万和小刺猬告别，继续去找师傅。

几天几夜过去了，三木万非常累，他靠着一棵大树休息。突然，他听到一阵小号的声音，非常动听，比自己吹得好听多了。三木万有些想念自己的小号了。一只啄木鸟正在旁边不停地啄着树上的虫子。

三木万好奇地问："啄木鸟，你这样不停地啄，头不晕吗？"

啄木鸟停下来，打量着眼前这个巨人，笑着说："我开始也以为自己会得脑震荡呢，心想着我要是有一张巨人那样的嘴多好。后来我才知道我天生就有这个本领。"

三木万听了啄木鸟这句话，沉思了片刻。他猛地转身往回跑，边跑边喊："谢谢你，啄木鸟！"

三木万跑得快要飞起来了，突然腿被针扎了一样疼，三木万停下来低头查看。"对不起，我喊你你没有听见，我只好扎你一下。"

原来是几天前遇到的那只小刺猬。"我想告诉你一个好消息，我恋爱了，这是我的男朋友。"小刺猬说着指着另外一只刺猬。三木万听到这个消息很开心，祝福小刺猬后继续往回跑。

三木万跑到吹小号的师傅跟前，上气不接下气地说："师傅，师傅，请你收下我做徒弟吧。"

师傅依旧没有抬头，说："我不是告诉你了吗，我不会擂鼓，只会小号。"

三木万赶紧说："我就是要学小号。我听到你吹的小号了。"

"你能坚持3年吗？"师傅问。

"我能，坚持多久我都愿意。"三木万斩钉截铁地说。

于是，师傅收下三木万做徒弟。三木万每天练习小号。他吹的小号越来越动听，经常吸引好多动物前来欣赏。

有一天，三木万正在吹奏一曲新曲子，名字是《新年欢歌》。他实在是吹得很投入，全然没有注意到周围聚集了很多人。鸽子来了，老鹰一家来了，猫头鹰来了，啄木鸟来了，刺猬夫妇也来了。一曲终了，三木万赫然发现他眼前站着另外一个巨人。

巨人手里拿着一片三木万非常熟悉的树叶。"我叫悠思，我找了你好久，终于找到你了，你愿意和我做朋友吗？"巨人对三木万说。两个巨人拥抱在一起。大家欢呼雀跃。

鸽子还送来一封信，是给三木万的。三木万打开一看，原来是柴尔德写来的，说他过得很好，也很想念三木万，会来看望他，也欢迎三木万随时去看望他。三木万激动地蹦了起来。

今年的新年游行开始了。三木万吹小号，悠思擂鼓，他们走在队伍中，合奏《新年欢歌》，美妙极了。

> 柴尔德隐喻孩子们即将逝去的童年。
>
> 擂鼓巨人悠思隐喻孩子们即将迎来的青春。
>
> 其他隐喻孩子们从童年走向青春过程中遇到的困难和帮助，自己的发现和决定。
>
> 也许，这个故事也可以送给成年人。每一天都在告别昨日，迎来今朝。每一天都会遇到困难和帮助，每一天都有自己的发现，每一天都需要做出决定。
>
> 贴士

考试退步——螺旋的世界

青春期的孩子有很多"烦恼"，身为父母都特别希望帮助孩子解除烦恼。可是，他不跟我说呀！"跟父母说的话越来越少"是这个阶段孩子的特点之一。不过有时候孩子不跟父母交流，是因为过往他跟你交流时你的态度不受他欢迎，他就不想说了。比如，如果孩子跟你说，这次考试退步了，你如何回应他？

女儿念 8 年级的某一天早上，我在洗手间。女儿进来，一边洗漱一边跟我说，妈妈，过几天发 report（学期成绩报告），这学期我可能只有两门功课得 7 分（最高分），还有 2 门可能比上学期的分数要低。

我没有直接接她的话茬，旁顾左右而言他。

"我前两天看了一个视频，讲太阳系以 70000 公里/小时的速度在空间运动。太阳像一颗彗星拽着行星往前冲，不是直线向前，而是螺旋式运动。生命也是以螺旋形态存在的。星系是螺旋的，DNA 是螺旋的，蜗牛壳、盛开的花朵、人的指纹、头顶上的'旋'，钻头的形状……都是螺旋的。我们生活的世界就是一个螺旋的世界，升升降降，我们的生命是螺旋的。

"最近这段时间你弟弟喜欢玩'升国旗'的游戏，自娱自乐。他自己喊口令，自己表演。'立正！敬礼！降国旗，唱国歌。起来……'一遍一遍玩。我跟他说，人家都是'升国旗，唱国歌'，怎么到你这里变成'降国旗，唱国歌'了？你猜你弟弟说啥？他说，这国旗不降下来，咋升呢？"

女儿一直在认真听。讲到她弟弟说"降国旗，唱国歌"的时候，哈哈大笑。

女儿洗漱完，离开洗手间，我还在洗手间收拾。瞟了一眼孩子的背影，我都能感觉到她和进洗手间的时候相比，精神面貌很不同。

当孩子跟你说某件事情时，先体会一下孩子的心情。高兴，焦虑，担心，害怕，难过……在这件事情上，我的态度是什么？我的态度可以用故事说出来吗？

尽管我没有直接回应，也只停顿了 3 秒钟的时间，但我心里是过了这三个步骤的。女儿说的口气虽然比较轻松，但我还是从中体会到一丝"不安"。她想了解我对这个学期成绩报告单的态度，或者说她对我的态度不是十分确定，有点打"预防针"的意思。然后我就给她讲了故事，故事里我的态度非常鲜明，比我任何言语的表达都要贴切。

> 青春期的孩子情绪更加复杂、多变，为人父母需要体会孩子的心情。孩子大了，可能不喜欢听你说"你是不是有点难过"，但你心里要去体会这些。你体会到越多，越能在"回应"孩子时采用更加合适的方式。你甚至不用刻意去想"我该怎么做呢"，因为你的心会指引你，前提是你"走进了孩子的心里"。
>
> 用故事表明你的态度，这个态度是"真"的，还是你仅仅是为了"安慰"孩子？这个很不同。植入了真实想法的故事才会起作用。
>
> 贴士

带牙箍的烦恼——会飞的小猪

青春（前）期的孩子迎来身体的巨变，情绪也容易波动，各方面都需要适应。故事有时候会比具体的方法和建议更加有帮助。

12 岁的女儿七月矫正牙齿，根据疗程，需要在嘴里戴两个活动的矫正器。除了每餐饭后刷牙和刷矫正器，其他时间不能取下，需要持续半年左右。

第一天，烦躁不安，吃饭、说话均不舒服。我说，我特别理解你，上次我装一个牙套都很难受，觉得嘴里多了一个东西。女儿仍然焦躁难耐。我同意她取下来一段时间。

第二天，七月和外婆通电话，其间将矫正器取下。

第二天下午，我和她一起外出。从家去地铁站的路上，我说，有个故事要不要听？女儿说，你现编的？我答，对，现编。女儿表示愿意听。

有一只小猪去参加马拉松比赛。看台上有人嘲笑他，哈哈，小猪也来跑步，你以为给你装个翅膀就能飞呀！小猪很难过，没有跑到终点就退了下来。

晚上，小猪做了一个梦，梦见自己在跑步，越跑越快，最后真的飞起来了。大家欢呼："会飞的小猪！会飞的小猪！"

于是，小猪决定继续跑下去。他去请教一个马拉松高手："请你教我跑步的秘诀。"

马拉松高手说："你真的愿意按照我说的做吗？"

"我愿意。"小猪坚定地说。

"为什么？"高手问他。

"很小的时候我妈妈就告诉我，只要诚心呼唤金雀，金雀就会出现。"（这句话是我几天前看到的，不记得原话，大概意思我记住了）小猪说。

听了小猪这样说，高手似乎很开心，立即说出自己的秘诀——

"秘诀是戴上牙箍。"女儿插话道。

"错！小猪的牙齿很整齐，不像某人。"我调侃说。

"讨厌！"女儿娇嗔地推我一把。

"我的秘诀是在腿上绑上沙袋。"我接着讲故事。

"我记住了，什么时候取下沙袋呢？"小猪兴奋地问。

"明年比赛的时候。"高手说。

回家后小猪在自己腿上绑上沙袋，练习跑步。

多少次，小猪多么想扔掉那些烦人的沙袋啊。

不过，他记住高手交代的，要等到比赛前才能取下。

一年的时间终于过去了。小猪再次站上跑道。有人认出了是去年那只小猪。"哈哈，去年就跑得很慢，今年还绑个沙袋，疯了吧。"小猪听着，没有理会。比赛马上开始了，小猪扔掉他的沙袋。发令枪响，小猪朝前跑去，越跑越快，越跑越快，小猪感觉像飞起来了一样。看台上很多人欢呼："会飞的小猪！会飞的小猪！"

"讲完了。"我说。

"幼稚！"女儿轻声说，身体却朝我靠了靠。地铁站到了。

从这个下午开始，我没有再听到女儿抱怨矫正器，她也没有在非刷牙时间取下来过。一周后，吃饭、说话自如。她还打趣地说，没有矫正器反而不会吃饭和说话了。

> 看起来即便是一个"幼稚"的故事也奏效了，因为父母的爱和接纳，以及坚定的指引不幼稚。
>
> 贴士

情窦初开——森林王国的秘密花园

我"认识"一个小姑娘，她经常问我一些有趣的问题。我很乐意回答她的问题。一段时间不问，心里还惦记。比如在春天的光景里，她问我"为何秋天会落叶"。我不知道百科全书上如何回答这个问题，我也不关心。我更不想到网上去找一个答案，然后转告给她。因为这不是她想要的。那她想要什么呢？我回想我和她年纪相仿的时候，我如何被那些莫名的情愫包围。于是，我给她讲了一个故事。

从前，有一个森林王国，王国里有很多大树，树叶又大又密，密得透不过风。森林王国里住着一位善良的公主。公主有一个秘密，连她的父母亲都不知道，那就是在森林的深处有一座花园，只有公主一个人有花园的钥匙，每次离开后公主就会把钥匙藏好。公主给她的花园取名"神秘花园"。神秘花园里有各种各样的花，有很多小动物，还有一棵果树，叫解忧树。那是公主很小的时候，仙子送给她的树苗，让她种在神秘花园里，告诉她解忧树长大后会结果，烦恼的时候吃上一口果子，就会快乐起来。不过呢，解忧树要等到公主长大，然后和一位王子一起照料它，才会结果子。

公主经常去她的神秘花园，和那里的蝴蝶做游戏，也照料她的解忧树。有一年冬天，特别寒冷，刮着特别大的风。森林里的树东倒西歪，很多树被连根拔起。解忧树也被吹倒了。很多人和动物都冻病了，就连国王和王后也未能幸免。公主决定去找仙子，她要拯救森林王国。

公主忍着严寒和狂风，在一匹马的帮助下，找到了仙子。仙子说："有一个办法可以拯救森林王国，就是不知道大家是否愿意。那就是让树叶落下，好让风穿过去，这样就不会那么冷了。"

公主立即赶回去和大树们商量。谁的叶子掉落呢？如果全部掉落森林里冬天就没有一点绿色了。最后大家商量，让那些怕冷的树都掉落树叶。第二天，森林王国满地落叶，风似乎小了很多。不过，看着那些飘落的树叶，公主有一点点难过。她赶紧跑到她的神秘花园，她的解忧树的树叶也落光了。解忧树安慰公主说："请帮助我站起来，这样以后我就不会再被吹倒了。"公主帮助解忧树站起来，心情好了很多。

第二年春天，大家发现所有的树长得更加好了。原来掉落的树叶化作肥料，给大树们增加了养分。解忧树也长高一大截。大家一起商量，不要等到冬天刮大风的时候再落叶，秋天就开始落，提前做好准备，不就更好吗？从此以后，每到秋天，森林王国里怕冷的树就开始落叶。等到冬天来临，风就能穿过整座森林。

公主比以往更加勤快地照料她的解忧树，她心想，王子什么时候能够到来呢？王子知道我的神秘花园吗？如果其他人来了怎么办？公主开始担心藏钥匙的地方被人发现。她再次去找仙子。

公主把她的烦恼告诉了仙子。仙子给她想了一个好办法：每次公主从花园出来就把钥匙交给仙子保管，公主想去的时候就喊一句暗号，仙子听到暗号就来给她送钥匙。这个暗号只有仙子和公主知道。可是，新的问题又来了，王子如何知道暗号呢？仙子拿出了她的魔法宝盒，冲着魔法宝盒说："能够和公主一起照料解忧树的王子必定知道暗号。"公主安心地回家了。

就这样，秋天的时候，树叶落了。等到春天，又长出来新的。几年过去，公主守着她的秘密，照料着她的神秘花园和解忧树。有一年春天，一位王子经过神秘花园，被里面的花和解忧树吸引。王子非常想进去看看，可是门锁上了，进不去。晚上，王子做了一个梦，梦见有位仙子告诉他一个暗号。第二天，王子立即来到神秘花园，喊了一句梦中的暗号。立即，有位仙子出现在他眼前，仙子给了他钥匙，并且对他说，会有一位公主来到神秘花园，以后钥匙就交给你们二位了。果然，公主很快就来了。

后来，公主和王子一起照料解忧树，树上结出了解忧果。

我没有告诉她这是我"专门"给她写的故事。因为我发现，讲完之后，它似乎也是给我自己写的。

美好的故事会很好地滋养此阶段孩子对于情感的探索和体察。

贴士

追星——想"开挂"的鸭子

孩子追星，父母应该支持还是反对？或者讲一箩筐道理？编个故事吧，纠结去无踪，大人孩子都轻松。

（注：这里的"开挂"，是指格外出彩，令人意外的意思。）

周五是我们家的电视日，全家看《中国好歌曲》。有个学员唱了一首《因为你是范晓萱》，引起快 13 岁女儿的强烈共鸣，那家伙，彩旗飘飘，锣鼓喧天。她的偶像是泰勒·斯威夫特（Taylor Swift）。看着女儿疯疯傻傻的样子，很多画面掠过眼前。

当我意识到女儿开始追星时，心里窃喜。在离开父母的路途上她又朝前迈出了坚实的一步。

我也开始听霉霉（中国粉丝给泰勒·斯威夫特取的名字）的歌，和女儿讨论好听在哪里，还让她把歌词翻译给我听。偶尔我们也一起"群魔乱舞"，还一起欣赏 MV。

我看见海报、资料，都帮女儿留着，发给她看。

我鼓励女儿中午的课间去操场上晒晒太阳，攒够 10 个太阳，就可以去买霉霉的碟。

我偷偷地买了一件印有偶像的 T 恤作为新年礼物送给她，让她感动得眼泪哗哗。

我甚至还在一次音乐工坊的活动中和另外几位妈妈尝试写这样风格的歌，去体会年轻人的心境。

有一天，女儿跟我说："妈妈，我想去看演唱会，《1989》。"

"在哪里呀？"

"上海。"

"什么时间？"

女儿说了时间，具体我忘记了。

"不行！"我平静而不留任何余地。

"为什么？"

"因为你需要上学。"就这么简单。

我的界限是显而易见的。我觉得似乎还不够，决定择一个"良辰吉日"，我邀请女儿一起编一个故事。

"我想到一个好故事，要不要听啊?"

"要听要听!"

雪山顶上有个鸭子村。鸭子们生活得很快乐，只是下山赶集时有点麻烦。大多数的鸭子都是走下山，一来一回需要大半天的时间。有少数的鸭子滑雪下山，雪橇"嗖"一下从你身边滑过，神气又嚣张。

在这少数鸭子里有一只鸭子很厉害，你给她取个名字吧。

叫——"大神"吧。女儿说。

好! 大神是所有会滑雪橇的鸭子里技术最好的，全村人没有一个不知道大神的。大神更是年轻鸭子们的偶像，多少鸭子希望像他那样，神气又嚣张。

在这群年轻的鸭子里，有一只鸭子，你再给她取个名字。

叫……叫……叫"左左"。女儿说。

好! 左左最大的心愿就是雪橇能够滑得像大神那样棒。她开始偷偷练习，有时候远远跟着。她开始模仿大神的一举一动。有一次，大神"嗖"地掠过左左，让左左羡慕之极。左左鼓起勇气去找大神，希望他教她滑雪的技术。没想到大神同意了，左左喜出望外。

于是，左左经常和大神一起练习滑雪。有一次发生了一点意外，左左狠狠摔了一跤，大神上前去扶她，意外发现左左的翅膀下面有一个记号。

第二天，大神迫不及待地找到左左，告诉她那个记号的秘密。

"左左，你和我们不一样，你是会飞的鸭子。"大神说。

"怎么可能呢?"左左完全不相信。

"真的，我家有一本《宝典》，上面记载了有一种鸭子会飞，他们的翅膀下面有一个特别的记号，和你翅膀下面的一样。"大神让左左看自己的翅膀。

左左这才发现自己的翅膀下面的确有一个记号。她又抬起大神的翅膀看，发现和自己还真不一样。

"我之前还真没留意到这个记号。"左左说。后来，她又去看别的鸭子，发现自己和他们好像真有些不同。

在大神的鼓励下，左左开始练习飞翔。她摔了无数个跟头。

有一天，左左拿着雪橇，跟在大神后面："大神，我不会飞，你还是教我滑雪吧。"

大神"嗖"一下朝前滑去，扔下一句话："从此以后，你不要再跟着我了。"

左左决定重新学习飞翔。有一天，左左远远看见大神掠过山腰，她看了看自己翅膀下面的记号，一拍翅膀一蹬脚——她飞起来了！

后来，村民们经常看见大神在地上滑，左左在天上飞。大神对左左说："你看，你还跟着我学，你现在飞得这么快，超过我了。"

"嗯，和快慢无关。"左左说。

又过了几天，女儿推荐我听一首歌，竟然不是霉霉唱的。

> 故事对大孩子的影响超过很多人的想象，前提是，你要赢得大孩子的芳心。
>
> 贴士

管理手机——3 周后植物长正了

多少父母为孩子的手机犯愁？没有太好的办法，只有静下心来，"斗智斗勇"。

女儿一直到 6 年级的上学期都没有手机，在学校有事情就用学校前台的电话跟我们联系。她也提过希望有手机，我跟她爸爸的意见统一，暂时还不需要，需要的时候就会买。

6 年级下学期，学校组织游学，要去外地 5 天，允许孩子带手机。为了方便联系，女儿第一次有了手机，是我们淘汰的旧手机，只可以接打电话和收发短信，没有其他功能。就这样持续了很长时间。

到了 8 年级，同学们都有微信了，开始刷朋友圈。一些分组的作业也需要微信讨论。老师有时候也通过微信群和大家交流。手机的挑战正式拉开序幕。骑上了老虎，想下来，谈何容易。

期间各种规则，各种沟通，各种争执，各种不愉快，都有。我们之间也会有这样的对话：

"除了作业讨论，也有闲聊吗？"

"有。"

"闲聊的多吗？"

"有时候多，没控制好。"

"怎么个控制不好？"

"怕错过好玩的事情。"

"一个人去爬山，走在路上，经过一个村庄，传来敲锣打鼓的声音，不行，得进去看看，没准很好玩。他就进去看了，原来这么回事。继续朝前走。又经过一个村庄，也是敲锣打鼓。也许这个敲锣打鼓和前面的不同，嗯，还是要进去看看。于是他又进去看了，原来这么回事。继续朝前走，又经过一个村庄，仍然敲锣打鼓，去不去看呢？纠结。"

"猴年马月能到山脚下啊。"女儿嬉皮笑脸地说。收起了手机。

好景不长。

有一天爸爸急了，跟我说："让女儿把手机交给我们保管一段时间。"我说你的意思是"没收"？

我们三人一起开会，跟女儿承诺："永远不会没收你的手机。"同时要求她必须管理好手机，自己想办法。女儿想到的办法是，回家听一会儿音乐，然后将手机存到"手机的家"——她自己在书房之外的地方给手机找了个"家"。

没收有什么用呢？还有4年就18岁了，马上成年了。抱怨孩子"不像个成人"，我们给他们成长为一个"成人"的锻炼机会了吗？没收的不是手机，是锻炼机会。有的家庭从来不给孩子零花钱，理由是孩子乱花钱。等到孩子挣钱了乱花，家长一通责备。有的家庭"剥夺"孩子承担照顾自己的责任，等到孩子都生孩子了，朝父母一扔。父母无穷无尽地数落，刚刚养大你，气都没喘上一口，又要给你养孩子……

扯远了，回到手机。女儿自己想的这个办法不错，她自己也坦言安排时间的确从容了很多，效率也比以前提高了。我们都盛赞这个办法。我也给手机找了个"家"，让它尽量在"家"待着。我还和女儿相约在需要的时候关闭微信朋友圈。

不过，手机的诱惑不是轻易就能抵挡的。

某一天，我留意到女儿从手机的"家"里取出了手机，抱着有一段时间了。

"聊天呢?"我凑过去。女儿吐了一下舌头。

我扯别的：

"3周前我有棵宝贝肉肉（植物）长歪了，我拿个小花盆给顶着。今天早上我拿掉小花盆，你猜怎么着?"

"肉肉长正了。"女儿说。然后我看到她立即将手机送回"家"里，安静地去做其他事情了。

> 跟手机的斗争注定没完没了。只要带着"真实的爱"，斗就斗吧，不怕。
>
> 贴士

什么是根——神奇的博物馆

我们的下一代很大程度上将成为"世界公民"。既融于世界熔炉，又笃定自己的归属，是一个理想的状态。故事是个好帮手，能为理想出力。

经过多次家庭会议，女儿在6年级的时候转入国际学校。我们希望她思维开阔一些，能更加清楚地了解中国的历史，了解中国人，从而了解自己和这个国家的关系。我要让女儿始终记得自己是中国人！

要想明白这件事情不容易。要想说清楚这件事情也不容易。有时候我一开口，女儿就知道我要说什么，就打断我："知道了，知道了，你烦不烦。"扭头继续听她的外国流行歌曲。

有一天，女儿眉飞色舞地写作业，老师让画图，展示一个国家的气候。她选择了意大利。她一边画，一边畅想自己去意大利旅游。还有一次，老师让写一篇论文，主题是河流对人类的影响。女儿开始选择了恒河，畅想一番，发现恒河的宗教色彩太浓，不会写。最后她选择了密西西比河。又是一边做作业，一边想着自己去那里游玩。

那段时间我正在看《牧羊少年奇幻之旅》，里面有一些非常奇幻而有趣的故事。联想到女儿的作业，我心里顷刻间闪现出一个故事。

有一个神奇的博物馆。神奇之处在于你每到一个展厅，按动一下开关，就好像身临其境一般。还有一个神奇的地方是博物馆的馆长会回答参观者提出的一个问题，答案总是让人很满意。到目前为止，还没有人失望过。

这样的开头真的很吸引人，女儿立即被勾住了。

有一个年轻人慕名去参观这个神奇的博物馆。门外排着很长的队。好不容易才轮到他。

"馆长先生，我有一个问题要请教您。"年轻人说。

"你先进去参观吧，出来的时候再问问题。"馆长一边说，一边递给他满满一杯水。"记住，不要洒了你杯子中的水。"

年轻人小心地接过水杯，向馆长致谢，然后朝博物馆里走去。他首先来到非洲展厅。哇，肯尼亚的马赛马拉国家公园！年轻人轻轻按动开关，低头一看，自己已经身处一辆观光车上，周围是茫茫大草原，成群的牛羚，还有斑马、长颈鹿。太神奇了！车子颠簸了一下，年轻人赶紧捧好手中的杯子，小心不让水洒出来。

参观了一圈，年轻人去见馆长。

"你觉得怎么样？"馆长问年轻人。

年轻人觉得这时候说实话比较好。"馆长先生，的确很神奇，不过我一直担心把水洒了。所以，很不尽兴，到后面我都不想参观了。"

"好吧，你很诚实。你可以再进去一次。"馆长说道。

年轻人没想到还可以参观一次，失落的心情一下子兴奋起来。他想到一个好主意，他把那杯水藏在一个地方，自己去玩个痛快。

他坐在热气球上鸟瞰维多利亚瀑布，大自然的造化壮观得让他说不出话。然后去意大利，大夏天的，去阿尔卑斯山滑雪，连摔几个跟头。还去了挪威，没有黑夜的夏夜真的很有趣。再去美国，坐在小船上，沿着密西西比河逆流而上，宽广的河面，落日的余晖，让人不忍心离去。对了，还有个地方要去，迪拜。按下开关，汽车发动，像猛兽一样在沙子堆成的山丘间横冲直撞，太过瘾了！最后，年轻人去了恒河，浓郁的神秘不知来自哪里，又去向何方。他在河边坐了很久，直到感觉很渴才想起来这是在博物馆里。

年轻人急匆匆再次去见馆长。

"馆长先生，这一次我终于见识了博物馆的神奇。不过我现在很渴，我需要喝杯水。"不等馆长开口，年轻人说。

"对不起，这里没有你喝的水，你喝的水我一开始就给你了。"馆长说。

年轻人立即转身就跑，他要去找到属于他的那杯水。费了九牛二虎之力，终于找到了。咕咚咕咚喝下肚，啊，真舒服！就像焦渴的大地迎来一场大雨，酣畅淋漓。

年轻人心满意足地找到馆长。

"你可以提问了，年轻人。"馆长没有抬头，但他脑门上好像长了眼睛。

年轻人咳嗽了一声，心想，我要问一个很难的问题。馆长一边做着手里的活儿，一边等年轻人发问。

"馆长先生，我的问题是，我要怎样做，才会快乐呢？"年轻人一个字一个字地说，同时坐直了身体，等着聆听馆长先生的长篇教诲。

馆长先生嘴角掠过一丝不容易被发现的微笑。他放下手里的活儿，抬起头来，从眼镜上方看着年轻人，语气平静地说："快乐很简单，就是你在参观的同时，不要忘了你杯子里的水。"

年轻人怔在那里，半天没有反应。最后起身，向馆长先生鞠躬感谢，满意地走了。

听完故事，女儿说，嗯，故事很不错，不过不是很明白。我说，好吧，好听就行。过了几天，女儿突然跟我说："妈妈，我懂了你那个故事。""哪个故事？你懂什么了？"我问她。"就是那个神奇博物馆嘛，那杯水嘛，中国嘛。"女儿竟然有些兴奋。我也很兴奋。她真的是懂了这个故事，也懂了我的用心。

我不再烦女儿要如何记得自己的根，但偶尔我会提到那杯水。至今女儿还没有流露过不满情绪。也许故事的面子比我大吧。

我知道，女儿记住了这个故事，记住了那杯水，因为她正在被她手中的那杯水滋养着。

> 但凡强调事情的根本，都可以参考这个故事。
>
> 贴士

东西在学校被偷——林子大了，什么样的鸟都有

孩子的东西被别人拿走了，如何安慰？如何引导孩子看待这件事情呢？讲一个故事吧。故事讲完了，怎么做，怎么看，孩子大人都明了。

上初一的女儿七月放学回家，在我开门的一瞬间扑到我怀里。

"妈妈，昨天我把笔袋落在6年级教室里了（学生根据上课内容换教室），放学去找，门锁了，但我透过玻璃看见了笔袋在桌子上。今天一早我本来想去拿，结果因为复印资料没有时间去。等我中午去拿的时候，笔袋还在，但里面的东西都没有了。"女儿的语气又气又急。

"你万万没有想到在学校里还会发生这样的事情，是不是？"

"是，我很委屈。我们教室里别人落下的东西一个学期也没有人拿。他们怎么这样？"

"嗯，有句俗话，林子大了，什么样的鸟都有。"我说。

"我要去找他们的主班老师，不行我就去找副校长，再不行我就申请调用

监控。"女儿激昂地说。

"好！我支持你。"说完我就去做饭了。

"妈妈，我要你给我编一个故事。"女儿在我身后央求道。

我告诉她等晚上她做完作业再讲。

晚上我照顾儿子小明睡觉。女儿在书房喊："妈妈，我做完作业了，你给我讲个故事！"

"来吧，到卧室来讲。"我喊道。

我们娘仨躺在大床上，黑着灯。我开始编故事。"林子大了，什么样的鸟都有"在我脑子里再次闪过。

村庄后面有一片林子，林子里住着一只黄鹂鸟，还住着喜鹊、麻雀、乌鸦等各种鸟。蚂蚁也住在这里。有一天，附近的楼房拆了，又种了很多树，林子大了很多，大家都很开心。

黄鹂从市集上买回来一篮子鸡蛋。

"妈妈，是黄鹂蛋。"女儿插话道。

好吧，黄鹂从市集上买回来一篮子黄鹂蛋，走过桥头的时候歇了一会儿。回家后黄鹂发现蛋落在桥头那里了，心想：没事，明天去拿吧。第二天，黄鹂去拿蛋的时候发现篮子还在，可是里面的蛋没有了。黄鹂很生气，也很焦急。她去找护林工，请他帮忙看看谁拿走了她的蛋。黄鹂还去找老树精，老树精在这个林子里住了100年，他什么都知道。

老树精见了黄鹂，说："年轻人，你看起来很不开心啊。"

黄鹂将自己的蛋被别人拿走的事情告诉了老树精，问他是否知道谁拿了。

老树精："你看到那边楼房拆了吧，林子里多了很多鸟，有一些鸟我也还不太认识。

你先回去吧，有消息我会告诉你。祝你开心。"老树精说。

第二天，老树精找到了黄鹂，说："你昨天走后，有一只鸟来找我，他说昨天在桥头看到一篮子漂亮的蛋，想起来去年的复活节，他希望妈妈给他买些彩蛋，但妈妈没有买，他很失望。他想如果把这些蛋拿回家是不是就开心了呢？于是他就把篮子里的蛋拿走了。说完他就不说话了。我看着那只鸟的样子，说，你没有想到把蛋拿回家后自己也不开心，是不是？那只鸟说，是！我就祝福他开心，他就飞走了。"

黄鹂也没有说话。

老树精看着黄鹂说："看起来你讨厌那只鸟，你也不开心。"

黄鹂点了点头。

"好吧，我也祝福你开心。"说完，老树精就走了。

临睡前，我去女儿房间看她。

"妈妈，听完你讲的故事，我觉得好多了。虽然有点儿幼稚。"女儿说。

> 故事中的老树精是父母的榜样，他接纳所有的孩子，他什么都知道，但是他不替孩子做孩子能做到的事情，不乱出主意，甚至连建议都不给。他只是祝福孩子。青春期阶段的孩子，需要像老树精一样的父母。
>
> 贴士

自我激励——因为你是狮子

青春（前）期的孩子进入人生的"纠结期"父母的陪伴需要更多的智慧。故事，带着远古的智慧，可以帮到我们。

女儿上 7 年级那年，开学头三天因为回老家参加爷爷的葬礼没有上学。那个学期几乎所有科目的老师都换了，她特别喜欢的主班老师 Mr. Hopper 去了别的学校。

有一天放学回家，女儿显得沮丧而疲惫。

"妈妈，我连着做梦梦到恐龙要吃我。"女儿说。

（在女儿心中，我是她的解梦高手，她常常告诉我自己的梦。）

"最近有什么紧张的事情吗？"我说。

"好几个大作业，有几个作业没弄明白要干吗。"

"你三天没上学，不明白很正常。去问老师。"

"我不敢！老师是新来的。"女儿苦着脸，眼睛里有泪光闪烁。

我想起来开学这段时间，都是女儿自己去上学，放学自己回家，为了照顾弟弟，常常很晚才能等到我回家做晚饭。

我看着她，说："你是不是觉得开学这段时间爸爸妈妈都忙，没有照顾到你，你有些孤单？"

女儿点点头，"嗯"一声，眼泪掉了下来。

我将弟弟交给爸爸，和女儿一起把所有的作业梳理一遍，中间她还问了同学。最后只剩下一个问题点，需要去问老师。女儿的情绪好了很多。

我决定给女儿创编一个故事。

我的脑海里翻腾出很多事情。女儿是 7 月底的生日，狮子座。

我还想到前几天女儿兴奋地跟我说，妈妈你知道吗，香奈儿也是狮子座。

故事有了！

有一头小狮子，他很喜欢航海旅行。有一年有个航海机会，年满 10 岁（注：我后来查了狮子的寿命为 15 年左右，这里的这个年龄是我随口说的，我想说一个大于 6 的数）就可以参加。小狮子刚刚满 10 岁，其他参加的人都比他大。

"10 岁以上就可以参加？"女儿插话。

"对！10 岁以上就行。"

爸爸妈妈建议他等长大一些再去，可是小狮子不想等了。于是小狮子很高兴地参加了航海旅行。他有时候很兴奋，有时候很疲惫，有时候觉得自己快跟不上了，有时候又很骄傲：自己最小，可还是做到了很多事情。

有一天，小狮子累坏了，躺在甲板上睡着了。小狮子做了一个梦，梦见《纳尼亚传奇》（女儿喜欢这个系列电影）中的狮子王阿斯兰来到了身边，甚至还用舌头舔了一下他的脸。小狮子被舔醒了，睁开眼一看，阿斯兰真的出现在眼前，还微笑着和他打招呼。小狮子激动坏了。

"阿斯兰，我在大海上航行了3个月！"

"我知道，我都看见了。"阿斯兰说。

"不过，我有时候觉得有些累，我就想如果我等长大一些再参加这次航海旅行会不会更好，你说呢？"小狮子问阿斯兰。

"你不会等的。"阿斯兰平静地说。

小狮子很好奇："为什么呢？"

"因为你是狮子！孩子。只不过你有时候会忘记你是狮子。"

"那我要怎样才能常常记得我是狮子呢？"小狮子急切地问。

"你不用时时记得你是狮子，我帮你记着呢。年轻人，好好享受你的航海旅行吧。当你需要想起来你是狮子时，就呼唤我，我就会出现。我帮你记着你是狮子。"说完阿斯兰就消失在了大海的尽头。

小狮子一点儿也不难过了，反正，只要呼唤阿斯兰他就会来到身边。小狮子站起来，伸了一个大大的懒腰，准备去挂帆。

航海旅行也许还要持续半年，甚至一年。管它呢，反正有阿斯兰记着自己是小狮子。小狮子心想。

吃完饭回到家，女儿写作业。收拾桌子的时候，她停下来，叫住我："妈妈，我爱你！"

我知道，孩子懂了这个故事，也懂了我。

> 我们必须先相信孩子内在的力量，才能找到激励他的途径。青春期的孩子，需要激励，不需要说教。
>
> 贴士

多生一个孩子对我意味着什么

以前的家庭大多都不止一个孩子，甚至好多个孩子。孩子们似乎自然也就长大了。如今养一个孩子都让父母觉得不容易，养多个孩子就更是挑战。尤其为人父母的80后，自己本来是独生子女，没有和兄弟姐妹一起生活的经历，要来抚养多个子女真的需要智慧。

家里不止一个孩子，对我来说，究竟意味着什么？正计划生二胎，要做哪些准备工作？来听个叫"手足情深"的故事吧。

传说，在蓬莱岛上有一个小国，人民安居乐业，皇上和皇后恩爱有加。"要是有个孩子就圆满了！"皇后心里想着。有一天，皇后做了一个梦，梦见自己在花园里种树，种了一棵又一棵。就在她种树的时候，有个小仙子飞过来，问她："请问你愿意做我的妈妈吗？"

皇后激动得大声回复："愿意，愿意，我非常愿意。"

几天后，皇后真的怀孕了。皇后如期生下了一位公主。皇上大喜，开仓放粮，减税免赋。

尽管皇宫里有很多人手，皇后还是决定自己亲自照顾小公主。在皇后的精心照料下，小公主健康快乐地成长。就在公主3岁生日那天，发生了一件很不寻常的事情——公主的一只手突然不能动了。灵婆前来报告："启禀皇上，这是黑巫术下的咒语啊。不过，请皇上和皇后安心，只要给公主再生一个弟弟或者妹妹，公主的手就会好起来。我刚刚下了一个咒语，不出3个月，皇后会再次怀孕。"

果不其然，皇后在一年后顺利生下一位太子。皇上大喜，开仓放粮，减税免赋。举国欢庆。

可是，公主的手没有好转。灵婆再次报告："请皇上和皇后耐心等待，等到太子满1岁那天公主的手就自然好了。"

皇后仍然决定自己亲自照顾公主和太子。太子小，公主的手又不方便，皇后比以前辛苦了很多。想到太子满1岁公主的手就会好起来，皇后心里充满了期待，疲惫也就减少了很多。

终于等到太子的周岁生日了。皇上举行国宴，庆祝这个奇迹的时刻。万万没有想到的是，就在太子生日那天，在贵宾们的众目睽睽之下，公主的手不仅没有好转，还愈发厉害了，连胳膊都动弹不了了。最糟糕的是，太子的一只脚也不能动了。

皇上大怒，要处死灵婆。

皇后劝道："念在灵婆给了我们太子，免除一死吧。"

皇上采纳了皇后的建议，将灵婆发配边疆，放牧养鹤，永不得回到皇宫。

公主和太子经常争抢吵闹，皇宫里鸡飞狗跳。当然，皇宫里也因此而充满了欢声笑语。皇上和皇后心里五味杂陈。有时候，弟弟看到姐姐手不方便，主动帮助姐姐。"姐姐，我就是你的手。"姐姐看到弟弟脚不方便，也主动帮助弟弟。"弟弟，我就是你的脚。"每当看到这样的场景，皇上和皇后心里满是欣慰。

就这样，日子一天天过去。斗转星移，四季更替。花儿开了，又谢了。树叶掉了，又长出新的来。一晃10年过去了。

有一天，姐弟俩在皇宫后面的树林玩耍，不知道因何事俩人争吵起来，互不相让。就在这个时候，电闪雷鸣，大雨倾盆，白天变成了黑夜。皇宫周围迅速被水淹没，两个孩子也不见了踪影。

皇上和皇后焦急万分，派出多批人马寻找公主和太子。未果。

好不容易熬到天亮。只见灵婆骑鹤归来。雨停了，天晴了。灵婆挥舞着手上的鸡毛掸子。所到之处，大水立即退去。

众人在河边找到了姐弟俩。皇上和皇后过去一看，俩人浑身泥泞。皇后正要冲过去，被灵婆暗示，且慢。

只见公主和太子互相搀扶着，一瘸一拐朝河里走去。弟弟还小心地拿着姐姐盘头发的簪子。

公主和太子在河水里洗了个澡，洗得干干净净。然后手牵着手朝众人这边走过来。皇上和皇后惊讶地发现，姐姐的手好了，弟弟的脚也好了。

这个故事的灵感来自于有一次和女儿的交谈。我们一起谈到身为一个姐姐，为何还需要一个弟弟。我女儿说没准弟弟来自另外的星球，正在到处找一个人做他的姐姐。我们一起想到有一个星球上的孩子被下了咒语，手生病了，要遇到一个兄弟姐妹才能好；另一个星球上也有一个孩子被下了咒语，脚生病了，也要遇到一个兄弟姐妹才能好。这让我想到"手足情"，就创编了这个故事。

多要一个孩子，既有相亲相爱的画面，也有鸡飞狗跳的画面。另外，请警惕这些想法和做法：

邻居和朋友都在生二胎，不生亏了；

既然对方老人一直催再添孙，那就生吧，生完了让他们带；

多要一个孩子，也许夫妻感情更加稳固；

多要一个孩子，万一离婚了至少还能分到一个；

甚至，一边闹离婚，一边要二胎。

以上这些想法和做法都是不可取的。

多子女的挑战和故事应对

家庭中第二个孩子的降临必定会打破原来的平衡。父母和孩子之间的平衡，孩子们之间的平衡都会被打破。

孩子之间的平衡

我家老大比老二大 8 岁多，依然难免争风吃醋。有一段时间，我密集地给孩子们讲关于成双成对的东西的故事，比如船桨、鞋子和鸳鸯的故事。我给他们讲小船在河里游，少了一条桨，只能划一条桨，小船就不能朝前走，会原地打转，我还演给他们看，大家开怀大笑。生活中有很多这样的素材，对联、门墩、剪刀、筷子都可以放进故事里，如果不止两个孩子，可以讲一把筷子多么有力量的故事。

我给老大讲上面"手足情深"的故事，尝试让她明白多一个弟弟或者妹妹对她来说可能意味着什么。有时候甚至故意讲一些幼稚的故事给老大听，把她当作小宝宝抱在怀里安慰一下。我能感觉到尽管老大嘴上说故事"真幼稚"，但她内心还是挺享受的。

当老二推开姐姐，妄图霸占妈妈的时候，我会讲一些东西越用越多的故事。比如一棵神奇的树，长出一些果实来，果实送出去越多，就会长出更多的来。如果家里老大年龄小，也争抢父母，可以讲类似的故事。

同时给孩子们讲故事，也是不错的选择

即使我家老大和老二相差 8 岁多，我也会尝试这么做。尽管孩子们从故事中收获的东西不同，但相同的是他们都会体会到妈妈对他们的关注，他们都会享受那个过程。我来举个例子。

女儿上 6 年级那年，考到了一所国际学校。刚去的时候一切都是陌生的，英语也不够好，有些课都听不懂。女儿很幸运遇到了一位特别好的主班老师，老师想着法子帮助孩子们适应和放松。一年之后，女儿得到了年级进步最快的奖状。老师却因个人原因离开了学校。女儿难过得不得了，哭了好几回。

有一天放学回家，她想起来这件事又开始哭。儿子那时候只有 3 岁多，看着姐姐哭，不知道发生了什么，有点紧张，甚至想去安慰姐姐，但又不知

道怎么做，着急地看着我。我想起老家的俗话，"一哭一笑，蛤蟆钻灶"，决定讲个故事。

池塘边上住着一只蛤蟆，有一天蛤蟆出去散步，路过一个烧柴火的灶膛。嗯？什么味道这么香？小蛤蟆过去一看，香味是从灶膛里面传出来的。可是门口被拦住了，进不去。蛤蟆急得团团转，一边转一边流口水。

池塘边树上的一只小鸟问蛤蟆："小兄弟，你是不是想进灶膛里吃好吃的啊？我知道秘诀，你只要哭几下，然后笑几下，你就能进去。"

蛤蟆听了很高兴，谢过小鸟之后赶紧跑到灶膛门口。"呜呜呜！哈哈哈！"不灵啊，蛤蟆没进去。小鸟说："你哭得不像，笑得也不像。"然后小鸟让蛤蟆跟着它学习了一遍。蛤蟆再次去到灶膛门口，"呜呜呜！哈哈哈！"这次终于进去了。

（我留意到女儿停止哭了，听我讲这个幼稚的故事，然后扑哧笑了。）

这个故事就叫"一哭一笑，蛤蟆钻灶"。

儿子也很喜欢这个故事。很长时间姐弟两人只要有人哭，我们就会一起说这个故事。哭的人立即就被逗乐了。

家里如果有多个孩子，可以一起讲故事，不用过多考虑年龄、性别和性格。孩子们更看重的是父母和兄弟姐妹在一起的时光。

故事黏合手足情

故事解决孩子们之间的"纠纷"，真的是一把好手，它帮助父母扮演着"黏合剂"的作用。

儿子过生日的时候我总是给他讲同样的生日故事，它是从一个华德福生日故事改编的。大意就是小精灵在天上寻找自己的爸爸妈妈，最后找到了最合适的爸爸妈妈。除了爸爸妈妈之外，小精灵还看到一个姑娘，心想如果她愿意做我的姐姐该多好啊。于是小精灵就鼓起勇气上前去问："请问你愿意做我的姐姐吗？"

没想到那个姑娘非常愿意做他的姐姐。小精灵非常高兴。

每次讲到这里的时候我儿子就两眼放光，脸上各种得意的表情。伴随着生日故事的还有真实的经历。

有一天妈妈感觉自己可能怀孕的时候，有些惊喜更有些意外地说："糟了，我可能怀孕了。"你姐姐看了我一眼，说："怎么可能呢？你的肚子一点都不鼓。"把我笑坏了。你姐姐不知道那时候你小得还只有一丁点儿大。后来去医院检查，真的怀孕了，你姐姐特别高兴，说她会有一个弟弟啦。我就问她："你怎么确定就是弟弟，而不是妹妹呢？"你姐姐说她就知道是个弟弟。我不让她这样讲，说："要是个妹妹呢？她该不高兴你这样说了。"可是过了一段时间之后，你姐姐又说，一定是个弟弟。

（每次我讲到这里，我儿子就满足地说：还是我姐姐最懂我。）

后来去医院检查，医生说你是个男孩，你姐姐高兴坏了。我和你爸爸说生下来才能最后确定。你生下来后，我们家有一个人最高兴，你猜是谁？儿子就说是"姐姐"。对！你姐姐得意地大喊，我就说吧，是个弟弟。

这个故事讲了很多遍。我儿子和他姐姐的感情很好，甚至有好几年他最爱的人就是姐姐。两个人吵完架，3分钟后你问他，他依然会说最爱的人是姐姐。

老大 "嫌弃" 老二时

老大对弟弟的喜欢自不必说，但弟弟也有让姐姐讨厌的时候，尤其是弟弟趁她去上学，去她房间里"祸害"，或者弄坏了她的东西的时候。两个人又吵又打，都委屈得不得了，找妈妈告状。我就琢磨讲个什么故事呢？有了！老大爱吃寿司，爱吃素一点的。

有个人去寿司店，哇，这么多好吃的，那就挑点自己喜欢的吧。老板说，不用挑，今天只卖套餐，整盒卖。"可是那个盒子里有我不爱吃的，能不能换掉呢？"那个人问。老板说："对不起，不能换，你可以不吃，但是必须要买单。"

每当老大"嫌弃"老二的时候，我就说"套餐哦"，老大就哈哈大笑，说一句"讨厌"，就不再难为弟弟了。同时，我们也会让老大把自己的东西收好，甚至锁上。姐姐不让动的东西，也不同意弟弟去动。

有时候，弟弟干了"蠢事"，弄得一团糟，姐姐难免有些"微词"和"取笑"。如果我觉得该"收"一下，就会给她讲故事。

你小时候有一次骑在你爸爸脖子上，我在后面跟着。看到你爸爸背上有些不对头，有什么东西往下流，走过去一看，你猜怎么着？你拉稀尼尼了，流得你爸爸满背都是。

姐姐就"咦"的一声，然后尴尬地笑。

你喜欢带梯子的那种高床，就给你买了。有一次你生病了，整夜吐。我们在地上放个盆候着。有一回没来得及拿盆，好家伙，你居高临下，吐得满梯子满地都是。

你看到家里那个木藤结合的穿衣镜了吧，很贵，我当时纠结半天，最后还是很喜欢，就买了。有一天，你不知道从哪里搞了把斧子，在上面剁剁剁。你知道吗，你剁的不是穿衣镜，是妈妈的心呐。我惊呼着过去拉开你的手，木头抽屉已经被你剁了一个豁口。我当时差点就要打你了。突然想起来华盛顿砍樱桃树的故事，我一下冷静下来，学着华盛顿的爸爸，问你："是不是想试试你力气有多大？"你点点头。你得谢谢华盛顿的爸爸，让你免了一顿打。

然后我还让姐姐去看她曾经的"丰功伟绩"。

这样的故事是化解兄弟姐妹矛盾和情绪的融化剂。不过，无论当时的情形是怎样的，都请你把它们当作"美好的往事"来讲述。准确地说，它们就是美好的往事。这些美好，不仅让你和孩子一起重温旧日时光，还刷新了旧日画面。

记得"告密"

还有一些对方不在场时孩子们的"英雄壮举"，父母一定不要忘记传达给对方。

子们明白父母的爱是一样的，只是照顾的重点不一样。如果你偏心，你在心里要承认，因为孩子的心像明镜一样。你可以偏心，但需要智慧地处理你的偏心。

每个孩子都是独一无二的。我当音乐家的理想落空了。还好，我有了孩子，我让孩子替我完成理想。坚持到一半放弃了。谢天谢地，我又有了一个孩子，这个孩子一定要汲取教训，坚决不能半途而废。这样的做法会给自己和孩子带来无尽的烦恼和失落的结局。对每个人也都不公平。

不将孩子和邻居、同学的孩子比较，自家孩子也不比较。你看你哥哥、你弟弟，你再看看你！这就"挑拨离间"，伤自尊了。

独享甜蜜的时光。对每个孩子而言，无论多大，都希望得到父母百分百的爱，而不是将爱分成几等份。制造一些让孩子独享甜蜜的时光，会给亲子关系加分不少。今天，我要单独陪你去玩，我们俩可以好好享受一下，没有你弟弟缠着。我们先去看场电影，然后去吃火锅，如何？或者，今天是你的专属日，不带你姐姐了。你说吧，想吃什么？想买什么玩具？今天随便提。越是这样，孩子们越惦记着兄弟姐妹，因为他们的心里被你灌了满满的甜蜜，满得自动流淌出来。

少插手，多享受。每多一个孩子，关系会多出好几个层面，矛盾、冲突免不了。只要不出人命，打得天昏地暗都可以不管。鸡飞狗跳，看着多热闹。自己解决，不要来找爸爸妈妈评理。家里又不是法院，没有那么多理要评。你若当判官，各打多少板，要么是没完没了的官司，要么不出 5 分钟，他俩好得让你觉得刚才真是多管闲事，多此一举。共同经历同一件事情的兄弟姐妹可以有完全不同的反馈，有的时候他们会以截然不同的方式讲述同一件事情。就每一个孩子的体验来说，他们的故事都是真的。少插手是最省心的办法。

照顾好自己。养老大的经历让我发现孩子的很多问题来自父母，夫妻关系要大过亲子关系。养老二之后，我发现对于父母来说，最重要的事情是找到自己的天赋，去完成此生的使命。"活出自己"，是给孩子最好的礼物。

当我弄明白这个道理后，才真正理解了孩子的确不是"属于"我的，只是借由我来到这个世界而已。带着这样的信念去养孩子，就简单太多了。

即使你什么都不做，你也是有价值的。一个人需要走很长一段路才会明白这个道理。一个人一旦明白了这个道理，他不仅不会什么都不做，反而会去做自己真正喜欢又擅长的事情。对孩子来说，这是身边最好的榜样。

第九章 ，／ 特别时刻的故事

我说过故事是保健医生，不是急诊大夫。不过，在下面的这些特别时刻，如果给孩子讲故事，你会发现，在应对"急症"方面，故事也表现不俗。我甚至特别鼓励大家在这样的时刻，记得请出你的"故事大夫"。

生病／身体不适

"生病是正常的。一个人生病，还有小孩子的生长、发育、修复……是一个身体自然变化调适的过程。"[24]

在第一章里我分享过女儿感冒发烧我给她讲故事的经历，那时候我是无意的。后来每当孩子们生病，我都会有心地给他们讲故事，以至于每当孩子不舒服的时候，他们会主动索要一个故事。

5岁多的儿子在幼儿园参加完万圣节的活动，让我在门口等一下，他去洗手间。

等他从洗手间出来却意外地尿裤子了。儿子很小就不用尿不湿，极少尿裤子，是否尿过床我都没有印象。我心里寻思着这次尿裤子是否有些我没有留意到的东西。回家路上儿子果然说没有憋住尿，是因为鸡鸡很痛，去洗手间没有尿出来，后来又没憋住。

回家后我帮助儿子洗澡，看到他的阴茎前端红肿。儿子立即浑身不适的样子，嘴里嘶嘶冒气。我说服他清洗了一下，又在患处和内裤上滴了几滴精油。儿子小心翼翼地自己穿裤子，把裤衩扯开老大，好像两腿间藏了一颗炸弹。他夸张地走路，躺到床上也不让我弄他的睡袋，费半天劲自己钻到睡袋里，蜷缩在床上。

"妈妈，给我讲个故事吧。"小人儿有气无力地说。

"好，讲什么呢？"我心里正有此意，大概讲什么我都想好了。

"讲小狮子过万圣节。"儿子出了题目。

这个题目和我心里想的有些距离，看来孩子还沉浸在刚刚过去的节日气氛里。"好吧，讲小狮子过万圣节。"我讲了一大段小狮子如何过万圣节，然后就有意拐到我预谋好的情节上。

小狮子跟小伙伴们再见，回到家。今天真是愉快的一天。刚换上拖鞋，小狮子大叫。"哎呀，什么东西，好扎人。"小狮子一看，原来拖鞋里有个毛刺球。小狮子换上睡衣。"哎呀，什么东西，好扎人。"原来睡衣上也有毛刺球。小狮子一屁股坐到椅子上，屁股也被毛刺球扎了一下。

小狮子打开所有房间的灯，发现到处都是毛刺球。小狮子开始清理这些毛刺球，地上的，桌上的，墙上的，好多好多。小狮子累坏了，决定先去睡觉，明天一早再接着清理。小狮子躺到床上。"哎呀，什么东西？"原来床上也有毛刺球。怎么办？就在这时候，精灵们来了，其中一个精灵说："小狮子，因为冬天就要来了，树上的种子要到地上准备冬眠，风婆婆刮大风，帮助种子们尽快到地上。毛刺球有些分不清方向，就跑到你家里来了。不过你可以安心睡觉，我们来帮你清理。"

小狮子感谢精灵们及时来帮忙，安心睡觉。第二天一早，小狮子醒来发现家里的毛刺球全部被清理干净了。鞋子上没有，衣服上没有，椅子上没有，床上也没有。哪里都干干净净，舒舒服服。

儿子听完故事，放松下来，躺直了身体。我挪了挪他的被子，摸了摸他的头，留了夜灯，去洗手间洗漱。等我回到卧室，儿子早已经安然入睡。

第二天早上，儿子醒来后说的第一句话是，"妈妈，我的鸡鸡不痛了"。我打开睡袋看了看，还是有些红。但孩子"感觉"好了很多。后来又滴了两次精油，就彻底好了。

给小孩子讲故事情节可以很简单，给大孩子讲就需要"一波三折"一些。我再举个例子。

有一次，9岁的女儿喉咙痛，有点低烧。那天没有上学，在家休息。我用新鲜的柠檬片给她敷脖子。女儿比画着喉咙痛得说不出话，喝水都很难受，很痛苦的样子。她情绪很烦躁，恨不得拿掉脖子，我也有些手足无措。我决定讲一个故事。

从前有一个园丁，他叫什么呢？女儿说叫亨利吧。亨利特别喜欢种花，每天都去花园里伺候他的那些花花草草。有一天来了一群怪物，有的挠他的头，有的捅他的屁股，有的弄坏花草。亨利拿起铲子追打小怪物，亨利越是生气，小怪物们越兴奋。终于，亨利没有办法种花了，整天追打怪物，筋疲力尽。

亨利决定去找仙女帮助，仙女问明来意，给了亨利一张纸条。纸条上写着8个字：接受它吧，不要理它。亨利谢过仙女，回到家。心想：气都被它们气死了，怎么能接受呢？但我可以先不理它们。亨利美美地睡了一觉。第二天到花园里，亨利心情很好。小怪物们果然又来了。"哼，我不理你！"亨利心里想着。小怪物们又开始捣乱了，一开始亨利还能专心种花，慢慢又招架不住了。太可气了，不理不行啊。亨利又开始整天追打怪物。

亨利再次去找仙女，说："我做不到不理它们啊，怎么办？"仙女说："最好的办法我已经告诉你了，回去吧。"亨利回到家拿出仙女送的纸条，仔细看那8个字。亨利好像明白了，如果能够接受它们，是不是就能不理它们呢？第二天，亨利来到花园，小怪物们已经早早在那里等候了。亨利很礼貌地和它们打了个招呼，然后去种花。小怪物们发现有点不对头，在篱笆外观察着，谁都不敢靠近亨利。亨利一边种花，一边唱着歌：

　　来吧，来吧，我在种花呢，

　　来吧，来吧，和我一起种花吧。

亨利偶尔会抬头给小怪物们一个微笑。小怪物们发现亨利真的不理它们了，决定去其他地方看看。于是亨利每天享受他的美好时光。经过亨利的花园，大家总能听见亨利的歌声：

　　来吧，来吧，我在种花呢，

　　来吧，来吧，和我一起种花吧。

女儿听完这个故事，安静了下来。在家休息两天，活蹦乱跳上学去了。

女儿的安静让我知道这个故事讲成功了，故事就像镇静剂，迅速让孩子安静下来，也让我安静下来，避免了潜在的"数落"。同时也让我觉察到"接纳"真的是灵丹妙药，无论是疾病、情绪，不好的人和不顺心的事，一旦接纳，就会有转折性的改变。

可以在故事中加入一些简单的歌词，并且在讲的时候自然地唱出来，让故事像跳动的音符，生动而富有张力，可以帮助孩子稳定下来。至于唱得好与不好，一点也不重要。

还有一些故事里没有明显的类似"毛刺球""小怪物"这样的隐喻，只是随口讲一些轻松愉快的话题，我观察这对孩子也有帮助。这给我很大的启发，孩子生病"点"一个故事，他们对内容的期望并不高，他们更在乎的是生病的时候，有父母陪伴在身边，你讲什么都好。

很多人跟我说，孩子生病的时候大人也容易着急，安心讲一个故事有挑战，一时找不到头绪。关于疾病，下面的这些灼见对我帮助很大，这里分享给大家。

"疼痛和受苦的经验能够丰富人类的生命或是指向新的发展可能性，让我们在有生之年能够持续地变得'更有人性'。"[28]

"许多疾病是自身强化的一种方式，是与体内病原体做抗争。以此建立自身的免疫力，增强体质。疾病经常和重要的成长阶段相伴随。"[29]

意外/突发

　　一个孩子从小长到大，会经历很多让父母惊心动魄的时刻。时光飞逝，望着那离家的背影，曾经的那些时刻化作片片花雨，散落心湖不再有涟漪。可是在那些当下，父母毕竟也是血肉之躯，也需要有人安抚。来帮忙吧，故事。

　　有一天晚饭前，我收到儿子幼儿园主班老师的微信，说儿子下午玩耍的时候，把下巴磕了一下。看来磕得不轻，否则用不着这么正式联系。儿子小时候摔得多了：直接撞到玻璃门上，脑门凹下去又立即鼓起大包；和姐姐躲猫猫，手指头夹门缝里鬼哭狼嚎；在床上蹦跶，直接栽倒在地……

　　儿子回家后又和姐姐玩了会儿对讲机，土豆、地瓜乱喊一通。直到睡前洗漱时我才想起他下巴的事情，我一看，一小块红紫。

　　"老师跟我说，你磕着下巴了？"

　　"嗯，玩的时候没控制好，磕地上了。"

　　"还疼吗？"我摸了一下儿子的下巴。

　　"你一摸就疼，不摸不疼。"

　　"哭了吗？"

　　"哭了。"

　　"嗯，哭一会儿就好了。"

　　"老师带我到旁边休息，不过，趁他没注意，我又去玩了。"

　　"嗯，睡一觉就好了。你睡觉的时候，守护精灵会来照顾你的下巴。"说到这里，我嘴边突然有了一个故事。

　　我抱着小明，坐在洗手间的凳子上，开始讲故事。

晚上你睡觉的时候，守护精灵的将军招呼大家："喂，小明的下巴磕着了，全体集合，到下巴那里去工作。"

脚上的精灵离下巴有些远，没听清楚，就喊："土豆，土豆，我是地瓜，没听清，请重复。完毕。"（小明哈哈大笑）

将军又重复了一遍。脚上的精灵听到了，赶紧集合。将军大喊一声："都到齐了吗？听我的口令，立正！敬礼！唱国歌！"

"起来，不愿做奴隶的人们……"我和小明都站起来，我们一起唱国歌。幼儿园教唱国歌好久了，小明常常在家里自演自唱。

"礼毕！"将军说。"大家各就各位，开始到小明的下巴那里工作，明天一早就好了。"

第二天早上，小明醒来后，我说："看看昨晚守护精灵们工作得如何？"小明使劲按了按自己的下巴，说不疼了。

大约一周后，小明的下巴再次遭遇意外，且是重创。爸爸来电话说小明骑车撞到了马路牙子，下巴重重磕到，伤口很大，流了很多血。听着爸爸口气着急又慌乱。

等我到家楼下的时候，父子俩正在楼下候着。爸爸已经带小明去了附近的医院，医生只做了简单处理，建议到专业的口腔医院去看。

小明下巴上贴着厚厚的纱布，脸上表情落寞。

我们去口腔医院看急诊。我本想抱着孩子，医生说不行，必须让孩子自己躺着。小明很紧张地躺下，不能放松下来，腿翘着，头勾着。

医生撕下了纱布，我才看到又长又深的伤口，胃痉挛了一下。我深呼吸了一下，镇定下来。

爸爸轻声问医生："需要缝针吗？"

医生大声呵斥："都这样了，不缝针行吗？"

只能留下一位家属，小明选择妈妈留下。

医生很专业，检查了耳朵和面颊，询问孩子的痛点，排除骨骼错位和挫伤。剩下就是清洗伤口和缝针了。

小明还是时不时勾起头，不能放松。我握住他的一只手。医生开口了：

"闭上眼睛啊，我看看下巴上是不是有虫子。不闭眼睛，等下虫子跑到眼睛里去了。"

我注意到小明的眼皮飞快抖动，身体僵硬。我立即在他耳朵边轻轻说：

"精灵们都来了，在下巴那里集合。"

小明立即放松下来，闭上眼睛。

医生开始缝针，一边缝一边说虫子的事情。只要医生说虫子，我就说精灵。几个来回，小明逐渐放松下来，乖乖躺着，一副"人为刀俎，我为鱼肉"的样子。

医生开始表扬小明，说没见过这么勇敢的小孩，4岁多能这么镇定。一共缝了6针。中间又返工了2针，医生说，你看孩子乖，我们就尽量缝好一点，又剪断，重新缝。合计缝了8针。从头到尾，孩子超级配合。医嘱3天后复查，一周后拆线，注意用酒精软化结痂，否则拆线困难。

从医院出来，我们找到一间餐馆吃饭。小明情绪很好，申请破例喝饮料。饮料上来后，小明开始跟我描述航空博物馆里的战斗机，举杯庆祝，竟然说今天真是美好的一天。

回家后我们继续讲精灵的故事。姐姐学习了生物，说白细胞、血小板、纤维细胞在人受伤后如何工作。我们就一起讲精灵小白、小板和小纤的故事。

小板说："兄弟，你可以上了，轮到你工作了。"小纤立马上前，可是够不着啊。梯子伺候！梯子也不行，需要对面的兄弟帮忙。"喂，对面的兄弟，递根绳子给我。""好，我扔过去了，你们接着。""好，接住了。"精灵们忙得不亦乐乎。

第二天小明继续上学，只是复查的时候请了假。

每天回家我们都讲小精灵的故事。有时候还演小精灵们如何工作，小明常常哈哈大笑。

拆线的时候因为精灵们都一起去，小明稍微紧张了一下就放松了，又照例被医生一顿夸。

由衷地感谢小精灵们，小明顺利平安地度过了这些小意外。

当意外发生后，警惕自己的指责和内疚。因为意外中的当事人也好，周围的人也罢，都会从这些意外中学习到东西，但不会因为指责和内疚而收获更多。

还有，意外和疾病在某些层面上其实都是某种提示，或者是某个成长阶段的前兆。如果能够去了解意外其实就是"无常"的提示，意外就会变成礼物。

除了个体面对突发状况时可以选择讲故事，群体也可以运用。有一天我就收到一个幼儿园园长的微信，说班级里出现水痘流行的现象，在接种应急疫苗的同时，想给孩子们来一剂精神疫苗，询问我相关的故事。我们就此事做了一些交流，孩子除了自身的不舒服外，还会受到同伴的影响，更重要的是受到家长的影响。家长的不安很常见，很正常，也需要被关注到。老师给孩子们准备故事，在班级里讲，也邀请家长们在家里讲，提示家长们讲述时候的心态，是否对故事传递出的东西心领神会。如果没有准备好，可以暂时不讲。老师还给家长们创编了故事，希望家长们整理好心情和孩子一起积极面对，家长们很感动。

搬家／住校

> "搬家时的每一个人都像一颗种子，蕴藏着开始一段新生活的能力。"
>
> ——南希·梅隆

搬家是家庭中比较大的事情，会影响到全家人的生活节奏，有时候还会让孩子不安。女儿小时候我们搬过很多次家，那时候不懂得如何更好地观察孩子，也不知道可以用讲故事的方法抹平那些不安。儿子出生后，我就娴熟了很多。

儿子上幼儿园期间经历过一次搬家。有一天儿子回家跟我说："妈妈，今天我们幼儿园去了好几个大人，他们要我们搬走。"又过了几天，儿子回家重复了上面的表述，语气里流露出一些不安，不知道发生了什么状况。我想讲故事的时候到了。

兔子、小羊、鸭子，还有猫头鹰、猫和蚂蚁生活在一个花园里，它们经常一起去河边玩耍，去树林里散步，非常快乐。有一天来了一个巨人，巨人让动物们把花园让出来给他住，动物们不干。"这是我们住的地方，不能让给你住。"过了几天，巨人又来了，说他年纪大了，耳朵听不清，眼睛也花了，希望动物们能够把这个花园让给他住，请动物们另外再找一个地方住。动物们商量，好吧，看在巨人年纪大、不方便的份上，我们就搬家吧。猫头鹰请大家不要着急，他先去找找，看哪里有更加合适的花园。

用了几天的时间，猫头鹰终于找到了一个特别好的地方，说那里的花园很大，有一大片树林，很适合玩捉迷藏的游戏。还有一大片野花，五颜六色，好多蜜蜂唱着歌。动物们听了很高兴，开始准备搬家了。可是猫不想走，蚂蚁也不想走。动物们去找来巨人。

"猫和蚂蚁不想跟我们走，你能答应我们好好照顾他们吗？"动物们问。

巨人满口答应，说他也很喜欢猫和蚂蚁，他一定会好好照顾他们。

搬家那天，动物们去河边和河水告别，去树林里和小树们告别，答应他们有时间的时候还会回来看望他们。大家一起高高兴兴搬到新的花园去了。

儿子非常喜欢这个故事，我讲了好几遍。

幼儿园搬家那天，老师和家长们一起，兴高采烈，像过节一样。园长特别有经验，领着孩子们唱歌，挨个向熟悉的环境一一致谢，一一道别。

关于搬家，南希·梅隆在《你也可以成为故事高手》一书中也讲了一个非常好的故事。

"一个五岁的孩子跟着家人搬到城里另一个地方以后，每天晚上都哭着梦游。妈妈很担心，跑来找我，我们一起编了一个故事，让她睡觉前讲给孩子听。那是一个关于老房子的故事。故事里，一家人搬进老房子的时候，它正疲惫地呻吟着，但随着家庭的到来，到处是欢声笑语，厨房里冒出热腾腾的饭菜的香味，老房子觉得很舒服，把一家人拥抱在'怀里'。这个故事起到了魔法般的效果。"[17]

住校和搬家有类似的地方，甚至挑战更大，孩子一周有 5 天和父母分开，住在另外那个还不能叫"家"的地方。

我的一个好朋友，女儿幼升小，去一个寄宿学校上学。家长在开学前的假期里做了很多铺垫的工作，加上有熟悉的朋友一起去，女儿貌似很顺利地去上学了。

开学一周后，朋友急切地跟我说，女儿来了个大爆发，不肯起床，哭闹，不去上学，爷爷、爸爸和保姆齐上阵，劝了几个小时才勉强送到学校。她又正好出差，急得没有头绪。

我让她给女儿讲个"候鸟迁徙"的故事。她照做了，在故事中特别和孩子交流："冬天飞到温暖的南方，春天再飞回来。不是所有的鸟儿都迁徙，要像大雁那样飞得高飞得远的才行，要飞很长时间。"她顺势就讲了大雁迁徙的故事，将大雁宝宝如何学习飞翔，遇到哪些困难，又在妈妈的帮助下如何克服这些困难都放进故事里。

后来她跟我反馈说，故事还没有讲完，孩子就明白了，说"妈妈，你不用讲了，我知道了"。从那以后，女儿再也没说不想去上学，上学的时候高高兴兴，从学校传回的照片也都是各式各样的笑脸。到星期天晚上，有时还会说："妈妈，明天我要回自己家了。"

朋友的这个反馈也让我非常惊喜。从那以后，她持续运用故事，还和其他家长一起去女儿学校给孩子们讲故事、演故事，并在很多场合分享自己的经验，鼓励妈妈们放松下来。

她说："回想女儿入学时的种种抓狂，家长的种种担忧焦虑，我惊叹于故事的魅力。一个候鸟迁徙的故事，安抚了孩子。神奇的是，从那以后我也没有先前那么焦虑，虽然牵挂依旧，但遇事少了一份焦躁，多了一份淡定。有时大人也需要疗愈。"

告别 / 分离

一朝辞此地，四海遂为家。

——李世民

孩子从小到大需要经历很多告别和分离，和亲朋好友、和恋人、和同学告别，和熟悉的环境告别。那些早期的分离经历会为日后留下经验。这些经验里如果有故事加入，会给孩子留下很多温馨的画面。这些温馨会帮助孩子化解分离之苦。

女儿幼儿园要毕业的时候，园方张罗着办小学。孩子和家长都很期待和兴奋。后来因为种种原因暂时办不了小学。我告诉女儿，小学大家不能在一起上了，女儿当时就哭了。我自己也有些遗憾，几个很投缘的家长也不能像以前那样经常一起聚会了。

吃晚饭的时候，我说："今天我想讲一个故事，题目是'天下没有不散的宴席'。""宴席是什么意思？"女儿问。

"宴席就是很多人一起吃饭的意思。"我一边回答，一边琢磨着如何编这个故事。

"有三个好朋友，他们经常在一起玩。有一天，他们相约一起吃饭，吃完了，不想分手，于是他们又点了几个菜接着吃。吃完了，还不想走，又要了几瓶酒，喝得很高兴，可是喝完了还不想走。又要了几份水果和菜接着吃，吃完了还是不想走。大家撑得实在吃不下了，于是决定，分手吧，各自回自己的家。"我比画着撑得要死的样子。女儿被我逗乐了，咯咯咯地笑。

我接着说："过了几天，他们又相约去吃饭。其中一个人说，这次不能像上次那样吃得那么撑了，我们可以经常见面来这里吃饭，还可以去别的地方吃饭。大家都很赞同。于是，他们高兴地吃饭，吃完愉快地再见，各回各的家。"

我说完这个故事后，似乎我自己的遗憾也少了很多。

我感受到女儿对不能一起上学还有些遗憾，但她已经接受了这个事实。

面对告别和分离，应带着对彼此的祝福朝前走。可以不舍，但不要陷入悲伤。无论是幼儿园的毕业典礼还是大学毕业典礼，祝福和希望都会给我们力量。

那些不断向上生长的树枝，在某个地点会合，长成一个树权。然后分开，各自继续向上长，在天空中遥相呼应。

还有那些时走时停的列车，一会儿有人上来，一会儿有人下去。谁也不确定在哪里遇到什么样的人，又在哪里和什么样的人告别，这也增添了人生的色彩。

环顾家里四周，有很多东西来自四面八方：喜马拉雅的松果，菲律宾海滩的贝壳，非洲的木雕，花卉市场的植物……它们都离开了原来生活的地方，和各自的朋友们告别，在我家里，得到精心的照顾……

这些都是很好的故事素材。如果你将它们放进故事里讲述出来，它们就会焕发新的生机，给孩子奉上精神食粮。

父 母 离 异

我曾经收到一位 4 年级女生的来信，信中提到她的爸爸和妈妈一直在吵架，吵了好几个星期。有一天她听到爸爸妈妈说要离婚，女孩感到恐惧和不安。她希望能有一个办法，阻止爸爸妈妈吵架。

在给这个孩子回信的时候，我思前想后，希望给到她支持。由于信息非常有限，我不能安慰她爸爸妈妈只是说气话，实际不会离婚。如果万一离了呢？我希望她能够明白父母吵架甚至离婚不是她的错；希望她放下拯救父母婚姻的重任；希望万一父母离婚了她也能好好照顾自己。我如何说明白这些希望呢？唯有讲故事。故事的主角安排谁呢？我多么希望这个姑娘像只蝴蝶，不受父母吵架的困扰，自由自在地在天地间展翅纷飞。可是，显然她不是，她信中透出的担心、害怕还有无助，和蜂飞蝶舞都无关。但我还是想让她有一对翅膀。我把主角定为一只蜻蜓。

在遥远的山谷里，住着一只小蜻蜓，她大方、美丽、端庄。小蜻蜓在山谷中快乐地生活着。不知道从哪天开始，山谷中开始刮起大风，把花花草草吹得到处都是，乱糟糟的。小蜻蜓的心里也乱糟糟的，她希望风尽快停下来。有一天，她路过一个铁匠店，听到两个人在争吵。

"刮的是南风，不是北风，你是错的。"

"你才错了，刮的是北风。"

他们越吵声音越高。小蜻蜓心里想，山谷里有时候刮南风，有时候刮北风，这有什么好吵的。小蜻蜓没有理会他们。

又有一天，小蜻蜓又听见铁匠还在吵，其中一个说："刮的就是南风，你要是不同意，我就把山谷劈成两半！"听到这里蜻蜓吓了一大跳。如果山谷真的被劈成两半，我怎么办？

小蜻蜓决定去找山谷精灵。她很小的时候就知道，山谷精灵会帮助她。飞了很远的路，小蜻蜓见到了山谷精灵。

"你遇到了伤心烦恼的事。"山谷精灵开口就说。

"你怎么知道的？"小蜻蜓问。

"我一直在看着你呢，我知道你会来找我。"山谷精灵说道。

"山谷变得这么乱糟糟，是因为我做错了什么吗？"小蜻蜓有些忧伤地说。

山谷精灵摸着小蜻蜓的头说："傻孩子，不是你的错。"

"那我要做点什么，能让风停止？"小蜻蜓问。

"照顾好自己，做你能做的事情。"山谷精灵说。

"如果我这样做，山谷就不会被劈成两半吗?"小蜻蜓赶紧问。

"我不知道山谷会不会被劈成两半，但如果你这么做，你就不会很难过。"听到山谷精灵这样说，小蜻蜓感觉好多了。她告别山谷精灵，轻快地往回飞去。

山谷精灵在后面大声喊道:"亲爱的小蜻蜓，记住，无论发生什么事情，我都在你身边。"

我盼着这个孩子能够继续给我写信，竟然真的给我盼来了。她在信中感谢我，说爸爸妈妈和好了。特别让我惊喜和感动的是，她在信封上画了5只漂亮的蝴蝶，祝我像这些蝴蝶一样开开心心，快快乐乐。怎么这么巧呢? 我是那么希望这个姑娘像蝴蝶一样娇美展翅，结果她祝福我像蝴蝶。那一刻我在心里说，亲爱的孩子，我们俩，都是蝴蝶。

中国大城市的离婚率已经接近40%，我们无法回避离婚对孩子的影响。萨提亚家庭治疗模式的观念给夫妻双方指出了一个方向:"大多数的时候人们之所以会离婚就是因为他们无法处理夫妻间的差异性，如果你们没有一个好的婚姻，至少你要有一个好的离婚。我们所谓的好的离婚是指最起码这个离婚对孩子有一个正向的影响。"

在上面给那个姑娘讲的故事中，还有一个最深切的希望，因为信息的不足，我没有能够安排进故事中。那个希望就是，即便父母离婚了，也要告诉孩子:我们仍然爱着你，并将永远爱你。我希望离婚的父母能够永远给予孩子这个希望。

亲 人 离 世

"在死亡面前，魔法愿望的无效对孩子是一个沉重的打击。它动摇了他们用主观愿望影响事件能力的信心，这使他们感觉到脆弱和焦虑。孩子们看到的是，不管有多少眼泪和抗议，深爱的宠物或人不在了，结果，他们觉得自己被抛弃了，不再被爱了。"[26]

"孩子观察世界的方式是以自我为中心的。亲人的离世让他们觉得自己遭到遗弃，感觉生活失去了意义。第一次面对死亡的他们，会感到不知所措，唯有把目光投向家人，看他们如何应对。如果成年人的反应较为自然，他们也就能承受这种痛苦，并感到宽慰，这样创伤的影响就会减轻一些。"[30]

亲人离世是家庭中的大事件，需要给孩子"交代"。亲人不在人间的讯息不能是家庭中的"秘密"。秘密迟早会让人窒息。需要让孩子参加告别、祭奠和纪念仪式。既然我们让孩子参与到家庭的欢乐之中，我们同样要让他们参与到家庭的痛苦和遗憾之中。当痛苦和遗憾转变为爱和祝福，以及好好生活下去的承诺时，孩子对于生死、对于生命便会有新的认识。要如何和孩子交代呢？对于年幼的孩子来说，首选故事。实际上，死亡是个特别大的话题，对于成年人，也需要故事的疗愈。很多人跟我反馈，当听到给孩子讲的这些有关亲人离世的故事时，"很感动，也松了一口气"。

爷爷乘船去远方

2015年8月13日下午，我带两个孩子在北大赛克勒博物馆看展览，接到老公电话。

"我大哥刚来电话，我爸走了，"老公崩溃大哭，"我又没有赶上，我特别难过。"此时老公在赶回老家的高铁上。

"我知道，我知道。"尽管早有心理准备，这个消息对我来说还是很突然，因为昨天老人还表现不错。

老二在我身边闹腾，老大不知道在展厅哪个角落。展品在我眼前晃过，我在想如何和两个孩子说。

从展厅出来。我叫住老大："你爸刚来电话，你爷爷去世了。"

"哦……" 12 岁的女儿低声哦了一声，不再说话，眼睛不知道在看哪里。

"你觉得 '死' 是什么?" 我问女儿。

"就是以另外的方式存在，但是你很难过。" 女儿立即回答了我。我也立即明白老大的工作好做些了。我用身体碰了她一下："是，你爸很难过。"

第二天，我对儿子说："过两天我们要回老家看你爷爷，你爷爷去世了。"

"哦。" 儿子也哦了一声，但显然 3 岁 7 个月的他对 "死" 不明所以。

吃完晚饭，我们娘仨围着餐桌聊着天，孩子们还在玩 "表演节目" 的游戏。看着左手边的老二和右手边的老大，我决定讲一个故事，脑子里飞来点点线索。

"我想讲一个故事，你们要不要听?"

"好!"

"还记得那只小刺猬吗?"

"哪个小刺猬?" 儿子问。

"就是玉萍大姨家菜地的那只刺猬?" 我说。

"记得，好可爱的刺猬。" 儿子做搂抱状。

"是的，那只刺猬特别可爱，他还没有出生的时候，妈妈把这个消息告诉刺猬爸爸，爸爸很高兴。又把这个消息告诉了爷爷。爷爷特别高兴，说做梦的时候都笑醒了。小刺猬出生后，爷爷来看他，还抱着他呢。爷爷每次打电话都问 '小刺猬好吧? 照顾好小刺猬啊'。后来小刺猬长大了，爷爷来看他，小刺猬重得爷爷都抱不动了。"

听到这里儿子坏笑了一下。我接着说："爷爷知道小刺猬喜欢吃巧克力。"

"小刺猬跟我一样。" 儿子插话道。

"是的，小刺猬像你，喜欢吃巧克力。每次爷爷来看他，都会给妈妈一些钱，让妈妈去给小刺猬买巧克力。小刺猬特别开心。

"有一天，爷爷告诉小刺猬，仙女精灵给他留了纸条，邀请他去一个很远的地方，也是一个很好玩的地方，乘船去。爸爸和妈妈带小刺猬去大海边送爷爷。爷爷乘着船，越来越远。最后小刺猬问妈妈，怎么看不见爷爷了呢？爷爷没有了吗？妈妈说，爷爷还在呢，只是因为太远了，就看不见了。小刺猬说，我也要坐船去。仙女精灵听见了，笑着说，亲爱的小刺猬，你也会去的，等你长得像爷爷那样老，甚至比爷爷还要老，我就邀请你去。"

"小刺猬和爸爸妈妈离开大海边往家里走。小刺猬心想，等我长大了，也做一个好爷爷。"

故事讲完了。我留意到儿子一直在听，没有留意女儿。

"妈妈，你编得真好。"女儿轻声跟我说。没想到女儿也在认真听。

后来我们回老家参加爷爷的葬礼，儿子和女儿除了没有去殡仪馆，参加了其他所有仪式。儿子看着那些随葬品，其中有一头高头大马。他问我："妈妈，爷爷是骑着这匹马去海边的吧？"我立即说："是的！"

我心里涌出太多的感动。这个孩子，收到了我的故事。

平常生活中，我们都会有时机谈论孩子们已经去世的爷爷奶奶，逢年过节让孩子们一起参加一些纪念活动。

星光灿灿和月光漫漫

除去年长自然去世和因疾病去世外，亲人意外死亡是最令人悲伤和需要干预的。我收到过一封小学生的来信，孩子很俏皮，说虽然不知道我是叔叔阿姨还是爷爷，不过他不在乎。孩子在信中告诉我一个秘密，他从小由爷爷奶奶带大，现在是奶奶的跟屁虫。他以前有个弟弟，因为一场意外去世了。他们全家都很悲痛。

这个孩子从小由爷爷奶奶带大的经历也让我回顾了一下我的童年。我决定给他量身定制一个故事。

在回信中我给他讲了这个故事：

树林里住着两只小鸟，一只叫星光灿灿，另外一只叫月光漫漫。他们经常在一起玩。叽叽喳喳，一起找虫子吃，一起捉迷藏。有的时候他们也吵架，捡到一片漂亮的树叶，就不给对方玩。不过他们很快就会和好，又一起打打闹闹，笑声穿过整个树林。因为有了这两只小鸟，整个树林都变得快乐起来。

有一天，来了一个老树精，他说有另外一片树林，需要一只小鸟，他选中了星光灿灿，他甚至不和任何人商量就决定带走星光灿灿。星光灿灿在空中飞呀飞呀，越飞越高，最后消失在云的上方。整个天空都暗了下来，电闪雷鸣，下起大雨。天，就好像破了，雨往下倒。每一棵树都在摇晃。月光漫漫在大雨中找他的伙伴，淋湿了翅膀，又累又饿，不知道飞了多久，终于累得睡了过去。

月光漫漫醒来的时候，发现自己在一个舒适的窝里，这个窝在两个大树杈中间，周围被浓密的树叶包围。月光漫漫揉揉自己的眼睛，想起来昨晚做了一个梦，梦中，星光灿灿说："我永远都是你的好伙伴，从前是，将来一直都是。"

月光漫漫从窝里出来，抖抖翅膀，朝树林里飞去。太阳升起来了，阳光洒在整个树林里，也洒在月光漫漫的身上。

现实生活中，不是每个孩子都能得到很好的照顾和安抚，有时候甚至相反。我就听到过一个故事。一个孩子和他的母亲一起坐大客车外出。高速公路大雾，客车全速撞上了一辆满载钢筋的货车。孩子眼睁睁看着钢筋穿过身边的母亲。为了获得更高一些的抚恤金，孩子的家人让孩子向不同的调查机构一遍又一遍地复述他看到的场景。对孩子来说，灾难不仅发生在母亲离世的那一刻，还在他的不断重述以及后面的生活中继续。

这是他人的故事，从中我们获得深刻的教训和经验。对于孩子难以理解或者接受的事实，他们需要一个装载事实的"容器"。故事就是个大容器，让孩子们有地方借助想象力来消化可怕的事实。希望这个孩子日后发展他的想象力，给自己一个容器依靠自己的力量去消化和改变那些画面。

重大灾难和挑战

"这是一个简单的故事，但却不容易讲述，就像是一个童话，既有悲伤痛苦却也充满惊喜和快乐。"

——电影《美丽人生》

在重大灾难和挑战面前，最需要保护和关注的就是我们的孩子。"故事医生"苏珊·佩罗谈到创作治疗性故事的工作让她去了很多国家，在旅行过程中，越来越多的人请求她为"全球危机"创作治疗性故事。开始的时候，苏珊的反应是："故事怎么能解决这个问题呢？对于世界危机来说，故事太微不足道了！"

2008 年，中国四川汶川大地震。然后是海地和新西兰地震，墨西哥海湾石油泄漏，澳大利亚洪水和火灾，日本海啸和核灾难……自然灾害和人为战争从来没有停止过。

苏珊为帮助社区和孩子应对这些重大灾难和挑战专门创作故事。故事的内容和效果在她的著作中都有提及。

当重大灾难和挑战发生后，请给孩子讲故事！

比如 2017 年 11 月印度尼西亚巴厘岛阿贡火山爆发，有 20 万游客滞留巴厘岛，其中有 1.7 万中国大陆游客。机场关闭、物价飞涨、打架群殴……火山也点燃了人们的焦躁情绪。这是典型的重大突发事件。趁着机场短暂开放的 16 个小时，中国派出飞机接回了滞留游客。如果有孩子受此事影响，可以这样来讲故事：

美丽的乐园里，动物们在尽情嬉戏。

突然大地晃动，乌云蔽日。来了一个巨怪，仰天咆哮。动物们必须暂时离开乐园。能飞的都飞走了，能藏到地下的都藏起来了。还有很多动物等待救援。等待过程中发生了一些愉快和不愉快的事情。

就在大家焦急万分之际，比巨怪还要厉害的巨人派了大鸟来营救。所有人平安撤离。

还可以再详细地讲巨怪如何被降服，乐园重现往日生机，甚至增添几许魅力。可以根据孩子的年龄来丰富或简化情节。

意大利电影《美丽人生》打动了无数人的心，获得第71届奥斯卡最佳外语片、最佳男主角、最佳配乐三项大奖。《美丽人生》讲的是一对犹太父子被送进了纳粹集中营，父亲为了不让5岁儿子的童年有阴影，撒谎说他们正处于一个游戏中，玩捉迷藏，第一名会得到一辆真正的坦克作为奖励。

在战争结束前，纳粹准备逃走，父亲将儿子藏在一个铁柜里，告诉儿子不能出来。他去女牢找妻子，但被纳粹发现，当纳粹押着父亲经过儿子的铁柜时，他还大步地往前走，到了拐角处，父亲惨死在纳粹的枪口下。天亮了，儿子从铁柜里出来，一辆真的坦克开到他的面前，美军士兵将他抱上坦克，儿子与妈妈团聚。

儿子说："这是我的经历，这是我父亲所作的牺牲，这是父亲赐我的恩典。"

"（导演）罗伯托·贝尼尼以自己独特的视角为在二战中所有受伤的人们注射了一针止痛剂。"（魏楚豫评）

被故事吓到

故事比一般的语言有威力，因为故事的画面感更容易打动人心。故事也因此更容易吓到孩子。有的妈妈说孩子害怕警察，说警察会来抓小孩；还有的妈妈说孩子怕鬼，一到傍晚就不敢进卧室，说卧室窗帘后面有鬼。经过询问，才发现孩子是被家人讲的故事惊吓到了。

很多人擅长讲故事，为了让孩子乖、听话，会讲一些故事来试图控制孩子。警察如何抓不听话的小孩，鬼如何抓不乖的小孩。讲得活灵活现，画面感十足。我们把这种故事叫作"操控性故事"。操控性故事和疗愈性故事是背道而驰的，它是讲述者利用威胁、恐吓、命令等不道德的手段迫使听故事的人达成其意愿的不平等手段。日常生活中这样的做法常常发生，父母甚至意识不到孩子的反应和自己讲的故事有关。

一旦发现孩子被一个故事吓到，可以讲一个新故事，用新的画面代替旧的画面。

比如给警察叔叔"平反"。有困难，找警察。可以根据孩子的年龄讲一个系列故事。故事中的主人公（不一定是人，如果孩子年龄低于6岁，最好安排动物）遇到一个又一个的困难，比如迷路了，丢了东西，和爸爸妈妈走散了，太重的东西搬不动，等等，每次都有警察来帮忙。情节最好有趣、搞笑，在轻松的气氛中重新建构警察的形象。

如果被鬼故事吓到呢？同样要刷新"鬼"的画面。可以讲一些善良、可爱的鬼故事；或者虚惊一场的故事，以为是鬼，结果大大出乎意料；或者一些看起来很可怕，实际一点儿也不可怕的鬼故事。可以有大量幽默的元素穿插其中。还可以讲一些自己小时候怕鬼的故事，比如误把一些东西当成了鬼，吓得半死，闹了很多笑话，等等。

父母要尽量避免讲"操控性的故事"，如果有家人给孩子讲了，就用上述的方法去帮助孩子刷新画面。不要再去抱怨那个故事的讲述者。因为抱怨会影响到你自己刷新画面的想象力，对孩子的帮助也会打折扣。随着时间的推移和孩子的成长，过往对孩子的影响也会逐渐呈现正向的一面。毕竟和家人生活在一起的温情会远远超过某个故事带来的影响。

后记　学习大地的品质，给孩子讲故事

　　春天，所有的植物开始生长。然而植物不是只有在我们所见的大地上生长，植物也在地下生长着。

　　植物的根部，扎入愈来愈深的黑暗之中，进到了地里。根喜欢黑暗，而且需要黑暗。假设你把植物的根暴露在光中，例如在地上挖一个洞，让光照在植物的根上，那么根将会死去，而整株植物也活不了。

　　植物需要太阳的光和温暖以及大地的黑暗。植物是太阳和大地的孩子。就如同小孩有爸爸和妈妈一样。植物以大地为母，以太阳为父，在太阳和大地之间生活。

——（英）查尔斯·科瓦奇

　　从前，我是一名"战士。"

　　生女育儿，让我跟"战士"说再见。

　　孩子的真，孩子的善，孩子的美，引领你逐渐放下武器。

　　我问 13 岁的女儿，大地有哪些品质？她说：

　　"大地很大，很肥沃，很宽广，很包容。

　　可以在大地上玩各种游戏。

　　大地可以养各种植物，可以养各种动物。

　　大地可以成为科学实验品。

　　大地可以消化大部分的垃圾。

　　……"

　　把孩子的话用一个词总结，不就是"厚德载物"么？是孩子，让人懂得"母亲是大地"，这也是孩子内心的期盼。

还有一样东西，让我觉得也像大地一样，那就是故事。**故事和大地有一个共通的地方：将爱深藏其中。无声无息，不露痕迹地传递。**

你只需要提供土壤就好，哪怕是不太肥沃的土壤，扎根是孩子自己的事情。根深了，叶自然茂。

"每个人都是故事大王"，我和你的区别在于我练习得多一些而已。只要张口，你就提供了土壤。如果你愿意将自己修炼成一个好故事，你就提供了肥沃的土壤。至于创编的具体方法，我希望下一次有机会和大家做细致的分享。

在角色上，母亲学习大地的品质。在给孩子讲故事这件事情上，我邀请父母、老师以及所有的故事讲述者都学习大地的品质。

参考文献

[1] 布鲁诺·贝特尔海姆. 童话的魅力：童话的心理意义与价值 [M]. 张田英，译. 北京：社会科学文献出版社，2015：4，29，233.

[2] 毛传文. 神明之德：华夏诸神故事 [M]. 北京：中国友谊出版公司，2016：2.

[3] 约翰·奥利弗. 用故事说晚安 [M]. 华春沁，译. 北京：机械工业出版社，2016：63.

[4] 李利安·H. 史密斯. 欢欣岁月 [M]. 梅思繁，译. 长沙：湖南少年儿童出版社，2014：15.

[5] 丹尼尔·平克. 全新思维 [M]. 高芳，译. 杭州：浙江人民出版社，2013：12.

[6] 丽萨·克龙. 你能写出好故事 [M]. 秦竞竞，译. 西安：陕西出版传媒集团，2014：4.

[7] 河合隼雄. 童话心理学 [M]. 赵仲明，译. 海口：南海出版公司，2015：54.

[8] 丹尼尔·平克. 全新思维 [M]. 高芳，译. 杭州：浙江人民出版社，2013：110.

[9] 艾克曼·歌德谈话录 [M]. 杨武能，译. 郑州：河南文艺出版社，2013：213.

[10] 保罗·阿扎尔. 书，儿童与成人 [M]. 梅思繁，译. 长沙：湖南少年儿童出版社，2014：6，120，127.

[11] 维吉尼亚·萨提亚，米凯莱·鲍德温. 萨提亚治疗实录 [M]. 聂晶，章晓云，译. 北京：世界图书出版公司，2006：173.

[12] 维吉尼亚·萨提亚，约翰·贝曼，简·格伯，玛利亚·葛莫莉. 萨提亚家庭治疗模式 [M]. 聂晶，译. 北京：世界图书出版公司，2007：24，254.

[13] 约翰·贝曼. 萨提亚转化式系统治疗 [M]. 钟谷兰，宫一栋，卫丽莉，等译. 北京：中国轻工业出版社，2009：21，126.

[14] 玛丽亚·葛莫莉. 大象在屋里：萨提亚模式家庭治疗实录 [M]. 释见晔，等译. 上海：上海三联书店，2014：19，21.

[15] 约翰·贝曼. 当我遇见一个人 [M]. 宗敏，梁凌寒，牛勇，译. 太原：希望

出版社，2011：6，197.

[16] 郝思特·孔伯格. 故事的力量 [M]. 薛跃文，译. 西安：西安交通大学出版社，2017：290.

[17] 南希·梅隆. 你也可以成为故事高手 [M]. 周悬，译. 天津：天津出版传媒集团，2013：9，18，117，143.

[18] 张宜玲. 幼儿文学 [M]. 台北：台湾华腾文化股份有限公司，2013：1 - 9，10 - 5.

[19] 布鲁诺·贝特尔海姆. 童话的魅力：童话的心理意义与价值 [M]. 舒伟，丁素萍，樊高月，译. 北京：社会科学文献出版社，2015：23.

[20] 赫勒·赫克曼. 慢养育：用心关爱儿童——诺肯华德福幼儿园的好方法 [M]. 春之谷翻译小组，译. 北京：中国人口出版社，2014：142.

[21] 鲁道夫·谢弗. 儿童心理学 [M]. 王莉，译. 北京：电子工业出版社，2005：263.

[22] 苏珊·佩罗. 故事总是有办法：苏珊治疗性故事集 [M]. 陈春，译. 天津：天津出版传媒集团，2015：封底.

[23] 理查德·豪斯. 太多了，太早了：道法自然的儿童养育观 [M]. 褚颖，王岩，译. 天津：天津出版传媒集团，2016：99.

[24] 李辛. 儿童健康讲记：一个中医眼中的儿童健康、心理与教育 [M]. 成都：四川科学技术出版社，2016：3，299.

[25] 杰克·帕特拉什. 稻草人的头，铁皮人的心，狮子的勇气 [M]. 卢泰之，译. 深圳：深圳报业集团出版社，2011：26.

[26] 海姆·G. 吉诺特. 孩子，把你的手给我：与孩子实现真正有效沟通的方法 [M]. 张雪兰，译. 北京：京华出版社，2004：8，204.

[27] 梁启超. 梁启超家书 [M]. 北京：北京联合出版公司，2015：212.

[28] 米凯拉·格洛克勒，沃尔夫冈·戈贝尔. 儿童健康指南：零至十八岁的身心灵发展 [M]. 林王珠，等译. 石家庄：河北出版传媒集团，2012：11.

[29] 马丁·洛森. 解放孩子的潜能 [M]. 吴蓓，译. 北京：人民文学出版社，2006：79.

[30] 白大卫. 你不是孤单一个人：个人成长与亲子关系指南 [M]. 刘海龙，译. 北京：中国文联出版社，2015：120.